《四库全书》阅读指南

周文杰　段立新　陈科◎编著

湖南社会科学普及
Hunan popularization of Social Science

湖南省社会科学普及读物出版资助项目

中南大学出版社
www.csupress.com.cn
·长沙·

文溯阁《四库全书》藏书馆

承德避暑山庄中的文津阁

文津阁前的假山景观"日月同辉"

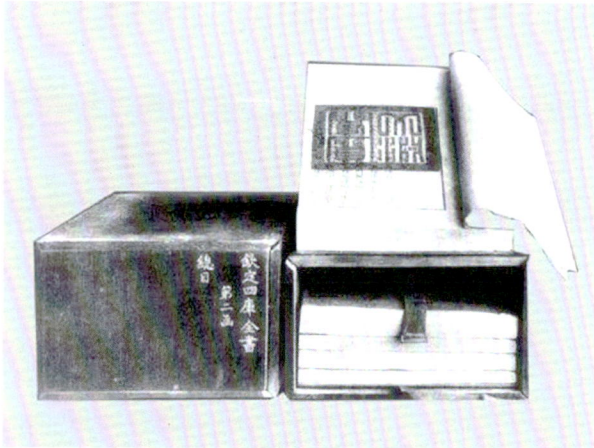

文津阁《四库全书》原书原函

现藏于中国国家图书馆善本特藏部的文津阁《四库全书》

圆明园文源阁绘图（张宝成绘）

北京故宫文源阁及内景

文源阁收藏的《四库全书》

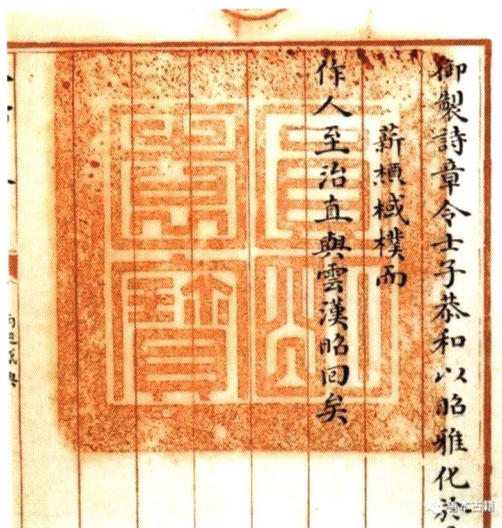

中国国家博物馆收藏的《四库全书》残本

中国国家博物馆收藏的《四库全书》残本

文澜阁匾额

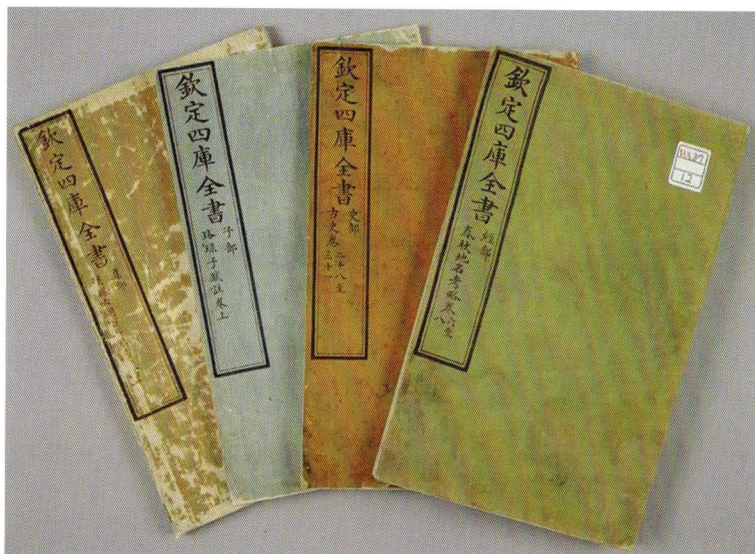

四种日本藏文澜阁《四库全书》残本

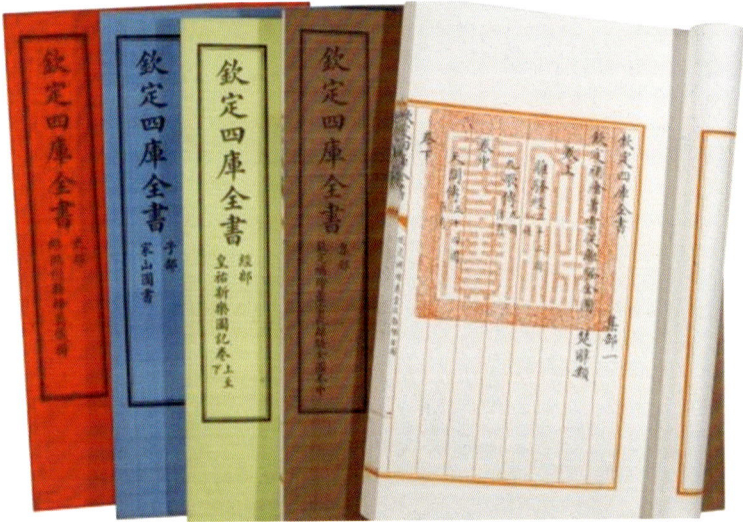

文渊阁藏本《钦定四库全书》

纪昀（1724—1805），字晓岚，编撰多部典籍，主要作品有《阅微草堂笔记》
曾任《四库全书》总纂官

甘肃省接受文溯阁本《四库全书》后，参照原址建造的藏书楼，亦名文溯阁

台北故宫博物院

沈阳故宫文溯阁

扬州文汇阁内景

辑存在《两淮盐法志》《鸿雪因缘图记》中的扬州文汇阁图

镇江文宗阁

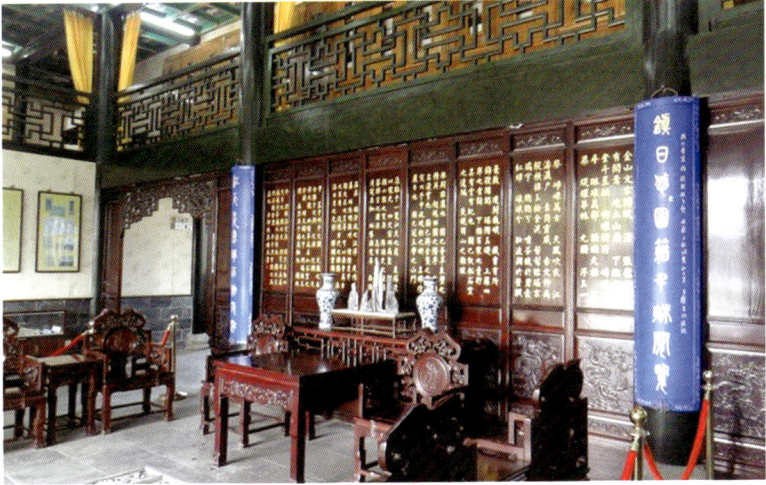

镇江文宗阁内景

镇江文宗阁远观

前　言

习近平总书记指出："一个没有发达的自然科学的国家不可能走在世界前列，一个没有繁荣的哲学社会科学的国家也不可能走在世界前列。"社会科学是人们认识世界、改造世界的重要工具，是推动历史发展和社会进步的重要力量。加强社会科学的宣传和普及，是弘扬科学精神、繁荣社会科学、提高公众社会科学文化素质、促进人与社会全面发展的客观需要。近年来，湖南社会科学普及工作不断深化，成效显著。通过建立社科普及基地、举办社科普及讲坛、开展咨询展览以及社科普及主题活动周、优秀社科普及读物创作与推荐、社科普及志愿者队伍建设等活动，在提升公众社会科学文化素质、推动科学发展方面发挥了积极的作用。

中国特色社会主义进入了新时代。一方面，我国社会主要矛盾已经转化为人民日益增长的美好生活需要和不平衡不充分的发展之间的矛盾。人们美好的生活需求日益广泛，极大地体现在人们对文化、精神领域有了更高的追求。另一方面，面对社会思想观念和价值取向日趋活跃、主流和非主流同时并存、社会思潮纷纭激荡的新形势，如何巩固马克思主义在意识形态领域的指导地位，培育和践行社会主义核心价值观，巩固全党全国各族人民团结奋斗的共同思想基础，迫切需要哲学社会科学更好地发挥作用。在这个背景之下，迫切需要社会科学普及工作者自觉担负起历史使命和时代责任，充分运用"社会科学普及＋"思维，创新社会科学普及形式，在丰富人民群众精神文化生活的同时，对人民群众进行科学的教育、引导和疏导，培育和践行社会主义核心价值观，提高人民群众人文社科素养。

面对新形势新任务，湖南省社会科学界联合会、湖南省社会科学普及宣传活动组委会办公室贯彻落实《湖南省社会科学普及条例》规定，开展湖南省社会科学普及读物出版资助项目，面向在湘工作的社会科学理论工作者和实际工作者征集优秀社会科学普及作品，对获得立项的优秀作品进行资助出版，并认定为湖南省社会科学成果评审委员会省级课题。以期激发广大社会科学工作者创作社会科学普及作品的积极性，推出更多更好的优秀社会科学普及作品，把"大道理"变成"小故事"，把学术语言转换成群众语言，把"普通话"和"地方话"结合起来，真正让党的理论政策鲜活起来，让社会科学知识生动起来，让社会科学普及工作"成风化人、凝心聚力"，为实现中华民族伟大复兴的中国梦，建设富饶美丽幸福新湖南凝聚强大正能量。

湖南省社会科学界联合会
湖南省社会科学普及宣传活动组委会办公室
2019 年 5 月

在中国四库学高层论坛上的讲话

（代序一）

李铁映

今天这个会我想讲两个问题，一是关于如何推动《四库全书》研究，也就是以《四库全书》为底本的中华文化研究如何开展。二是在新时期如何推动新抄《四库全书》活动，也就是以《四库全书》为底本的文化现象怎样发扬光大。

一、研究《四库全书》

《四库全书》是历史的存在和宝藏，藏着中华民族五千年的文明和历史，是中国人的精神家园。我们今天不是为《四库全书》正名，而是要推动《四库全书》的深入研究，探微深奥、传承文明、启教后人、奉献世界。

1. 对《四库全书》的看法

《四库全书》是一座文明殿堂，那里圣贤满座，哲思深奥、文采飞扬，是一部活着的中国史。"四库"卷卷册册都是先人的足迹、思想，是文明的史鉴。《四库全书》所藏，是我们之精神，我们之根，是我们的家。

《四库全书》所载的中华文明、中国文化，是五千年来中华民族历经波折、灾难而始终统一、绵延至今的精神渊薮。

"四库"是中华民族的一张特殊的证书和名片，是一部纵横五千年、横亘世界的珍宝；不仅属于中国，也属于世界。

2. 必须研究《四库全书》

《四库全书》命运多舛，屡遭天灾及人祸，散遗毁亡多矣。这是历史的悲剧，也是中国的憾事，更是中国人难述、难隐之伤痛。今天要尽一切努力保护好，昭之后人，传之永世、流之世界。保存和流传的最好办法，就是研究。研究也是和历史对话,和先人对话,研究《四库全书》就是对中国文化的解说。

保护《四库全书》就是保护中华文明和中国文化,就是传承我们祖先之灵魂、思想。保护、研究就是对祖国文化之尊崇爱戴,就是一种文化和精神之自信、自豪。

作为中国人,必须研究,必须继承《四库全书》这座宝藏。必须靠中国人、也只能靠中国人自己发掘它、发扬它,别无他法。中国人必须有这种民族自强和自信之精神。

《四库全书》成书已两百多年了,今日盛世之中国,无理由不研究。这是民族的呼唤,也是时代的责任,今天的中国人必须肩负起这个使命。中华复兴,少不了这项研究,中国梦中早已包含这一义。

3. 以论立学

《四库全书》体现了五千年的中国文化和文明。前人也有提出过建立"四库学",我现在想提出的是,以《四库全书》为对象,对中国文明、中国文化研究的学科,就叫"四库学"。"四库学"能不能确立,能不能为世人乃至后人认可呢?这就要以论立学,没有研究,没有理论,没有论说,"四库学"就建立不起来。《四库全书》可能始终躺在书柜之中,成为虫鼠啃食之物!只有立学、立论,才能传承《四库全书》、传扬《四库全书》。《四库全书》是中国的,也只有中国人能建立"四库学"。

4. 怎么研究

要以现代科学行治学之道,从多角度多层面来研究。研究可宽大、可精微、可论、可述,可广、可狭,论之不设限,争百家之鸣,放百花之艳。研究就是功,俗语说:"只要走,就能到家。"功在研究之中,果在研究之后。

第一,打开"四库"之大门,从象牙塔里走向社会。首先要打开《四库全书》的大门,让所有愿意研究的学子,都可以进到门里面,获得想研究的书章。要大量翻版《四库全书》电子版,可全书,更多的是专项专卷。要大量出版《四库全书》中的专辑、专卷、单行本,有的可附研究论说,以享学人。

第二,构建"四库学"研究平台。要通过杂志、网站、报告会、讲座,论坛等彰示研究成果。每年可出版研究年鉴,建立当代研究数据库、档案,以助众人之研究。

第三,要和大学、社科院等研究机构以及海内外有志、有兴者共同研究。文责自负，争论辩白、评说都正常。我们应该奉行开放包容的政策，鼓励百家争鸣、百花齐放。建议湖南大学要抓住这个发展机遇，加强中国四库学研究中心的建设和发展。

第四，拓展研究领域，推进研究深度。目前的一些研究，多数是关于文献方面和编纂过程的研究，对禁书、毁书、删书也做了不少研究。但是现在我们推进《四库全书》的研究，就要对某些专题和问题进行更加深入的研究。

《四库全书》是大泽大海，真值得我们好好去研究！

二、新抄《四库全书》

历史上的《四库全书》就是手抄的，这也是它的价值的一部分。现在影印本、电子本、高仿本都已经有了，并收藏在社会。作为书籍来说，不会再有失传的风险。

新抄不是印刷书籍，也不是保存书籍，而是保存文化，是新时期的一种社会文化行为，新抄就是继承和弘扬。世界上只有汉字有特殊的文化底蕴，可书、可法、可究、可议（我也提倡研究"汉字学"）。凡学书之人、凡抄书之人，都有感于汉字深厚的内涵、奥妙、情趣。很多人一进入书写汉字之门，就如醉如痴，不舍昼夜地去写，乐在其中，终生不辍。

汉字，是中国文化和中华文明的载体，没有汉字，也就没有中国文化与中华文明。现代社会用键盘代替了书写，对于我们许多年轻人来说，写字是难事。对于他们来说，书写汉字之美妙，都没有了，文化怎么传承？中国文化对他们而言是"天花板"，可望而不可即。

中国若要复兴，我们的后代就必须学习中国文化，必须会认读写汉字！作为中国人，必须有足够的中国文化修养。不会写汉字，中国文化就成了域外文化。这岂不成了一种文明悲哀、一种精神残缺？

新抄《四库全书》就是要写汉字、识繁体、读古人、学文化。抄书就是"写、识、读、学"，通过抄进入殿堂，这也是弘扬汉字之美、理解汉文之妙奥的一种方法，更是传承与弘扬中国文化的必要途径。

抄书是种大众式、社会式的研究方式，同时也是推动社会学习中华文化的方法，抄写就是在学。

新抄将培养一批新文人、一批研究者、一批中华文化的传播者，不仅影响中国，也必将远播海外，增进相互了解，促进友谊合作。

三、新抄《四库全书》的几个问题

1. 接触难，规模大，时间长

新抄《四库全书》和练书法是一回事，只不过是以《四库全书》为底本而已。当然，对于一般大众来说，接触《四库全书》不是一件容易的事，《四库全书》规模宏大，要全部抄写，着实为一宏大工程。但我以为，抄书属于个人之心愿、情怀，愿者书之。对于怎么写，不设限、不设格。八岁顽童可写，耄耋老人可书；正字、行草、隶篆都可以。大到一阁可书，微至卷秩可写。抄不在一章一册，不在一月一年，随愉而乐之，成为人的一种生活状态，一种情趣方式，重在参与，重在过程。

2. 为谁抄书的问题

练书法的人、写字的人都是为自己写的，只是成名之后有人要，才有为谁写的问题。我提倡的是以《四库全书》作为底本的书法行为，写得好的有人要，有人藏；写的拙者，可经年累月终成正果。抄者可赠、可捐、可送、可藏，藏可以藏一册、一卷、一本。主要的目的是练写。

3. 藏书家与藏书

收藏的时候，藏书家将提出收藏的要求规格，如纸笔之规、字体之法，这是抄藏双方的契约。藏书家可以是图书馆、博物馆、企业、个人等等。收藏是一种社会文化现象，收藏者有功于社会、历史。没有收藏，《四库全书》在哪？没有收藏，中华文明之史鉴在哪？藏家之藏，都是为了社会，为了后世、为了历史！他们的收藏，将全都留在社会后世，这就是收藏家之功、之献！

收藏家收藏的不仅仅是个物体，收藏的更是文明和文化本身。在历史的长河中，只有饱蘸文化思想的人文精神之作不会淹没在历史的尘埃中，蘸之愈满、载之愈多，社会将越珍爱之，历史将更珍藏之。现在的古书，多为雕版印刷的，手抄卷罕有，只见断章残片，已成珍宝。

今天中国人之手抄书，承载的是当代人之精神、思想，是当代人的文化艺术。今日国人抄书无非是给后人、给世界的朋友一份中国人的证件，一朵红牡丹。

四、小结

《四库全书》是中国的，也是世界的；是先人的，也是当代的，也必将是后人的。研究《四库全书》，就是解说中国文化，就是传承中华文明。

纵听五千年文明，横看七大洲风云。

（这是 2016 年 6 月 5 日，李铁映同志在岳麓书院主办的"首届四库学高层论坛"上的讲话）

《四库全书》是中华民族之宝藏

（代序二）

李铁映

今天有幸，我这个耄耋老人，在学术殿堂来发表一点自己对中国文化、对中国文明传承数千年的一些感悟。

这个论坛，我们研究的对象是什么？就是以《四库全书》为底本的中华文化，中华民族的文明。为什么强调以《四库全书》为底本？笼统地说国学，国学在哪？以什么为基本？可以比较肯定地说，都已经藏入《四库全书》了。这是中国的优势，是中国在世界上独一无二的传统。我们以文献的形式，用文字把中国文明记载下来，把中国历代文化的精粹继承下来。历史是自己先人的足迹，也是先人的思想路程。这是中国人之所以自豪、之所以始终立足于自己的根脉，不屈不挠，坚忍不拔，无论经过多少波折、多少苦难，仍然坚忍不拔地往前走的动力。这就是中华民族文化给我们的砥石，这就是中国人的自信。

今天是第二届《四库全书》高层论坛，我想讲四个问题。

（1）如何看待《四库全书》在中华文明史中的地位？

（2）研究《四库全书》的必要性。

（3）今天研究《四库全书》的重点有哪些？

（4）怎样推动《四库全书》的研究？

一、《四库全书》在中华文明史中的地位

有人问，是不是每一届《四库全书》论坛都要来谈《四库全书》是什么？我的答案是，是的！《四库全书》承载了中华民族文明，是中华民族的宝藏，是世界性巨制。《四库全书》是中华文化精粹、文献大成，是文献化的民族精神，反映了中华文化的连续性、传承性、自觉性。这是中华文化的一大突出优点，无与伦比！

它既是兴世之宝，也是警世之鉴。它是五千年的波涛，也是未来的佩剑。

《四库全书》的价值、地位、重要性，只有通过研究，不断地研究，化研究于实践才知道。《道德经》《论语》不是已研究了 2000 多年，今天还在研究吗？《易经》不也是研究至今，从未中断吗？千年来，我们不也是一直在践行研究古人及其典籍而得的思想启迪吗？书，不怕百遍读，常读常新，常读常得；史，代代都研究，常琢常智；知识，人人必备，常用常新。

历史、文化不仅不怕研究，而且要反复、不断地研究。研究历史就是研究文化，就是研究思想、研究精神。我们都是从昨天走来的，今天的我们是站在前人的肩膀上往前看、往前走的。

中国先人既然给我们留下了这样宝贵的精神财富，每代中国人都应该研究它们。研究是无止境的。只要中华民族绵延相承发展下去，关于中国人自己的文化、自己的文明、自己的故事，就要不断研究下去，每一代人都要给出新的注疏。研究历史在一定意义上就是研究自己，就是研究现在；也是面向未来，鉴古可知今。

历史，它的价值作用，就在于为现实服务，为我们这一代人服务。因此，每一代人都要研究自己的历史，代代相济，永不断章。不研史，就不知今；不研史，就不知根，不自信。

研究《四库全书》，给我们提供了一个经过反复筛选的、经过历史沉淀的中国文化精粹，给所有学子、后人提供了一个方便之门。从《四库全书》可以看到数千年来，我们的先人是怎么走、怎么做、怎么想的，可以解惑很多"是什么"和"为什么"的问题。

二、研究《四库全书》的必要性

为什么必须研究《四库全书》？就是为了中华复兴，为了走向世界。中国若不能走向世界、融入世界，就是封闭；不改革、不开放，不能继续前进。中华复兴的历史过程，就是世界认识中国的过程，就是教育、科技不断创新，不断改革开放的过程。中国必须与世界共繁荣，这就是历史车轮的新轨道。

历史是昨天的事，是先人的功业，但也是我们的根。中华复兴需要走向世界，世界也需要了解中国。真诚的合作，必须建立在互信之上。这种互信需要的是人文的了解、文化的认识，哲学思想上的沟通。《四库全书》正是这个文化基因库，人文精神的宝藏、通宇的桥梁。

研究《四库全书》，就是一个让世界了解中国的方式。《四库全书》不仅属于中国，也属于世界。尤其是今天中国要走向世界，世界要进一步了解中国，推动四库的研究是迫切的。

我有一个感觉，中国人对世界的了解，远比世界对中国的了解要多。今天中国人站起来了！中国人要实现中华民族复兴的中国梦，就需要世界深刻了解中国，特别是文化、思想。这是中华复兴、走向世界必然的历史过程、历史阶段，还有相当长的一段路要走。这是自然律，不可逾越。"路漫漫其修远兮"，不容忽略文化了解的重要。中国人走向世界的过程，就是世界了解中国的过程。

近一百多年来，中国的学子花了多少功夫去了解世界，到世界各国去留学，翻译了多少西方的、世界各国的文化经典，但对自己国家的文化经典却宣传不够。这个课中国今天要补！要让世界更多了解中国，没有深刻的文化的、思想的，乃至哲学层面的相互沟通和认识，相互之间的合作是不够的，不深入的，没有亲近感的。

我还有一个感觉，中国人讲的很多话语西方人仍然听不懂，因为在他们的哲学观念里，乃至文化辞典中，没有这些概念。例如我们现在讲要合作共赢，资本主义从1688年的光荣革命开始，什么时候和殖民地合作共赢过？什么时候和被压迫的国家分享过经济、科学、文化发展的成果？什么时候提出过命运共同体？他们奉行的是丛林政策，社会进化论学说。"一带一路"我们说合作共赢，共商、共建、共享。我们在互联互通，但他们仍然疑窦丛生。这些歧义很多是来自对中国的不了解，听不明白中国人今天讲的话。

另外，我们在殖民地半殖民地的时候，给外国翻译了一些非常美丽的名字，如英吉利，但人家是怎么叫中国的？想起这些就感觉莫名的心痛。那个时候，许多话语是带有这种屈辱色彩的。例如中国龙，它翻译成 dragon；我们的凤凰，它翻译成 phoenix。其实根本不需要翻译。龙就是龙（long），凤就是凤（feng）！他们没有这样一些神话传说。中国人不相信唯一，不相信绝对。

从以上这些例子，可以知道，要把中国介绍给世界，要讲很多话。要让世界听懂中国的话，就要把我们的经典之作，用现代的语言加以注疏。我们这一次注疏不只是给我们自己，还要给我们的后人，更要给世界。比方说有关《周易》之作，《四库全书》著录的就有一百六十多部，一千七百多卷，构成了一个巨大的学术宝库。一个学者可能一辈子要研究清楚都不容易。我们有幸这样一套文献，应该好好利用。

《四库全书》这个课题，我个人认为，是个永恒的中国人的课题。不仅为了中华民族的伟大复兴，也是献给世界人民的人类文明之瑰宝。可以这样讲，只有中国人能够把《四库全书》这个宝藏发掘出来，也只有中国人才能最深刻地读懂《四库全书》。要充分利用《四库全书》，继承和弘扬我们的优秀文化传统，没有他途可以实现，只有靠中国人自己。

不研究自己的历史，就不知道今天，更不知道明天。中国人今天已经逐渐成为一个自为、自觉的民族。自觉，很大程度上是文化的自省。唯有文化自信，才能成为一个自觉的民族，成为一个自为的、走在历史长河上的民族。只有自为自功，才有自强自尊。

对历史研究要剥皮求髓，穷根究理，从未达知，从混达清。精神是没有时间界限的，既没有历史的覆盖，也没有国界的限制。精神自由是最高的自由，这是人的特点。所以在精神问题上的吸取和学习，是没有限制的。并不因为它离我们千年，它就古老了，成为传统了。

《四库全书》，我认为足可概括为中华文化的精神之库、中华文明的宝藏。每一代人都要不断研究它，添上时代的精神。当代中国人、每个学子就是宣传家，让世界看懂，这是中国人的必然责任。

三、研究的重点

这个论坛的目的，就是要进一步推动《四库全书》的研究。以论立学，论存则学在。以研究释疑，以文解惑，探玄入微，分享世界。

研究要有重点，要有切入点。路径对了，才能精明入微。这里我提几点建议，供学者探路入殿。

(1)进行文献性研究。如：中国大型文献编纂史，《四库全书》及相关的文献，今书补遗、禁毁书补遗，文献图书编目学，古籍档案文献等的研究。

(2)以四库为底本的文化、思想、历史的研究。这种研究，不仅可以纠谬、正误、清糟，给后人留下一部绝真标准的文化遗产和可信的文脉，还可以深入研究部、类，进而某人、某书的再研究。以精微角度解读中国文化，特别是中国人的文化基因、根脉。这种研究是一种理论性、学术上的，可谓精义中华，揭示五千年至精至理。可以再诠疏，再解读。

(3)走出国门与世界共研同享。西学的研究方法与中学不同，但已为世界所接受。

后人、世人能够从"四库"研究中认识到它的必要性、它的价值。对于绝大多数人来讲，不可能进入这个殿堂，但是可以通过学者的研究获知这个殿堂里的精神财富。对于《四库全书》的研究是学究性的，还是只是一些深爱中国古文喜欢啃读历史的人的？历史是为当代人服务的。有人说，历史研究就是当代史的研究。我比较赞同这种说法。今天这个会，就是来推动《四库全书》的研究。只有研究得越多、越广泛，我们才知道《四库全书》是什么。现在有很多人研究外国人的思想，也希望有更多中国人研究中国人的思想。对于中国的事情，只有中国人才能解决。

我读了一点古文的东西，深感自己学识之不足。我为了参加这个会，还专门抄写了屈原的《离骚》。而古人精神上的这种深厚思想，例如屈原说"路漫漫其修远兮"，难道历史不是这样的吗？难道中国的振兴不是这样的吗？令人自省！

研究《四库全书》，实际上就是学习的过程。学和研是分不开的，任何研究都是学习的过程，任何学习都是研究的过程。我们都是读书人，读书人都有这个感悟，书要翻一翻容易，读进去就难了。常言道："听到的比知道的多，知道的比懂得的多，懂得的比会做的多，会做得比做好的多！"我们的宣传研究，是让我们的后人来崇敬我们的文化，是获得文化自信的一种方式。文化是每一个民族的名片。

世界要了解中国，先看中国人自己怎么看待自己的先人，怎么看待自己的文化。殖民国家最阴毒的就是消灭被殖民国家的文化，让它的文化褪色、消退。我们今天研究《四库全书》，就是要让中华文化更加灿烂、辉煌。今天中国人对待先人、文化的态度，热爱，尊崇，给世界昭示的就是文化自信！当然物无完物，理无绝论，正如古人云："天地无全功，圣人无全能，万物无全用。"中国人哲学当中最大的特点就是认为事物都是在变化，易者变也。存在的多样性，变化的多样性，这是自然规律。

人们一直对《四库全书》褒贬不一，现在我们应该提倡保护。现在应该是褒，通过研究来正面述说它。对《四库全书》要深入研究，不可轻之，主要是吸阳取正。中国人唯有这样来对待《四库全书》，才会促使世界去理解中国文化。

四、研究方法

《四库全书》代表的是一种文化的自豪、自尊、自信，我们应该褒之。"天生万物，唯人为贵"！这是我们今天中国人的态度。对《四库全书》研究就是为了进一步认识中国的根和中国的文脉。有了自己的根和文脉的人就有了自信。宇宙万物，是通过人的实践和研究而逐渐清晰的，虚实真伪在其中，"形动而生影"。研究即是最重要的人类实践活动。

今天，中国大踏步走向世界，世界也迎面向中国走来。《四库全书》的研究要多元化，要国际合作。要把网站联通起来，要登上信息化的大平台，给世界上所有感兴趣的人一个方便之门，一把打开中国文化的钥匙。共议、共研，要举行国际研讨会议。《四库全书》是全世界的，它必将为世界所称颂。研究方法要多层多样，精广并进，中外共学，敞开大门，享誉社会，联通世界汉学界，逐步进入大道，走入明堂。

当然，研究总是要有切入点的。任何研究都有路径，对学者来讲，这是面临的现实问题。我个人的看法，找最喜欢的，最熟悉的那个部类、那几本书，钻进去，就有所得。当然也有独辟蹊径的，找一些冷僻东西的，这也无妨。幽玄之中也可能有珠。研究的方法各不相同，尤其是现在多媒体的出现，给我们创造了更多的可能的研究方法。我认为，在研究这个问题上，这样研究那样研究，多层次、多样性、多渠道、多方式，都是应该鼓励的。研究方法正如工具，不拘一格，按每个人的偏好，走自己的路。

同时，研究也要有重点。只有切入点、路径对了，又有重点，对《四库全书》的研究才能有效果，精明至深。

我粗略地看了一下，从古人到现在，有关《四库全书》研究的方法，一个是文献学的研究。如对文献进行整理，看它的来龙去脉，注疏、流派、版本等。中国对待文献的研究是有传统，有传承的。汉代今、古文的研究，就具有文献学的特点。

《四库全书》的编撰过程，就是一个考据、整理、正误、注疏的过程，就是对中国历代文化的一次文献学研究。今天，我们可以站在先人的肩膀上继续研究，可以开展补遗、纠谬、新注、解读等等这样一些文献性工作。言及此，我们还必须正视禁毁研究的问题？我认为这是必须要做的。这个研究要补遗纠偏并重，还历史真面目，辩证认知古人。

第二个研究方式，就是深入地对一个部类或者一门学问、某几本书进行精研。如经部，易、书、诗、礼等类，可从哲学上去研究它。史部，正史、编年、纪事等类，可以纠偏订误补遗。子部，道、儒、兵、法、医、农等类，可从文化上去研究。集部，可从文学艺术，载述道艺的意象去研究，也可做补注等工作。如楚辞、词、曲等类，就做了许多补正的研究。使我们的后人在读这些书的时候，有一个很好的导师讲解，导学入门。例如，集部里头的唐诗宋词，我看现在不只是读一千年了，还要吟诵数千年，世界文化只有中国文化一脉传承至今！

讲解诗词就是一门学问！我认为汉字太美了！汉字的独特美，在抄写过程中就能体悟到。书法本身的美，体现在汉字中。文美在于词，词美在于字。但是汉字之美讲得不够，今天许多人不会读，不会写；倡行识繁用简，却陷入用简而不识繁。不懂古文，也就悟不出中华文化。中华文化在哪里呢？它在博物馆里。天花板现象①是危机、是危险。我们的下一代，一百年以后不认识汉字了，文化何在？视今日之梵文、古希腊文，令人惊厥！我实在是有些担忧！因此，提倡书法，提倡抄书，不仅是文化现象，也是学路承道，文脉传承，文在神在，一脉永存。今年我是真正的"80后"，这是"80后"之忧啊！

中华一定要振兴，复兴之路一定能实现！我有一个想法，要鼓励书法爱好者抄写诗文、经典。在唐代以前的传本基本上是手抄书，我们现在的图书馆的真善本，多数是木刻印刷的东西，不是手抄本。现在最珍贵的、代表中国文化的是手抄本，如王羲之《兰亭序》等。既是文物，也是艺术。《红楼梦》最初流行的就是写本，手抄本。手抄书是中国人的精神符号，应该鼓励书法爱好者来抄《四库全书》的诗、词篇，经史子集，想抄什么就抄什么。抄就是写汉字、识繁体、读古文、悟文释。抄书是一种文化现象，一种学习方式，抄书也是道与义的修为。抄就是学、写、读、识、悟中国文化的过程。抄者循法，法随艺出，精神、道法、人格，可入心入神。抄书之路就是为学之道，也是进行研究必经的过程。

如果把抄书和诵读结合起来，读写二者就合一了。我们惊叹古人为什么记得那么多的汉字，那么多的典故，其实就是诵读、抄写的结果。当然，不能要求每个人都来做这件事情，但是我希望书法爱好者来做这件事情。写字的人都是传习之人，人执一笔，挥洒一纸，经年累月，就是一阁！

文化、物质、艺术的价值都是在历史长河中经过洗练获得的，一般商品在历史的长河当中都淹没在尘埃之中了。不淹没在尘埃之中，甚至能够逐渐贵珍的都是文化。人的精神越多，历史价值就越多。建议首都师范大学首开此例，鼓励学生抄写，四年以后大学毕业的时候，可得一腔精神、一叠书稿，离家不远了。知

---

① 天花板现象是指干部的成长到了某个阶段就很难再有晋升空间了。

文是学道之路。这样就把学习研究《四库全书》之路打开了，多条路径是研究《四库全书》重要的方法。

抄书要按照《四库全书》的底本来抄，写清底本，价值就不一样了。今天这个讲稿是我自己起草的，字无非如其人，人有多高字就多高，人不高嘛，才一米七几，那就写不出来一米八九的字来。中国如果要有成千上万的书法爱好者依《四库全书》抄起来，抄本再流散广布于世界各国，千流穿域，万滴润宇啊！我曾经有一个大胆的设想，如果世界上几大博物馆收藏当代中国人的手抄《四库全书》，这会令世界震惊！《四库全书》近八亿字，七万九千三百三十七卷，三万六千二百七十七册，三千五百零三部，是三千八百多学子抄了十多年的结晶！抄，就比不抄好；学，就比不学强。要想获得真经，就必须研究。玄奘取经之路，也是漫长艰辛的。这些事情，不在一朝一夕，贵在恒持。

现在做事情，多求快捷，谋求利益。应追求的是精神的永存！不能把精神放在外头，把名利放在前头了。物益散化，神可日精，"言迎天意，揣利害，不如其已"。我这个耄耋之人余热也不多，只有一点温馨而已。

文化之路，是慢行的；走向世界，是费神费时的。不易啊！我特别希望学者建立起关于四库学的理论体系。论不立，学不成。因此《四库全书》研究，关键在于四库学之论。以论立学，这是我对四库学的看法。非凿洞探微、笃学如痴而不达。学术上怎么解读《四库全书》，怎么去确定《四库全书》的价值，这是研究的目的。

五、结语

最后，我有一个建议，这也是陈晓华教授去年在岳麓书院提的建议，即建议《四库全书》申遗。鸿篇巨制的《四库全书》，在世界上是独一无二的。不仅它的征书修书收书规模独一无二，而且它的典藏方式等诸多方面也是独一无二的。与《大英百科全书》相比，从文字数量来看，从所蕴含的历史长河来讲，《大英百科全书》远不及它。它在真实性、世界意义、时代性、人文性、完整性等属性方面完全符合"世界记忆遗产"标准。申遗的过程，是一个宣传《四库全书》的过程，是让世界认识《四库全书》的过程，我们这个论坛，要为申遗做贡献。没有这些深入广泛的研究，没有中国人的称颂，怎么会让外国人去赞许呢？它与自然遗产、历史遗产不同，它纯粹是精神文化的东西，所以这个认识过程是一个复杂的过程。

我主张申遗，也支持申遗。我们的抄写，也是申遗的一个方面。要鼓励书家，就现在脍炙人口的人们喜欢的一些典籍，练习书法，集为抄本。还要多出版以《四库全书》为底本的单行本，印成书可以，线装书也很受欢迎；也是抄书的底本，学习的范本，以飨社会，宜为收藏。

现在研究，首先要打开《四库全书》的大门，建立便于所有爱好者登堂入室的平台，方便大家去利用《四库全书》。方便之门很重要，有了方便之门才可以进入社会，遍及大众，才可以在其中漫游，寻觅所爱。网络资讯，可建立起一个平台，打开方便之门。只有中国人最热爱的东西、最崇敬的东西，才是世界的东西。《四库全书》是国之宝藏，文化之巨制，文明之金册，精神之明堂。我们要永世保藏，天动地变，也必须横亘于天地，垂鉴于世史！

谢谢大家！

（以上为 2017 年 6 月 17 日李铁映同志在首都师范大学召开的第二届"中国四库学高层论坛"上的讲话）

序三

陈晓华

　　乾隆年间纂修的《四库全书》，是中国历史上规模最大的一部丛书，因按照经史子集四部顺序编纂，所以名"四库"；因基本囊括当时存世典籍，所以名"全书"。当时共抄写七部，大体涵括了中国 18 世纪及其以前要籍，并使之系统化，是中国有文字记载以来所存文献最大规模汇结，保存传承了中国古代文化，堪称中国古代文化集大成者，具有极其珍贵的价值。

　　《四库全书》自成书至今已走过了 200 余年的历史。200 余年来，它经历了磨难，见证了国之兴衰。时至今日，七部《四库全书》仅存其四，保护弘扬之任刻不容缓。不过，令人欣慰的是，自它成书之日起，便以代表东方文化的身份，获得了世界性地位。

　　《四库全书》以著作提要的形式，通过对著作的评述，对中国之外的东西方世界展开了认知，对明末以来的中外互动做了全面总结。它著录了不少具有世界性地位的典籍。对中国之外书籍，著录有欧洲著作 29 部、朝鲜著作 7 部、越南著作 2 部、日本著作 2 部、印度著作 1 部。虽然并没有包罗完所有中国之外的东西方著述，但这些著作是当时世界信息沟通极其不便的情况下，中国所能知晓的外部世界的代表，合以中国人自己著作对外部世界的认知，是足可见中国之外世界概貌的。

　　四库修书之时，就有传教士把它纂修的事传回欧洲。1878 年，迈耶斯（W. F. Mayers）发表了一篇《中华帝国文汇》（*Bibliography of the Chinese Imperial Collections of Literature*）的文章，介绍了《四库全书》及其修纂等事宜。日本方面，宽政五年（1793）商舶载回《钦定四库全书简明目录》一部二套，宽政六年（1794）赍入《四库全书目录》一部二套，天保十五年（1844）传入《四库全书提要纲目》、嘉永二酉岁（1849）传入《四库全书考证》一部八套，而当今日本各地区主要的一些大学基本都已购买《景印四库全书》。朝韩方面，在《四库全书》编纂的十年期间，朝鲜使臣始终在关注全书的编修过程，《四库全书总目》及《四库全书简明目录》在乾隆末年编成印行不久后，便由朝鲜使臣携回朝鲜。成于朝鲜正祖朝（1776—1800）的《奎章总目》即收有《四库全书简明目录》，《燕行录》《李朝实录》《朝鲜时代书目丛刊》等文献也收有不少有关《四库全书》的材料。在东亚各国都关注《四库全书简明目录》的背景下，越南方面也在19世纪初引入了该书。《四库全书》《四库全书总目》《四库全书简明目录》等的传入推动了日朝韩越等国目录学的发展，促进了他们汉学研究的进步。

1920年，法国总理班乐卫受北京当局徐世昌邀请曾参与中国计划影印文渊阁《四库全书》之举。因徐世昌与班乐卫共商影印《四库全书》，法国巴黎大学赠徐世昌名誉博士，徐世昌委托朱桂辛代表他赴法接受，朱桂辛曾携带影印的简本《四库全书简明目录》及文渊阁藏书内影彩图12幅便道至欧美各国及日本，赠送各国元首及各大学图书馆。法国巴黎大学创办中国学院，曾计划拨款180万法郎建"四库图书馆"，希冀借抄一部分，后因影印计划落空，建馆之举才作罢。1935年民国政府以文渊阁《四库全书》1960册影印出版的《四库全书珍本初集》赠送苏联列宁图书馆。抗战期间，日本、苏联都曾觊觎文溯阁的《四库全书》。

学者们则把《四库全书》放在世界文化背景下，既视之为陈迹的知识金字塔，还把它与狄德罗《百科全书》（1751—1772年，字数2268万）相比，认为《四库全书》代表了18世纪中国中心的东方知识世界，狄德罗《百科全书》代表了18世纪法国中心的西方知识世界，认为《四库全书》在某些方面还超过了狄德罗《百科全书》。

此外，晚于《四库全书》容括世界知识体系的大型书籍英国《大英百科全书》（1999年国际中文版，4350万字）、日本《世界大百科事典》（1972年第3版，4000余万字）等，都有专门的条目介绍《四库全书》，无疑《四库全书》被纳入了世界文化体系。从《四库全书》所著录的如《水经注》《梦溪笔谈》《本草纲目》等诸多具有世界性地位的著作，以及它所代表的东方文化，也实可见《四库全书》举足轻重的世界性地位。时至今日，它获有了国际学术界的"中国文化的万里长城""东方文化的金字塔"等美誉。

这一切无不体现出中国优秀传统文化续古开今的内在动力，蕴涵着中国传统文化的无穷哲理与智慧。《四库全书》是世界文化史上的璀璨明珠，足可与万里长城、大运河相媲美。

当然，对它的研究，系于钦定之故，虽然并未从其成书之日起就开始，但至于今，已成为一门专学——"四库学"。

不过，虽然 20 世纪 80 年代刘兆佑、昌彼得等学者才提出这个概念，且仅止于《四库全书》研究，但其远源可至隋代，即以经史子集为名为序的四分法确立时期，近源为清高宗下诏定《四库全书》之名之时。清高宗认为，四库之目容括古今宇宙所有典籍。他赐钦定之书《四库全书》之名，就是希冀凭借四库典籍及其体系，即经史子集四部及其所涵括的知识体系及其分类体系，全面统筹整合古今中外典籍。即使学术文化源远流长，又确保治道合一，实现大治。由此可见，清高宗四库修书时期，四库著述已成大观，足以独立成学。

关于这门专学，大体而言，有两种治学路径。一是致力于文献研究的治学路径，如考辨补正、目录版本等研究，此为研究者重点关注，以余嘉锡、胡玉缙等为代表。但是这种刊误、补正、考校、纠谬的路数，存在视角单一之憾。因此，开辟另外的研究路径势为必然。这就是另一思路，即从学术史、思想史或文化史等角度，或多角度多视野进行研究的路径，着重学术批评和思想文化层面等的探讨。至于其研究分期，系于本书为阅读《四库全书》指南而作，因此从近源谈起。从近源而言的"四库学"，可以分为四个时期，即 20 世纪以前的准备阶段、民国年间的初兴阶段、1949 年至 1979 年的不平衡发展阶段、改革开放后的多元繁荣时期。

20 世纪以前，学界的注意力集中于对四库补续纠谬，或条纲系目上，完整系统之作不多，研究成果少。之所以如此，是因为钦定，少有人敢碰禁忌。当然，局于补续纠谬或条纲系目，也是目录学研究绪接学术传统，真有清一代学术主流的表现。这个漫长的阶段，只能是《四库全书》研究兴起之前的准备时期。

这个准备时期，开四库补撰先河的是阮元《四库未收书提要》。《四库未收书提要》仿《四库全书总目》体式，收录四库未收书 170 余种，进呈嘉庆后，得嘉庆"宛委别藏"之隆恩，遂开四库补撰之先河。不过，创始之作难为工，《四库未收书提要》存在诸如没有分类、不便检寻、书成众手、时有抵牾等不足。这些不足由傅以礼《研经室经进书录》、李滋然《四库未收书目表》、胡玉缙《四库未收书目提要补正》等加以改善。关于四库补撰，还有一类是对禁书书目的补撰。姚觐元的《清代禁书总目四种》将禁书分为全毁书目、抽毁书目、禁书总目、违碍书目、奏缴咨禁书目等，率先开启了清代禁毁书目的研究。于此，后来者不断辑补完善，遂有 1997 年《四库禁毁书丛刊》的面世。

在四库目录版本方面研究做出贡献的，有邵懿辰、莫友芝等。邵懿辰《四库简明目录标注》与莫友芝《邵亭知见传本书目》一北一南交相辉映，加以朱学勤《朱修伯批本四库简明目录》及孙诒让《四库全书简明目录笺迻》，为我们考证四库目录版本提供了重要参考。此外，还有一些学者对四库条纲系目，为读书治学者之津梁。诸家致力于此，较突出的还有乾隆年间胡虔《钦定四库全书附存目录》（光绪甲申春学海堂重刊），费莫文良《四库书目略》（同治庚午年刻本）等。

进入 20 世纪，《四库全书》研究解脱钦定束缚，告别准备阶段，由初兴走向不平衡发展，最后达至今天的多元繁荣。

先是陈垣对文津阁《四库全书》进行清点，并对一些重要问题进行了开创性研究。稍后，余嘉锡、胡玉缙、杨家骆、任松如、郭伯恭等，推出了一系列具有开创性和广泛影响力的经典之作，即余嘉锡《四库提要辨证》、胡玉缙《四库全书总目提要补正》、杨家骆《四库全书学典》、任松如《四库全书答问》、郭伯恭《四库全书纂修考》。同时，对《四库全书》的影印工作也提上了日程。从 1920 年至 1935 年，在内外诸因素推动下，共掀起 5 次影印浪潮。虽然全部影印最终没能实现，但《四库全书珍本初集》得以编印出版，推动了《四库全书》及相关研究的深入。

进入 20 世纪 50 年代后，《四库全书》研究进入不平衡发展阶段，大陆地区研究步履艰难，进展缓慢，趋于停滞。港台地区的研究相对大陆地区而言，成就较为显著。民国时期各类型的研究在港台地区的研究中都可找到相应的位置。

改革开放以来，"四库学""四库总目学""四库区域文化学"等概念相继提出，并出现了大批研究成果。1982 年，台北故宫博物院昌彼得在《景印四库全书的意义》一文中，率先提出"四库学"这一概念。几乎与此同时，台湾东吴大学刘兆佑《民国时期的四库学》一文，则在论文题目中径将"四库学"提出。2003 年，陈晓华《"四库全书总目学"构想——〈四库全书总目〉研究新论》一文率先提出"四库总目学"概念。其后，继续专注于有关问题的梳理研究而成《"四库总目学"史研究》一书。"四库区域文化学"则由高远在《清修〈四库全书〉河南采进本与禁毁书研究》中提出。除新视野新思维新观念外，与"四库学"相关的书目、文献档案，如《"四库学"相关书目续编》《民国以来的四库学》《纂修四库全书档案》《翁方纲纂四库提要稿》等也接连面世。而民国年间未能实现的影印，也在这个时期得以完成。1986 年，台湾商务印书馆《景印文渊阁四库全书》出版。次年，上海古籍出版社以此为蓝本缩印出版。深藏秘府的《四库全书》终于真正实现了公藏理念，进入大众视野，激发了海内外研究《四库全书》的热潮。后来，武汉大学出版社 1997

年出版了 153CD 图像格式的文渊阁本电子版，1999 年香港迪志文化出版有限公司分别与上海人民出版社和香港中文大学合作，出版发行了电子全文检索版文渊阁《四库全书》，以新型文献载体惠及学人。《四库全书》得以更广泛传播。1989 年上海古籍出版社影印出版文渊阁本《四库易学丛刊》，1993 年上海古籍出版社据文渊阁本《四库全书》所收明人宗臣、胡直的诗文集影印出版《四库明人文集丛刊》，1994 年上海古籍出版社影印出版文渊阁本《四库唐人文集丛刊》38 种，2005 年《文津阁四库全书》由商务印书馆影印出版，2014 年商务印书馆原大原色原样再次影印，2015 年文澜阁《四库全书》由杭州出版社影印出版，2017 年商务印书馆影印文津阁本《四库全书》茶书 8 种，2018 年中国书店影印出版《四库全书》系列 58 种。《四库全书》的影印出版和电子化，及其单行本的影印出版，对《四库全书》及其研究，无疑具有划时代的意义。

与此同时，专门的"四库学"研究机构相继成立。海南大学、天津图书馆、首都师范大学、甘肃省图书馆、武汉大学等高校或科研单位相继成立了专门研究机构，开展"四库学"研究，"四库学"研究出现新高潮。

不过，遗憾的是，"四库学"及其研究的地位，相对《四库全书》的地位而言，并没有匹配上。亦即，四库学及其研究处于一种尴尬境地，绝学显学都能沾上边，但都不突出。四库，被西方分类法代替后，除整理古籍外，不复使用。其研究，当然称得上绝学。而《四库全书》是四库发展到顶峰的杰作，有关它的研究，自然也是当之无愧的绝学。但这个绝学，不同于简帛或甲骨文之学。简帛与甲骨文二者的载体，是彻底从人类视野中消失了的。《四库全书》的载体纸则根本就没有消失过，因此称得上绝而不绝。至于显学，典籍总汇文化渊薮的《四库全书》，理应为公众关注。当然，它也的确从未离开过公众视线，从问世起就获得了世界性地位，并且对它的研究也从未中断。然而，它的研究队伍却不大，研究方法颇单一，研究视域够不上宽，研究水平参差不齐，达至一流的知名专家学者少。如果是绝学，这等状况，可以理解。但"四库学"及其研究，并非完全意义上的绝学，颇有进退无据之感。

此外，四库学各研究中心兴盛之势也没有持续太久，仅甘肃省图书馆、武汉大学、首都师范大学的四库学中心坚持了下来。这也是令人颇遗憾的。细而究之，应是各自为政，无有领军之过。四库学及其研究兴而不旺，显而不显，也与此不无关系。

近年来，在李铁映先生的积极倡导下，2015 年湖南大学成立了中国四库学研究中心，2017年首都师范大学《四库全书》学术研究中心更名为中国四库学研究中心，由此逐渐形成了以湖南大学和首都师范大学为代表的南、北两个四库学研究中心。这两个中心组建研究团队，创办专门学术刊物，同声相应，凝心聚力，团结国内外四库学研究队伍及人员，形成领军之势，四库学研究各自为政的局面至此改观，对"四库学"及其研究助力颇菲，为当今传统文化热中的一道亮丽风景。

湖南大学中国四库学研究中心自成立以来，积极组建专业队伍，立足于以《四库全书》为代表的传统经、史、子、集四部文献的整理与研究，每年坚持与国内兄弟高校、科研院所及相关单位合作举办"中国四库学高层论坛"，定期编印《中国四库学》研究集刊(每年两辑)，并资助具有较高价值的海内外四库学研究著作出版，多管齐下，以期增强自身队伍的学术实力，活跃四库学界的研究氛围，促进四库学领域的专业交流，实现助力文化自信和文化强国战略的目标。

目前，湖南大学中国四库学研究中心开展的主要工作有：

第一，组建团队，选定方向，形成自身研究特色。中心成立以后，以邓洪波教授为首的科研团队不断思考摸索，最终决定回归《四库全书》文本，充分利用团队成员的文献学专业素养，凝练学术方向，开展基于实证的四库学研究工作。首先，启动《四库全书总目》繁体版的点校整理工作，此版本是殿本《总目》为底本，参校浙本，吸纳近年来学界相关研究成果，旨在为学界提供一个精确可靠的阅读文本。其次，将中心研究方向与湖南大学岳麓书院的文献学学科建设相结合，既彰显研究队伍的学术特点，又强调从文本出发，为后续研究不断提供动力，以期建成一支具有鲜明湖湘风格的文献学研究团队。

第二，搭建平台，守好阵地，打好四库学研究的持久战。中心自2015年成立以来，积极思考如何团结海内外学术研究力量，共同促进四库学研究的深入与繁盛。在此设想下，中心创建每年一届的"中国四库学高层论坛"和每年两辑的《中国四库学》，既有面对面直接交流的学术论坛，又以文会友、公开出版发行的专门出版物，双管齐下，稳定研究队伍，鼓舞学者士气，深化研究成果。

第三，培养学术研究力量，促进研究成果转化和推广。学术研究的主体不外乎研究者和研究成果。四库学研究若想长远深化发展，研究力量的培养和研究成果的推广二者缺一不可。为此中心做出如下努力：首先，在湖南大学岳麓书院开设文选和经典导读课程，充分利用课堂、读书会等形式带领学生从《总目》入手熟悉四库，增进青年学生对四库学的了解和兴趣。此外，中心积极为年轻学子提供机会，鼓励并支持年轻学子撰写论文参加"中国四库学高层论坛"，对《中国四库学》来稿不论职称学历，择优发表。其次，中心积极资助优秀学者出版著作，目前已资助中国台湾学者夏长朴教授和大陆青年学者李成晴博士与中华书局签约出版《四库全书总目发微》和《清代文献丛考》两书。此外，对中国台湾学者杨晋龙教授相关著作的出版资助工作也正在进行中。

首都师范大学中国四库学研究中心，以李铁映先生2017主旨讲话为方向，以《四库学》为阵地，以《四库全书》申请世界记忆遗产为抓手，致力于四库学的研究、普及与学科建设，积极宣传组织新抄《四库全书》，开展四库申遗活动，建设四库文化，推动四库文化走向世界。自2017年6月举办"第二届四库学高层论坛"以来，为贯彻落实李铁映先生的讲话精神，2017年12月举行了四库申遗座谈会，2018年10月则与北京市第三十五中、甘肃省图书馆、浙江省图书馆等合作，在国家图书馆积极支持配合下，召开了四库学论坛。三次会议，文史哲等领域老中青专家都有代表参加，七阁代表人员基本齐聚。做到了主题突出，参会人员覆盖面广，代表性强，研究队伍结构合理，形式灵活多样，特色鲜明。既意在弘扬中华优秀传统文化，增强文化自信，又一定程度上实现了中华优秀传统文化的创造性转化，创新性发展，创新良多。这也表明四库研究及传承前景大好，中华文化传承形势大好，有利于中华优秀古典文化活起来，传下去。三次会议，都得到数十家中央级媒体报道，在社会上反响强烈。为响应李铁映先生新抄《四库全书》的号召，中心还组织书法家新抄《四库全书》，分别在首都师范大学本部主楼、国家图书馆稽古厅展出了新抄《四库全书》成果，迈出了新抄《四库全书》第一步。

目前，首都师范大学中国四库学研究中心开展的主要工作有：

第一，为《四库全书》申请世界记忆遗产。为此，中心与三家《四库全书》藏书机构和七阁达成共同申遗共识，并得到各界大力支持，申遗工作正在稳步推进，中国人的认知和自信是申遗的关键。以《四库全书》申遗为契机，有利于扩大《四库全书》的国际影响力，引起各界更广更大范围的关注，加强对其重视与保护，促进对其研究，推动"四库学"建设，并彰显中华文化魅力，展示中华风采，提升中华影响力，推动中华文化圈的建设。此举也有助于鼓励世界各国参与此项活动，使更多记忆遗产得到保护和传播。

第二，应学界之请，号召并积极筹建全国性"四库学会"。众所周知，国内外学术界对《四库全书》已有丰富的研究，但如何推进这种研究系统化、科学化和国际化，现有研究模式、资源利用和队伍建设状况存在明显不足，亟待统筹各方面力量，形成跨学科、跨领域、跨地域的互动协作、研究交流和知识传播新局面，使《四库全书》学术研究和文化资源开发达到一个新水平。为巩固文化自信的社会基础，进一步增强国家软实力，还需尽快动员各方力量参与发起《四库全书》申请世界记忆遗产工程。为此，呼吁建立全国性"四库学会"的呼声此起彼伏。当下，中华优秀传统文化传承形势大好，为文化传承大计，学界再起"四库学会"建立之声。目前，志愿入会会员登记入会工作已经完成，"四库学会"章程也已制定完毕，"四库学会"筹建工作正在稳步推进。当然，传承中华文化，不是简单复古，而是古为今用，洋为中用，辩证取舍，推陈出新。

第三，学术研究与普及推广并重。学术研究方面，响应李铁映先生号召，立足以论立学，与国内外同仁尽力于推动四库学研究与学科建设，并以《四库学》为阵地，推介四库学，且积极建设《四库学》辑刊。《四库学》在出版的当年即被中国学术期刊网收录入辑刊库，且引起人大复印报刊资料索引等关注，优秀论文被其加以了转载。此外，在报纸杂志上组织笔谈，开辟专栏，团结培养学术力量，着力建设学术队伍。同时，学术著作与普及读物撰写出版工作并重，以扩大"四库学"影响力。今年《清代目录学研究》《兰台经纬：〈四库全书〉精解》即会面世。

在普及工作方面，一是组织新抄《四库全书》。抄写是中国古人行之有效的学习方式，也是古人重要的文化传承方式。因此，新抄《四库全书》的价值不言而喻，关系着中华文脉的传承，中华精神的代有人继。二是加强与文化普及有关的单位的合作。如加强与中小学及公共图书馆的合作。在这方面，中心有过成功经验。中心曾本着学术研究与普及兼顾的原则，选择北京第三十五中，共话四库学，普及推广之。与其共同承办的 2018 年 10 月四库学论坛，即意在普及推广四库文化，推动记忆遗产入中小学校园。自 2018 年 9 月开始，与该校合作开设的"四库文化入门"，随着双方合作的加深，课程在专业化系统化基础上，做到了深入浅出，普及入门与研究拓展相辅相成。不仅为青年学子提供了专业的四库学研究平台，也将四库文化推向大众，推向社会。同时计划开发在线课程，使广大民众能够走近《四库全书》。此外，中心也与首都图书馆达成推广普及四库文化的共识。2019 年 1 月 12 日，首都图书馆"乡土课堂"新闻发布会，正式宣布四库学论坛入首都图书馆。这是与大众文化的又一成功合作，普及推广四库文化的又一重要举措。三是重视普及读本的编写出版工作。中心把四库读本的编写出版列为中心工作重点之一。今年即将出版的《兰台经纬：〈四库全书〉精解》为此序列的开端。

总之，由全国四库学研究中心的广泛建立，到南北二中心出面领军，振衰救弊，以及四库学论著踵而兴起，四库学研究走向常态化、专门化、普及化，无不预示着四库学研究正成为一个新的学术增长点。由此，"四库学"更有走出《四库全书》，拓展至经史子集四部，涵括其下所有文献，广涉中国各种传统学问、技艺，并兼及外来学术，同时对这个体系及其所容括的中外学术文化研究之态。故而，回顾百余年来的四库学研究，如何在既有的成绩上再创辉煌，值得深入思考。兹不揣浅陋，胪陈管见如下：

一、增强四库学研究的现实关怀

历史研究应当为现实、为当下服务。如李铁映先生所言，《四库全书》是中华文化的精神之库、中华文明的宝藏，其中有取之不尽、用之不竭的资源。研究《四库全书》是研究中华文化，中国历史，是要充分挖掘《四库全书》中的思想资源，为现实服务。《四库全书》所承载的中国文化、思想和历史，以正确的方式加以利用，正可以纠谬、正误、清糟，给后人留下一份独一无二的文化遗产和可信的文脉。对《四库全书》的宣传、研究，贵在持之以恒，非数十年而不就。功在当下，利在千秋。

二、四库学研究要走出国门，与世界同研共享

正如李铁映先生所言，《四库全书》代表的是一种文化自豪、自尊、自信，对它的研究就是为了进一步认识中国的根和中国的文脉。有了自己的根和文脉的人就有了自信。中华民族复兴的历史过程，就是世界认识中国的过程，就是依教育、科技、文化不断创新，不断改革开放的过程。中华复兴需要走向世界，世界也需要了解中国。而研究《四库全书》，正是一个让世界了解中国的方式，是沟通中外的桥梁。世界要了解中国，先看中国人如何对待自己的先人及其创造的文化。唯有更多中国人去研究本国的思想、展示本国文化，增强文化认同，世界才能真正理解什么是中国文化，中国人的信史、信文，是弄罗编织中华文化的基础、前提。当下的《四库全书》的研究，要多层多样，精广并进，中外共学，敞开大门，享誉社会，联通世界汉学界，逐步进入大道，走入明堂。此外，还要配合新时代中国特色哲学社会科学建设，开展全球化视野下的四库学研究，进行跨国界比较研究，摸清域外四库学研究现状。为此，要积极推进《四库全书》申请世界记忆遗产工作，把《四库全书》推向世界，让世界了解《四库全书》，了解中国文化。这样才能最大程度地再次发挥《四库全书》文化使者的使命，固中华文化之本，增强文化自信，实现中华优秀传统文化的创造性转化，创新性发展。

三、挖掘四库本文献的价值

长期以来，学界对四库本文献存在偏见。众所周知，《四库全书》是不标书籍具体版本的，加以四库修书时曾刻意增删补改了部分书籍，导致学界对《四库全书》收录书籍的版本产生了质疑，大到怀疑所有书籍的程度。这种怀疑，其实是没有必要的。疑古思潮是中西方研究古史的方法和思想。因为当时以国家之力征集书籍，下面进献的必定多是版刻优良的书籍，没有人敢拿自己的政治生涯、身家性命开玩笑。而且，四库馆有严格的检查奖惩制度，馆臣也有鉴别版本优劣的能力。所以，《四库全书》的版本大多优良可信。只不过为了奖励献书，活跃献书力度，清高宗（乾隆）才把书籍本来应有的版本名字改为进献书籍的人或政府机构的名字，因此就带来版本不明，不知是否好版本的问题。此外，馆臣增删补改书籍也带来了版本问题。不过，馆臣所进行的增删补改主要集中在有政治问题有违碍忌讳的书籍。所以，对四库本一律质疑的态度，未免失之偏颇。如四库本《明史》因经馆臣校勘，就较现在通行的《明史》版本为优。而四库本书籍经馆臣校改后，从版本角度而言，其独一无二性，是具有版本价值的。当然，四库馆庞大，不良版本书籍入馆也是不排除的。因此，重新审视四库本文献，整理四库本文献，并与现在通行本进行比较，集诸本之长，推出精品珍品，更彰显《四库全书》在文献传承方面的独特作用。同时也能达到反思历史，为现实服务的目的。

四、进一步推进四库学学科建设

虽然"四库学"由来已久，发展至今，并不仅止于《四库全书》，而及于整个四库，达至经史子集所有文献等，足可为代表中国古典文化的一门学问。但正式被提出来，也就是最近的事。因此，四库学要更好发展，学科的构建与完善是摆在研究者面前需要进一步探讨的问题。四库学学科构建至少应从两个层面展开：一是基础层面，侧重于文献学图书馆学等方面。既要加强四库目录版本校勘典藏辩证等研究，还要注重传播普及四库经典，并积极实践。拓展层面，即立足文献学，结合学术思想文化史、政治史等展开研究，实现跨学科、跨国界全面探析。具体而言，可以谈四库与新时代中国特色文化建设的关系。文化自信是新时期文化建设的重要内容，是摆在当下学者面前的一个重要问题。文化自信不是空谈口号，而是要见诸行动，要为文化自信寻找落脚点，根深才能叶茂。《四库全书》恰恰能够承担这一角色。又，四库承载着中国古典学科体系与知识系统，这正可为中国学术体系的建构提高借鉴。故而，文化自信、新时代中国特色文化建设是我们今天研究四库的重要着力点，也是四库学学科发展的重要契机。当然，要致力于学科建设，阵地及队伍建设，国内外合作等是需要关注的。我们要进一步加大对《四库学》辑刊的建设，定位把脉，以之为阵地，以《四库全书》申请世界记忆遗产为抓手，面向世界，着眼未来，加强国内外合作，以论立学，共建同促四库学学科。

五、推动四库文化的普及，是为让后人谈真史、真文

文化经典走近普通民众，更能彰显其价值。四库文化的普及，应继续开展新抄《四库全书》，把抄书和诵读结合起来，让大众用直观的形式了解中国传统文化的经典之作，将传统文化中的大智慧发扬光大，让更多的读者从中受惠。此外，还要继续推出一批通俗性的四库学著作，以大家写小书的形式推广普及；以大众喜闻乐见的形式，如面向普通民众开展专题讲座，讲解宣传四库，传播普及优秀传统文化；继续推进《四库全书》入中小学课堂进图书馆，让中小学生让大众耳濡目染，以走进中国优秀传统文化。

在当今时代，既需要高雅的历史，也需要通俗的文化。高雅是历史本身的厚重与底蕴所赋予的，通俗是为大众认知历史应当具备的。雅俗共赏，才最能彰显历史的本色，才能让历史绽放出流光溢彩，共同推进历史的繁荣，并为我们这个民族及其大众积淀更深厚的底蕴。四库学，作为历史文化长河中一员，理应雅俗并重。高雅方面，学术文化界已做得很多，相对也很到位了；而通俗方面，除杨家骆编《四库全书学典》、任松如编《四库全书答问》、刘汉屏《〈四库全书〉史话》等通俗之作外，未见他作。而且，读之亦不能解入门之道。胡道静等《四库书目家族》、刘兆佑《民国以来的四库学》等虽然有指引读书门径，解决入门问题的功用，但仅是目录之作，不得见四库之貌。兼具二者优点的普及之作，至今未见，与四库需要大力普及的地位不符。

《〈四库全书〉阅读指南》的问世，正好弥缝了二者的缺陷。全书分上下篇，内容丰富，既对相关问题予以梳理、总结，又选文注释，解读文本，指引了读书治学门径，解决了如何读的问题。大家耳熟能详却望而生畏的《四库全书》，因而得以走下殿堂，走入民间。其导《四库全书》普及之先，功莫大焉。而该书几位作者精诚专一，焚膏继晷，于中华文脉之传承，文化自信之宣励，优秀传统文化创造性转化，创新性发展，汇一己之力，其跬步必将千里，其高远之志其苦诣，也必将不负。

（作者系首都师范大学历史学院、四库学研究中心教授，博士生导师）

2019 年 2 月 16 日

目　录

第一篇
《四库全书》简介

　　乾隆三十八年(1773)二月底,清朝朝廷开设四库全书馆,正式任命乾隆皇帝第六子永瑢及梁国治为第一任正、副总裁官,还任命了总阅官、总纂官、总校官、翰林院提调官、武英殿提调官等一系列相关官员,并召集纪昀、戴震等人开始编纂《四库全书》。到乾隆四十九年(1784),《四库全书》编成并誊录了四份,分别收藏在文渊阁、文源阁、文溯阁、文津阁,《四库全书》的编纂工作告一段落。到乾隆五十二年(1787)四月,第二批誊录的三份《四库全书》完工,分别收藏在文宗阁、文汇阁、文澜阁。至此,《四库全书》的编纂、校勘、校对、抄写、保存工作宣告结束。

　　在这期间,清政府前后召集了360多位官员、学者、文人参与《四库全书》的编纂工作,还召集了3800多人承担书籍的抄写、誊录工作。《清史稿》卷一百四十五《志一百二十·艺文一》记载,编纂成书的《四库全书》"著录三千四百五十八种,存目(书)六千七百八十八种,都一万二百四十六种"①,它按照汉代以来确立并为历代所沿用的经、史、子、集四部分类方法来编纂,基本上收录了从先秦时期到乾隆之前中国历代作者著述的主要著作。此外,还有朝鲜、越南、日本、印度、希腊以及明清时期来华的西方传教士等域外作家、学者、专家的一些书籍。它的内容涉及了传统意义上的经史子集四部以及三教九流各个流派,涵盖了社会、文学、历史、哲学、宗教、政治、民族、艺术、医学、天文、地理等不同领域。

《四库全书》是在乾隆皇帝的直接主持下进行的,它的编纂工程持续时间长,为此开设的专门机构四库全书馆规模大,直接参与编纂、著录的工作人员数量众多,编成的《四库全书》卷帙浩繁,容量很大,基本上涵盖了我国古代所有能够收集到的书籍,它内容广博而统属于经、史、子、集四个大的部分:按照通行的说法,它几乎已经收辑了所有能够收辑到的书籍。根据这些特点,这一套书被命名为《钦定四库全书》,简称《四库全书》。

《四库全书》是迄今为止我国历史上已知仅存的一部最大的大型综合性丛书,在我国乃至世界文化发展史上都有着极其重要而又独特的影响和作用。时至今日,它的编纂成书过程,还有编成之后两百多年来的留存毁佚情况,以及古今读者和学者专家对它的评价情况,后世对它的整理与研究情况,仍然是大家深感兴趣并乐于探究的话题之一。这也是本书第一篇所要介绍的主要内容。

---

① 《四库全书研究文集》第 186 页至第 195 页。刘炳延、易雪等人的研究文章显示,《四库全书》共收书 3460 种,近 8000 卷,抄成了 36000 册,总字数近 10 亿。本书后面章节在叙述《四库全书》辑录了多少种图书这个内容时就采用了 3460 这个数据。

第一章 | 《四库全书》的编纂过程

谈到《四库全书》的时候，有兴趣的人也许要问：是什么原因促使乾隆皇帝做出决定来编纂《四库全书》的？《四库全书》是由什么机构、哪些人来具体组织与着手编纂的？《四库全书》是怎样编纂成书的？……诸如此类的问题，可能也是读者朋友们首先要了解的。我们希望能够通过下面的叙述来为大家解答上述疑问。[1]

第一节 | 《四库全书》的编纂缘起

一、乾隆下发搜访遗书诏

乾隆三十七年(1772)正月初四日，乾隆皇帝发布了一道诏书[2]，要求各省总督、巡抚、学正等地方官留意寻访、搜集、购买留存于民间的古今图书。

这道诏书开宗明义，直接叙述了下发诏书的目的："朕稽古右文，聿资治理，几余典学，日有孜孜。"意思是说，我下发这道诏书，要求大家广泛寻访、搜集、购买散落在民间古今有用的书籍，目的是更新、充实我的藏书，让我有机会在我已

---

[1] 相关记载见《中华百科全书》，中华大百科全书出版社 1999 年 8 月第 3 版，第 1160 页。《清史稿》卷一百四十五《志一百二十·艺文一》明确记载缺失的数目为"二千四百四卷"。

[2] 相关记载及后面引用的诏书文字见《清高宗实录》卷九○○。

有的藏书之外，读到更多、更好的书籍，从中总结吸取治理国家的经验教训，学到做人的道理，并因此而引领兴儒尊贤，重视文化教育事业的风气。

接下来，乾隆皇帝笔锋一转，叙述了下发诏书的直接原因："今内府藏书，插架不为不富，然古今来著作之手，无虑数千百家，或逸在名山，未登柱史，正宜及时采集，汇送京师，以彰千古同文之盛。"意思是说，如今，皇家内府所藏的书籍不是不多，但还没有收尽天下古今一切于做人、于理家、于治国有益的书籍。现在正是天下大治太平时期，大家把这些书籍采集起来，汇总到京城，一方面可以丰富皇家内府藏书，另一方面又可以彰显我大清王朝崇尚文治之道，是一举两得、有益无害的事情，大家何乐而不为呢？

那么，怎样兴利除弊，既能寻访、搜集、购买到好的书籍，又不会因此而危害百姓呢？对此，乾隆皇帝做了比较具体、细致的交代：

"坊肆所售举业时文，及民间无用之族谱、尺牍、屏障、寿言等类，又其人本无实学，不过嫁名驰骛，编刻酬唱诗文，琐屑无当者，均无庸采取。"书店里出售的供读书人参加科举考试之用的优秀作文选集，还有民间收存的族谱、尺牍、屏风题赠及出于礼尚往来而题写的祝寿文字，以及那些出于沽名钓誉、附庸风雅、酬唱往来的考量而编写出版的书籍，都不在这次寻访、搜集、购买之列。

"其历代流传旧书，内有阐明性学治法，关系世道人心者，自当首先购觅。至若发挥传注，考核典章，旁暨九流百家之言，有裨实用者，亦应备为甄择。又如历代名人，洎本朝士林宿望，向有诗文专集，及近时沈潜经史，原本风雅，如顾东高、陈祖范、任启运、沈德潜，亦各著成编，并非剿说卮言可比，均应概行查明。"历代圣贤著述的著作，阐明了天理人性与治理天下这样的大学问，直接关系世道人心这样的大事的，这样的著作是大家应该重视并优先搜寻的；那些由专家学者著述、考核发挥了各种典籍的著作同样在收集之列；还有记载九流百家之言的著作，历代名人及本朝前贤、时贤的诗文专集及其他相关著作，也是这次征集的对象。

"在坊肆者，或量为给价；家藏者，或官为装印。其有未经镌刊，只系抄本存留者，不妨缮录副本，仍将原书给还。并严饬所属，一切善为经理，毋使胥籍端滋扰。"搜集的书籍，如果是书店出售的，政府必须付费购买，如果是私人收藏的，政府必须予以刊印，如果是已经著述而尚未镌刻刊印的，政府不妨先行派人抄录一遍，然后将原稿归还给人家。在寻访、搜集、购买民间藏书过程中，各相关单位负责人必须严守纪律，杜绝一切借此名义滋事扰民的行为。

"但各省搜辑之书,卷帙必多,若不加之鉴别,悉行呈送,烦复皆所不免。着该督抚等先将各书叙列目录,注系某朝某人所著,书中要旨何在,简明开载,具折奏闻。候汇齐后,令廷臣检核,有堪备阅者,再开单行知取进。"各地方搜集、购买的书籍汇总到京师之前,要先由地方总督、巡抚等负责人予以鉴别,把书籍的作者、写作年代及主要内容等基本信息采集起来,随相关奏折上报中央,然后由朝廷委派相关人员集中审核,开具审核意见及征书清单;各省总督、巡抚根据这些审核意见和相应的清单,将选中的书籍汇总给朝廷。

乾隆皇帝的这道诏书被人称为"搜访遗书诏"。从诏书中可以看出,当时,乾隆皇帝还没有搜集、购买书籍以便编纂一部大型图书的想法,因此,这道诏书下发之后,并没有直接启动开馆编书这项文化工程。但是,它对征集、甄选书籍的原则、方法、程序所做的原则性规定,直接指导和规范了此后为编纂《四库全书》而收集图书这个编纂程序的工作,因此,它的颁发可以视为乾隆三十八年(1773)清廷正式开馆编纂《四库全书》的一个前奏。

二、朱筠上奏陈述四条意见

乾隆三十七年(1772)十一月二十五日,安徽学政朱筠向乾隆皇帝进呈了一份奏折,就如何从《永乐大典》中收辑已经散佚的书籍陈述了自己的意见建议。

《永乐大典》最初叫作《文献大成》。它是明代官方主持编纂的一部大型综合性类书,由解缙、姚广孝等人在永乐元年(1403)到永乐五年(1407)之间编纂而成,全书22937卷,11095册,约3.7亿个字,汇集了先秦至明代初年的古今图书约8000种。这套书编成之后,最初保存在南京文渊阁,明成祖朱棣迁都之后,这套书随之迁到了北京,珍藏在北京文渊阁,主要供皇帝阅览使用。明朝末年,农民起义军攻占北京之后,文渊阁被一把火烧成了灰烬,珍藏在文渊阁内的《永乐大典》正本在火灾中被毁,它的副本也随之散佚不全。《中华百科全书》之《永乐大典》条目介绍说①,到乾隆三十八年清政府编纂《四库全书》的时候,这副本有两千余卷再也找不到了。如何采取积极有效的措施,一方面尽可能多地收集《永乐大典》丢失了的卷次,找出并且修正书中的错误,另一方面重新编纂一部像《永乐大典》一样具有文化工程意义的大型书籍,来取代《永乐大典》,弥补它的散佚不

---

① 相关记载见《中华百科全书》,中华大百科全书出版社,1999年8月第3版,第1160页。

全带来的空缺和缺憾，这引起了清朝初年以来不少有识之士的关注。这其中就有乾隆时期的安徽学政朱筠。

围绕如何从《永乐大典》中收辑已经散佚的书籍，朱筠在这份奏折中具体提出了四条意见和建议：

"其一，旧刻抄本，尤当急搜也。"民间还保留了不少曾被《永乐大典》辑录的书籍，这些书籍颇有重新征集、辑录的价值，当务之急是赶紧把这些书征集起来。朱筠解释说，据我所知，民间保存的这些书籍，一部分是汉代、唐代的儒家经籍，还有专家学者的相关注解、考证书籍。这样的书籍保存下来的已经不多了。其中，有不少是辽、宋、金、元这几个朝代刊印的，遗憾的是，保存到现在，这些书籍已经又老又旧，新近翻印出版发行的却并不多。这些书籍中有一部分是儒家之外的书籍。这一部分书籍保存下来的就更少了。"是宜首先购取，官抄其副，给还原书，用广前史艺文之阙，以备我朝储蓄之全，则著述有所原本矣。"朱筠说，基于这样的现状，我提出个人的意见和建议供陛下参考：政府要组织专门机构和人员，从民间征集、购买上面提到的书籍，把它们一一誊录出副本之后，再把原书还回去。这样既可以弥补宫廷藏书的不足，也方便专家学者做研究参考之用。

"其二，金石之刻，图谱之学，在所必录也。"要在寻访、搜集、购买的书籍中，增添金石、图谱一类书籍，以便及时收集、著录相关作品，保存相应的资料。陈述这条意见的时候，朱筠举了几个例子：宋代郑樵作《通志》，特意设置两个章节来记载古今留存下来的图谱和金石碑刻，弥补了前人忽视这方面记载的失误；欧阳修、赵明诚、聂崇义、吕大临等古人撰写了专门的著作来收录这方面的资料，方便了后世学者的研究。有感于此，朱筠说，"请特命于收书之外，兼收图谱一门。而凡直省所在现存钟铭碑刻，悉宜拓取，一并汇送，校录良便"，我现在恳请朝廷下令在征集散落于民间的古书、旧书的同时，还要注意收集保存在民间的图谱，拓印留存在各地的古碑碑文，以便汇总之后再整理成一部专门的著作。

"其三，中秘书籍，当标举现有者，以补其余也。"现存于皇家书库的书籍和从地方征集起来的书籍可以互为补充，以弥补、完善库存书籍在收藏方面的不足。在陈述这一条意见的时候，朱筠特别提到了《永乐大典》。他说："臣在翰林，常翻阅前明《永乐大典》。其书编次少伦，或分割诸书以从其类，然古书之全而世不恒觏者，辄具在焉。"当年我在翰林院上班的时候，经常翻阅翰林院收藏的明代《永乐大典》，感觉这部书编纂得有点混乱无序：为了适应类书的编纂要求，不少大部头书籍被拆散开来，收录在不同的卷次里面。好好的一部书，经过这么编排之后，读者要在《永乐大典》中读到一整部书可就难啰！"臣请敕择取其中古书完者若干部，分别缮写，各自为书，以备著录。"朱筠说，因此，皇上，我请求您下令，由专家学者把那些分散收辑在《永乐大典》中的书籍找出来，然后按照它们原来的章节顺序抄写好，好让它们恢复成为一部部完整的书籍。"书亡复存，艺林幸甚！"朱筠说，皇上，在有生之年，能够看到通过您的努力，搜集、校勘《永乐大典》遗存、散佚的书籍，恢复这些古旧、散佚的书籍的原貌，这对我们读书人来说，实在是莫大的幸运啊。

"其四，著录校雠，当并重也。"在征集新书、重新校勘《永乐大典》、恢复《永乐大典》原貌的时候，要以征集的新书与《永乐大典》此前辑录的书相互对照，以便对这些书籍做一个全面的校刊。朱筠在陈述这条意见之后，还提出了具体建议："臣请皇上诏下儒臣，分任校书之选，或依《七略》，或准四部，每一书上，必校其得失，撮举大旨，叙于本书卷首，并以进呈，恭俟乙夜之披览。趁伏查武英殿原设总裁、校对诸员，即择其有专长者，俾充斯选，则日有科，月有程，而著录集事矣。"我恳请皇上下发诏书，召请学有专长的文臣担任校书官员，组织相关人员，仿照武英殿设置的机构和规章制度，专门负责校核从《永乐大典》中辑录出来的书籍，以及从民间征集来的书籍。在校核的同时，请校书人员给所校书籍写一写提要，并把提要张贴在每部书籍的卷首，以便进呈给皇上您，方便您阅读。

朱筠提出的这些意见和建议引起了乾隆皇帝的注意和重视，他决定把朱筠的意见建议交给刘统勋、于敏中等大臣讨论。随后，刘统勋、于敏中等大臣围绕朱筠的意见建议展开了一场讨论。

三、军机大臣讨论朱筠的意见

乾隆二十八年（1773）二月初六日，朝廷人臣就朱筠的意见建议展开了讨论。

在讨论之初，参与讨论的大臣中形成了两种不同的意见。首席大学士刘统勋认为，朱筠提出的意见建议必然会引发出一项繁重的文化工程，做起来费时费力，他主张对朱筠的提议不做处理。大学士于敏中则认为，皇上特意要求我们就朱筠的意见建议作讨论，这说明皇上已经有了初步意见，大家不如听从万岁爷的仲裁，按皇上的旨意来办事。

经过讨论之后，大家最后达成了这样的协议：朱筠提出的第一条意见与乾隆皇帝搜访遗书诏的主要精神一致，应予采纳。而对于朱筠提出的其他三条意见建议，参与讨论的大臣存有异议，讨论之后，大家针对这三条意见建议做出了否定或暂缓处理的意见。为此，大学士刘统勋专门给乾隆皇帝上了一道奏折，汇报讨论的结果：

"所有该学正请将钟铭碑刻悉宜拓取汇送之处，应毋庸议。"朱筠提出要收录金石碑刻文字，大家觉得这条意见建议不要采纳。

"是该学正所奏先定书目宣示之处，毋庸再行置议。"皇上发出搜访遗书诏之后，大家已经在尊奉诏书精神行事了，现在，各地搜访的书籍还没有汇总上来，朱筠提出要由专门机构和人员来负责校核从民间征集、购买来的书籍，还有从《永乐大典》中辑录出来的书籍，依我看，这条意见也不要采纳。

"查古人校定书籍，必缀以篇题，诠释大意。"考核校定书籍之后，写出考核校定意见，并对考核校定的书籍做一个简要的介绍，这是自古以来的惯例，自然，我们现在也要这样做。"俟各省所采书籍全行进呈时，请敕令廷臣详细校定，依经、史、子、集四部名目，分类汇列，另编目录一书，具载部分卷数，撰人姓名，垂示永久，用昭策府大成，自轶唐、宋而更上矣。"我们的意见是等各地搜访、征集来的书籍汇总上来之后，请皇上下令组织专门的机构和人员先行校定这些书籍，再按照经、史、子、集的分类标准把这些书籍分类汇集，编辑成一部书目。"以上各条，臣等谨就意见所及，逐加核议。是否有当，统候命下，交与礼部行知，各该督、抚、学政一体遵照。"这是我们讨论之后汇总的意见，可行与否，请皇上定夺。如果皇上您觉得可行的话，就下令交由礼部及各地方官员去执行。

四、乾隆皇帝做出裁决，《四库全书》编书正式开始

大臣们讨论之后形成的意见得到了乾隆皇帝的认可。乾隆皇帝就摘取书籍提要的事情做出了仲裁：

"至朱筠所奏每书必校其得失，撮举大旨，叙于本书卷首之处，若欲悉仿刘向校书序录成规，未免过于烦冗。但向阅内府所贮康熙年间旧藏书籍，多有摘叙简明略节，附夹本书之内者，于检查洵为有益。应俟移取各省购书全到时，即令承办各员将书中要旨囊括，总叙崖略，粘贴开卷副页右方，用便观览。"朱筠提出要仿照刘向校书时的做法，对每一本书都做一个校核，并把它的主旨开列出来，序录在各书的卷首，这实在是一件费时费力的事情。不如仿照康熙年间编纂《古今图书集成》的做法：为了便于读者阅读，校核人员先行对书籍的内容、主旨做一个简要的介绍，并将介绍性的文字写在专门的纸条上，然后张贴在各书卷首右边的位置。这件事要待各地征集来的书汇总之后再安排专门人员去办理。

与此同时，乾隆皇帝还在这一天下发了谕旨，要求大臣们开始着手准备校核《永乐大典》，并先制定出相关的条规来。这意味着编纂《四库全书》的工程正式启动。

在下发了上述谕旨之外，乾隆三十八年(1773)二月二十一日，乾隆皇帝还做出了这样的裁决意见："依议。将来办理成编时，著名《四库全书》。钦此。"①依照你们的讨论意见去编纂一部新书吧。新书编成之后，就把这部书命名为《四库全书》。乾隆皇帝做出这样的裁决，并且给《四库全书》命了名，这意味着《四库全书》的编纂工作将要正式开始。

从大臣们的讨论意见，还有乾隆皇帝的旨意来看，似乎可以说，他们的初衷仅仅是辑集遗散书籍，校核《永乐大典》，并为此而汇集天下图书，整理、编辑成一部简明适用的图书总目录。至于后来这项工程发展为编纂一部大型综合性丛书《四库全书》，这似乎有点让人感到意外。但是，后来四库馆臣编纂《四库全书》及《四库全书总目》的思路与刘统勋等人的讨论意见，以及乾隆皇帝的裁决意见基本上是一致的。

当然，值得一提的是，乾隆皇帝和大臣们对朱筠意见建议的处置，特别是没有接受朱筠关于中外图书互校、新书著录与旧书校雠并重的意见建议，这是导致后来编纂《四库全书》出现纰漏的主要原因之一。

第二节 | 四库全书馆和《四库全书》

一、四库全书馆的组成

古时候，政府组织编撰书籍必须开设专门的办书机构，这叫作开馆、开馆修书，这样的办书机构就叫作"书馆"。这是古人的一种习惯说法。按照这样的习惯，人们把为编纂《四库全书》而开设的官方办书机构称为"四库全书馆"，或者"四库馆"。

编纂《四库全书》的时候，清政府任命了正、副总裁和其他官员。这些正、副

---

① 相关记载见张书才主编：《纂修四库全书档案》，上海古籍出版社，1997年版，第60页。

总裁和官员统称为四库馆臣。其中，负责校勘书籍、编辑《四库全书》底本的四库馆臣的办公场所集中在翰林院，负责校对和誊写《四库全书》工作的四库馆臣，还有负责誊写抄录《四库全书》正本、定本的誊录人员，他们的办公场所集中在武英殿。这样一来，整个四库全书馆就分成了两大系统：一是翰林院系统，即翰林院四库馆，也即办理四库全书处，简称"四库全书处"。这是组织《四库全书》编纂工作的总裁、总纂官办公和处理编书过程中的日常事务的地方，它由总办处、校办处、提调处及总目处、收掌处等几个部门组成。总裁、总纂官在这里主要是具体组织和指导工作人员校勘入选书籍，编辑好《四库全书》的底本。二是武英殿系统，即武英殿四库馆，它由缮书处、武英殿收掌处、武英殿监造处、聚珍处（或者聚珍馆）、荟要处组成。经过初步校对之后，翰林院四库馆编辑好的《四库全书》底本会在这里誊写成正式的书籍，也就是正本，再进呈给乾隆皇帝浏览，做最后的审阅。乾隆皇帝审阅合格后，正本晋级成为《四库全书》定本，交由文渊阁、文源阁等藏书阁收藏。

也许有人会问：翰林院四库馆和武英殿四库馆这两大系统之间是怎样分工合作的呢？这涉及了一个基本的工作流程：四库全书馆收集起来的图书，先由翰林院四库馆的四库馆臣选定、校勘、编辑好《四库全书》底本，再交由武英殿四库馆的四库馆臣重新校对。重新校对合格的底本再交由负责誊录抄写的人员誊录成书。按照这样的流程来操作，翰林院四库馆和武英殿四库馆的工作自然就并然有序了。

二、负责校勘编辑书籍的翰林院四库馆

翰林院四库馆中的总办处，据张升教授考证，很可能设在当时的翰林院西斋房①，它是负责阅书的总裁官，还有总纂官的办公场所。按规定，负责阅书的总裁官要经常到翰林院四库馆来指导、检查工作。而总纂官则是翰林院四库馆的实际负责人，具体负责翰林院校勘书籍、编辑《四库全书》的工作，几乎每天都要到翰林院来办事。他们来翰林院四库馆办事的办公地点就是总办处。

校办处是翰林院四库馆中具体承担校勘、编辑书籍工作的机构。这个机构分为三个办公场所，各自校勘不同来源的书籍：

---

① 见张升《四库全书馆研究》，北京师范大学出版社，2012 年 3 月第 1 版，第 46 页。

第一处位于西斋房南面的原心亭。它的主要工作是辑录、校勘《永乐大典》中散佚的书籍，这些书籍简称"大典本"。辑录、校勘大典本，在当时，这叫作校办《永乐大典》辑佚书。

原心亭还兼有书库的作用。乾隆皇帝下发搜访遗书诏之后，京城北京有不少官员向朝廷捐献了私人藏书，这些书籍都存放在原心亭，这些书籍也是这里的四库馆臣校勘的书籍。

第二处位于翰林院东部的宝善亭、敬一亭。乾隆皇帝下发搜访遗书诏之后，朝廷从各省征集、购买来的一大批书籍，还有民间进献的书，这些书籍统称为各省采进之书，简称"采进本"。采进本集中存放在敬一亭，由宝善亭的四库馆臣集中校勘，这叫校办各省遗书。

第三处位于翰林院的西斋房，这里的四库馆臣校勘的是宫廷皇家藏书。在当时，这一部分书籍叫作内府藏书、内府发出书，简称"内府书"。

在翰林院，与西斋房东西相对的是东斋房，它的正式名称叫清秘堂。《四库全书》编纂期间，翰林院四库馆的提调处就设在这里。

至于总目处、收掌处设在哪里，具体承担哪些工作，受资料的限制，笔者无法作基本的介绍，这是一件遗憾的事情。

编纂《四库全书》期间，乾隆皇帝还专门下令设置了相应的主事官员。其中，正总裁统领全局，总览翰林院四库书馆和武英殿四库馆中所有与《四库全书》编纂有关的具体事务，是编纂《四库全书》名义上的最高行政长官。

在正总裁之外，乾隆皇帝还任命了副总裁。副总裁的职责是全面协助正总裁的工作。

正总裁、副总裁统称总裁官，他们常驻翰林院西斋房，在总办处办公。

总裁官之外，设置在翰林院四库馆主事办公的专职官员还有总纂官、提调官、协堪总目官、纂修官、天文算法纂修官及收掌官。

总纂官是翰林院的实际负责人，全面负责翰林院四库馆的校勘、编辑工作，相当于现在的出版社社长兼总编辑。

提调官负责翰林院四库书馆所有与编修《四库全书》相关的书籍的提取、调配、分发工作，相当于现在的出版社资料保管员。

协堪总目官又叫总目协堪官，他的职责和具体工作是协助总纂官修订和编辑《四库全书总目》提要，相当于我们现在所说的副总编，或者责任编辑。

纂修官是具体承担书籍校勘工作的官员，相当于我们现在所说的编辑、执行编辑，他们负责对各自校阅的书籍进行文字、内容上的校正、增补削删，并在此基础上，对校阅的书籍提出初步处理意见：校阅的书籍中，哪些书为应刊书，哪些书为应刻书，哪些书为存目书，哪些书不能保存。应刊书、应刻书全文辑录到《四库全书》中去，存目书则仅仅把它的作者等基本信息辑录到《四库全书》中去，至于不能保存的书籍，则要予以禁刊、禁印，甚至销毁处理。对于应刊、应刻的书，纂修官还要写出提要，对这些书做一个简单的介绍。

天文算法纂修官专门负责校勘天文历法算学方面的书籍，由在天文历法和算学方面有专长的人担任，与我们现在所说的专栏编辑、特约编辑有几分相似。

收掌官相当于出版社的专职仓库管理员兼保管员，他们负责翰林院四库馆所有供编辑《四库全书》的书籍的收藏管理工作。

三、负责校对誊写书籍的武英殿四库馆

武英殿四库书馆由缮书处、武英殿收掌处、武英殿监造处、聚珍处（或者聚珍馆）、荟要处等机构组成。其中，缮书处是它的主体，监造处、聚珍处（或者聚珍馆）、荟要处是它的附设机构。

武英殿四库书馆缮书处下面设置了提调处、分校处、复校处、黄签考证处、督催处和收掌处。这是一个阵容庞大的机构，设置的官员也比较多，主要有总阅官、总校官、提调官、复校官、分校官、篆隶分校官、绘图分校官、编次黄签考证官、督促官、收掌官十种不同职务的官员。

总阅官是乾隆四十四年(1779)二月才设置的，他的职责是辅助总裁官抽阅复校官校阅过的书籍，以便尽可能地避免校阅、誊录过程中的错误。

总校官全面负责武英殿四库书馆的校阅工作，是武英殿四库书馆校阅工作的总负责人。

提调官主要负责《四库全书》底本的收发工作，相当于缮书处的书稿保管与收发员。

复校官、分校官、篆隶分校官、绘图分校官具体负责对《四库全书》底本的校对工作。

其中，分校官负责校对由翰林院四库馆转交来的底本，还有经武英殿誊录人员抄写好的《四库全书》定本。

篆隶分校官、绘图分校官则是专业书籍的校对人员，专门负责有关篆隶文字和图书中的绘图两方面的校对工作。

分校官、篆隶分校官、绘图分校官校对好的底本交由复校官复查。除此之外，复校官还被鼓励去校正由翰林院四库书馆转交来的底本中的错误。

翰林院四库书馆的纂修官在校勘书籍的时候，要用签条写上对所校书籍的考证和介绍性的文字，武英殿四库书馆的分校官、复校官在校对《四库全书》书稿的时候，也要在签条上写上同样的文字。这些签条粘贴在校阅的书籍或者相应的书稿上，其中写得特别好的要改用黄色签条抄录起来，这样的黄色签条叫黄签。黄签最后要统一交给武英殿四库书馆的缮书处的编次黄签考证官，由编次黄签考证官统一汇编加工，最后汇总编辑成了《四库全书考证》一书。汇编加工黄签，这是编次黄签考证官具体负责的主要工作。

督促官的工作比较单纯，就是负责督查、催办缮书处《四库全书》底本的誊录抄写与分校工作。

收掌官的工作也比较单纯，就是负责收发由翰林院四库书馆转发来的《四库全书》底本。

一句话，誊录、分校、总校、收掌、提调，这是武英殿四库书馆缮书处的主要工作。

翰林院四库馆校勘、编辑好的《四库全书》书稿叫底本，底本经检查合格之后，交由武英殿四库书馆校对誊写。武英殿四库书馆缮书处的收掌官负责收存保管底本，提调官则负责把底本分发给负责校阅的分校官校对，校对合格后，再分配给誊录人员誊录抄写成《四库全书》正本。《四库全书》正本抄成之后，再依次交由负责校阅的分校官、复校官复校，总校官审核。分校官、复校官、总校官校对审核合格后，《四库全书》正本再由提调官汇总收存保管。然后，交由总阅官或者总裁官抽查，最后进呈给乾隆皇帝阅览。正本经乾隆皇帝阅览合格之后，就是《四库全书》的定本了。当然，有不少正本并没有交由乾隆皇帝阅览，直接成了定本。

顺便介绍一下：在武英殿四库书馆缮书处，誊录人员可以把书稿带回家里去誊录，但是，按规定，校对工作一定要在武英殿进行。所以，总校官、复校官、分校官、篆隶分校官、绘图分校官等校对人员，特别是负责分校的工作人员有一个办公地点。张升教授综合文献资料考证说，分校人员的办公地点有可能设在武英殿的裕德堂①。

武英殿收掌处也设置了收掌官，这里的收掌官具体负责收藏管理由武英殿四库书馆校对、誊录、校勘的正本，还有经由乾隆皇帝审阅合格的定本。换一种说法，收藏保管《四库全书》的正本、定本，这是武英殿收掌处的主要工作内容和工作职能。

武英殿监造处是武英殿四库书馆中负责管理、督办《四库全书》正本、定本的刊刻、印刷、装潢的地方。武英殿监造处负责监造处工作的主要官员叫武英殿监造官。

在编纂《四库全书》之前，武英殿原本有专门负责为宫廷刊刻、印刷图书的机构，叫作修书处。它由校刊翰林处和监造处两部分组成，分别负责书籍的校对和刊印工作。《四库全书》编纂工程启动之后，由翰林院四库书馆及乾隆皇帝选定为应刻的书籍也交由修书处刊刻印刷。乾隆三十八年（1773），应总裁官金简的提议，乾隆皇帝下令在北长街路东设立了聚珍馆（处）。乾隆三十九年（1774），启用活字印刷术印刷应刊书籍之后，刊刻印刷应刊书籍的事务就交由聚珍馆（处）承办了，武英殿监造处则转而负责对武英殿四库书馆抄好的定本的装潢工作。

乾隆三十八年（1773）五月，翰林院四库书馆开始由总裁官于敏中、王际华负责编纂《四库全书荟要》。为此，乾隆皇帝下令在武英殿设立了一个专门机构，这就是荟要处。

在上述内容之外，这里要特别补充一点：大典本的校勘、编辑、誊录工作都是在翰林院四库馆进行的。对此，后面的章节将做具体介绍。

第三节 | 四库全书馆的工作程序

从上一节的介绍中，我们知道，翰林院四库书馆和武英殿四库书馆的机构组成，它们各自承担的具体工作，还有它们各自的工作职责各不相同。那么，它们各自的工作是怎样进行的呢？它们之间的工作又是怎样相互衔接起来的呢？这是这一节要介绍的主要内容。

---

① 见张升《四库全书馆研究》北京师范大学出版社 2012 年 3 月第 1 版，第 50 页。

一、翰林院四库馆校勘编辑采进书、内府书

内府书、采进本汇总到翰林院四库馆之后，要按照一定的程序交由翰林院四库馆的相关工作人员审核、校勘，最后编辑成《四库全书》底本。翰林院四库馆审核、校勘、编辑《四库全书》底本的具体程序是这样的：

首先是提调官把书籍分给纂修官处理。翰林院四库书馆有五至八名提调官，他们负责把书籍分配给纂修官来处理。提调官均匀分配的意识很强，他们分配给纂修官的书籍，数量上大致是一致的，纂修官们日常要处理的书籍彼此相差得并不多。

纂修官们分配到书籍之后，要对分配到手的书籍提出具体的处理意见，给应刊、应抄书写出提要。纂修官首先对自己处理的书籍给出具体的审核意见：该书属于应刊书籍还是应抄书籍、应存书籍，或者毋庸存目书籍。给应刊、应抄书写提要时，基本上要按照这样的格式来写：开头是"谨按"，再叙述这本书的作者是谁、一共有几卷几章、主要内容是什么，最后签上撰写提要人的姓名——"纂修某某"，并盖上统一的小木章。小木章上面的文字是"存目"。

纂修官要把自己写的提要和提出的具体处理意见写在专门的签条上，夹在书籍中随书籍一同交由总纂官审阅。这样的签条叫"夹签"。总纂官审阅之后，要对纂修官提出的意见做出裁定，然后把自己的裁定意见，连同纂修官写的提要和夹签随书籍一道交由总裁官进一步审阅裁定。

总裁官在审阅时，也会通过写夹签的方式来给出自己的审阅意见。有时候，总纂官的审阅意见会写在纂修官的夹签后面。总裁官给出自己的审阅意见时，有时会使用建议的方式：总纂官某某，你看你能不能对自己的审阅意见再斟酌斟酌？除此而外，总裁官有时还会动手修改纂修官拟写的提要。

书籍经总纂官、总裁官的审阅并给出具体意见之后，再返回到纂修官手中。纂修官根据总纂官、总裁官的意见，着手校勘应抄、应刊书籍。纂修官的校勘工作至少包括这样的内容：校正书籍中的文字错误，有时还会增加或者删减书本的部分内容。

纂修官校勘后的书籍又要经过总纂官、总裁官的审阅，审阅合格之后就成了编纂《四库全书》的底本，再交由武英殿四库全书馆分发给誊录抄写人员誊录，武英殿四库全书馆由此而启动分校、复校、誊录、核定为《四库全书》正本呈送给乾隆皇帝审阅，然后将审阅合格的正本装订成册等系列工作程序。

在四库全书馆启动初期，乾隆皇帝也会参与翰林院四库馆的书籍审阅工作。乾隆皇帝审阅书籍，主要有下面两种情况：

一是直接审阅采进本。一部分采进本并没有按程序交由翰林院四库全书馆校勘编辑，而是先送呈给了乾隆皇帝审阅。乾隆皇帝在审阅中，会对审阅的书籍提出处理意见。乾隆皇帝的处理意见有时比较特别，他会在阅览的书籍上题写一首诗，即御题诗。经过乾隆皇帝审阅的书籍，如果是应抄、应刊之书，就会交由纂修官校勘，校勘后再由总纂官、总裁官审阅。审阅合格后再交由武英殿四库全书馆按工作程序办理。

二是审阅经翰林院四库全书馆总裁官审阅过的部分采进书。翰林院四库全书馆的总裁官有时会把自己审阅过的书进呈给乾隆皇帝，由乾隆皇帝审阅把关。

《四库全书》编纂后期，乾隆皇帝关注的主要是由武英殿四库全书馆校阅、誊录好的书籍，也就是《四库全书》正本。这带有抽查的意义，目的是检阅正本是否合格，是否可以成为《四库全书》的定本。

二、翰林院四库书馆校勘编辑整理大典本

翰林院四库馆校勘、编辑的书籍，有一部分来源于《永乐大典》，这一部分书籍叫大典本。校勘、编辑大典本的情况与校勘、编辑内府书、采进书的情景稍有不同。

清代，《永乐大典》一直保存在翰林院。历经明末清初以来的战乱之后，留存到清代乾隆年间的《永乐大典》残书还有9881册，在当时，这依然是一部卷帙庞大的书籍，要搬动移出并不是一件容易的事情。基于这样的现实原因，大典本书籍从签书到编纂整理，再到分校、复校，最后誊录抄写成正本，整个校勘整理和编辑、誊录缮写工作都是在翰林院四库书馆进行的。在校勘整理和编辑过程中，大典本主要由总纂官、总裁官来审阅，提出哪些书籍为应刊、应抄、应存目之书的处理意见。在确定了哪些书籍为应刊、应抄、应存目之书后，再撰写相应的提要。另外，大典本没有专门的分校官、复校官，校阅工作都是由纂修官和总裁官来承担的，共同完成应刊、应抄书籍的校勘、订正工作。这些都是编辑、整理大典本的特殊之处。

《永乐大典》是一部大型类书。适应类书的编纂要求，收录在《永乐大典》中的书籍，有的是整本书集中收录在一起，这样的书籍叫整书；有的则被拆开了，分散收录在不同的卷次之中，这样的书籍叫散片。对于整书，只需全部抄录下来

供纂修官、总裁官校勘编辑就可以了。而要把散片整理、誊录成一部完整的书，然后供纂修官、总裁官校勘编辑，这样的工作就比较复杂了。这也是编辑整理大典本的特殊之处。

编辑整理大典本，首先是从签出佚书开始的。提调官根据纂修官的特长，或者用抓阄的办法把大典本大致平均分派给纂修官。纂修官分派到书籍之后，开始一册书一册书地阅读、审核、校勘。校勘应刊、应抄之书时，则要按规定签单：在事先制定好的签条上标明这一册书的书名、页码，还有散佚文字的具体内容，以及一共编辑整理了几条佚文。签单，又叫签佚书单。纂修官签单之后，要把写好的签条粘贴在阅读的书籍上，然后把书籍和签条交由誊录人员誊写抄录。

纂修官在写签单的时候，一般情况下，签出的书籍名称与它在《永乐大典》中使用的书名是一致的。但是，《永乐大典》在引用书名时，有不少是书名的简称，这就造成了书籍的全名与简称的名称不一致的情况。对此，有的纂修官会把简称的书名改过来，写在签条上。但由于《永乐大典》中有不少书籍是散片，有时候，纂修官不一定阅读到了一本书的所有散片，这就造成了不少改签出的书籍没有及时签出，出现漏签的现象。为了避免这样的现象，有不少纂修官在确定了散佚书籍的名称之后，会再重新查阅全部《永乐大典》，根据书籍来寻找和整理编辑散片，并补写签条，重新签单。

誊录人员按照纂修官的签单誊录出分散在《永乐大典》中的散片之后，要把这些散片汇总给提调官，由提调官再分发给原来的纂修官，纂修官把这些散片粘连在一起，这就组成了一部书的完整的稿本了。

接下来，纂修官要对稿本进行校对，有必要的话，还要对稿本做出补充辑录。校对、补充辑录好了的书稿要再一次交由誊录人员重新誊录抄写，然后把稿本和校对、补充辑录的签条交给提调官，由提调官再一次把稿本交给总纂修官审阅。

纂修官写的校阅意见签条，还有总纂官、总裁官签署的审阅意见签条，统称为校签。

总纂官审阅并签署校签之后，将稿本连同自己的校签交给提调官，提调官则把经总纂官审阅后的稿本和签署的校签上交给总裁官审阅。

总裁官审阅的时候，既要审阅全部书稿，又要审阅纂修官、总纂官的校签。有时候，总裁官也要签署自己的校签，然后把书稿和所有的校签交给提调官。提调官把经总裁官审阅的书稿和校签交由誊录人员誊录成正本。

正本誊录好了，还要交由提调官依次分发给原纂修官、分校官一一校定。在这个过程中，正本要在原纂修官和提调官、提调官和分校官之间依次分发、返还，有时，原纂修官和分校官会提出自己的校对意见，一部分正本会因为这个原因，再一次由提调官交由誊录人员重新誊录。

经过这样的反复校对程序之后，正本才最后确定为定本，交由聚珍馆刊印。

这里要特别补充的一点是：上面说的分校工作并不完全是由分校官承担的，因为有不少四库馆臣兼任了纂修和分校的工作。

乾隆皇帝对于大典本的编辑整理工作十分关心。他要求整理编纂大典本的官员把已经整理编纂好的大典本书籍，甚至是正在整理编辑的大典本书籍的书单随时进呈给自己看。书单上要涵盖这些信息：正在整理编辑哪些大典本书籍，这些书籍归属于哪一部、哪一类、哪一属，编纂校对人员为这些书籍拟写的提要，以及初拟的应刊、应刻意见。有时，他在外地巡视的也会提出这样的要求。对此，于敏中在给友人的信中①作了叙述：

"《永乐大典》五种已经进呈，所办下次缮进之书，可称富有，但不知报箱能携带如许否？"编辑整理好的五本大典本书籍已经进呈给万岁爷御览审阅了。正在编辑整理、准备下次进程给万岁爷的书还有不少，不知道邮差一次能否邮寄这么多的书？

"已写之《永乐大典》，分数次进呈，甚是。但兵部多添一马，恐非所宜。或约计一次应进书若干本，再分作几回，照常随报附寄，俟此次应进呈之书寄全，即汇齐呈览。"分几次把已经誊录好的大典本书籍进呈给万岁爷御览审阅，这种办法很好。你说请兵部多派一个邮差来承担给万岁爷进呈大典本书籍的差事，这个意见可能是不合适的。邮差人手不足，要整理编辑的大典本书籍又不能一次性完工，不如分批、分次把整理编辑好的部分书籍陆续呈送上去，待书籍全部呈送完了之后再列一份汇总清单，告知万岁爷已经给他进呈了哪些大典本书籍。

在阅读了进呈来的大典本书籍以及随书进呈的书单之后，乾隆皇帝还会提出自己的修改意见。这在于敏中给友人的信中②也做了叙述：

"日前所寄，照单分列四库，随折进呈。惟《中兴小历》一种，原单拟注刊刻，愚见以建炎南渡，乃偏安而非中兴，屡经御制诗驳正。且阅提要所开，是编颇有未纯之处，似止宜抄而不宜刻，已于单内改补奏进。"这一次，我把写好的书单都

---

① 相关信件见《于文襄手札》第1通、第2通。
② 相关信件见《于文襄手札》第8通。

进呈给万岁爷他老人家阅览了。此前，万岁爷看了我的书单，多次用题写御制诗的方式告诉我：你为《中兴小历》写的提要有不当之处，这本书应该作为应刻书来处理。我按万岁爷的意见做了改正，并在书单中如实汇报了我的改正情况。

三、武英殿四库书馆誊录校对采进书、内府书

翰林院四库书馆校勘、编辑好的采进书、内府书，经总裁官及乾隆皇帝审阅合格之后，就成了编纂《四库全书》的底本。接下来，底本要转交给武英殿四库书馆，由武英殿四库书馆的工作人员负责把它们誊录好，抄写成《四库全书》正本。在誊录的过程中，武英殿四库书馆的工作人员还要进一步校对其中的错误，然后交由总裁官、总阅官审阅，并由乾隆皇帝抽查。审阅、抽查合格之后，这些正本也就晋升换装，成为《四库全书》定本了。

转送到武英殿四库书馆的《四库全书》底本集中在武英殿收掌处，由收掌处的提调官负责把它们分发给分校官。领受了任务的分校官要做好两项工作：一、校对底本，及时发现底本中的错误，并及时在校签上更正这些错误；二、在校签上提示誊录人员要按照怎样的格式来抄写底本。

这两项工作做好了，分校官的工作也就可以告一个段落了，他们把校对好的《四库全书》底本送到缮书处，交给由自己负责的抄写人员，由抄写人员按照提示，把校对好的底本抄成正本。按照规定，抄写人员在抄写过程中，也可以兼任校对工作。他们要一边认真抄写底本，一边细心地寻找底本中的错误。只要他们有了自己的发现，就可以随时把自己的发现和修改意见向总裁官或者总阅官汇报。在当时，这叫作"驳换"。

抄写人员抄书，说不定会产生笔误之类的失误，他们抄好的书要返回给原来的分校官，由分校官负责把抄好的书稿再校对一遍。这样再经分校官校对的书稿还要由分校官交给复校官，由复校官把关负责，对书稿做最后的校对工作。这个时候，如果复校官发现了错误，他们也会把发现的错误，还有对错误的修改意见写在校签上。然后，把校签夹在书稿中，连同书稿返还给相应的分校官，分校官再把书稿交由自己负责的抄写人员重新抄写。经复校官校对合格的书是《四库全书》正本。《四库全书》正本要上交给收掌官，由收掌官统一收存在武英殿收掌处。

收存在武英殿收掌处的《四库全书》正本要接受总裁官或者总阅官不定期的抽查审阅。总裁官、总阅官抽查审阅合格的《四库全书》正本还要进呈给乾隆皇帝

审阅。像审阅大典本书籍一样，即使是有时候乾隆皇帝出行在外，也要由专人把《四库全书》正本送交给乾隆皇帝审阅。经过这样的抽查、审阅之后，合格的《四库全书》正本就成了《四库全书》定本了。

第四节 ┃ "四总纂""五征君"和《四库全书》

四库馆臣承担的编纂职务计有正副总裁、总阅官、总纂官、提调官、协堪总目官、纂修官、复校官、分校官、编次黄签考证官、督催官、收掌官、监造官等十二种，前后涉及的人员总计有 360 人。这是一个庞大的群体。其中，在当时成为一时美谈，又在后世为人所称道的，一是来自朝廷遴选的"四总纂"，一是来自朝廷征召的"五征君"。

一、"四总纂"和《四库全书》

"四总纂"即纪昀、陆锡熊、孙士毅和王太岳这四个总纂官。

纪昀，字晓岚，一字春帆，晚年号石云，直隶献县（今河北省沧州市）人。历任乾隆朝左都御史及兵部、礼部尚书、协办大学士加太子太保，纪昀去世后，人们称赞他"敏而好学可为文，授之以政无不达"，故而获取了"文达"这样一个谥号。他工于诗及骈文，长于考证训诂，有《史通削繁》《阅微草堂笔记》等著作存世。

纪昀是有名的《四库全书》总纂官之一。关于担任总纂官、主持编纂《四库全书》这件事，纪昀在他的著作中有过记载。综合他在《济众新编序》《周易义象合纂序》《诗序补义序》等作品中的叙述，我们知道，他在编纂《四库全书》过程中所做的贡献主要集中在三个方面：

一是主持了对入选书籍、文献的分类工作，并确定了入选书籍、文献编入《四库全书》的编排顺序。

二是主持编纂了《四库全书》的总叙、类序，撰写了部分入选书籍、文献的提要，动笔修改了其他编纂人员所撰写的提要稿。

三是参与了对部分入选书籍、文献的校勘工作。

陆锡熊，上海人，字健男，号耳山，又号篁村，乾隆二十六年（1761）进士，历任翰林院庶吉士、内阁中书、福建学政及都察院左副都御史等官职，有《篁村诗集》《宝奎堂文集》等作品存世。像纪昀一样，他也在作品中叙述了自己参与编纂《四库全书》的情况。综合他在《伤寒论正宗序》《为总裁拟进销毁违碍书札子》《为总裁拟进评鉴阐要札子》《为总裁拟进旧五代史札子》等作品中的叙述，再联系《纂修四库全书档案》等文献的旁证，我们知道，陆锡熊在编纂《四库全书》过程中所做的贡献主要有这样几个方面：

一是为总裁官拟写札子，推荐、确定《四库全书》入选的书籍、文献。

二是参与修改入选书籍、文献的提要稿子，审定子部医家类入选书籍、文献的提要。

三是在编纂《四库全书》的过程中，清政府还组织人员撰写了《四库全书总目》等几种与《四库全书》相关的书籍，这些都可以视为编纂《四库全书》这项文化工程的一部分。在撰写《四库全书总目》的时候，陆锡熊对于该书的稿子撰写与全书的定稿出力最多，所做的贡献也最大。

纪昀、陆锡熊是"四总纂"中的两个核心人物，他们与编纂《四库全书》相关的事迹多为人所熟悉，他们为编纂《四库全书》而做出的贡献也多为人所谈论。因为这个原因，后世往往将纪昀和陆锡熊相提并论。

王太岳，一度出任过总纂官，在编纂人员的职名表中署名为"黄签考证纂修官"，或者"编次黄签考证官"。他的主要职责和贡献似乎比较简单：编辑黄签供乾隆皇帝审阅，与曹锡等人一道把黄签集结起来，整理编纂成《四库全书考证》一书。

黄签是在校签的基础上精选加工而成的。一部分校对编辑好的书籍要由专人送给乾隆皇帝审阅，随书进呈给乾隆皇帝的还有一部分校签。编纂人员选取写得比较好的校签，经过反复修改之后，专门用黄纸誊录好，粘贴在需要修改的文字上方，这样的校签叫黄签。进呈给乾隆皇帝的是黄签。王太岳担任总纂官，具体承担的工作就是编辑整理黄签，即编次黄签。

"四总纂"之中，孙士毅的情况比较特殊。孙士毅，字智冶，一字补山，浙江仁和县临平（今杭州市余杭区临平镇）人。他于乾隆四十五年（1780）五月进入四库全书馆。在进入四库全书馆之前，他担任的是云南巡抚。邹炳泰在他的《午风堂丛谈》卷二记载说："孙补山士毅由郎中历任云南巡抚，罢任，总纂馆书，特授编修。"意思是说，孙士毅在云南巡抚任上被革职之后，由乾隆皇帝破例授予编修之职，进入四库全书馆参与《四库全书》的编纂事务。在四库全书馆，孙士毅并不是《四库全书》的专职编纂人员，这一点在乾隆五十五年（1790）九月二十三日的谕旨中说的很明确："孙士毅……办理总纂事务为日未久，且系纪昀、陆锡熊总司其事，伊本非专办人员。"孙士毅在四库全书馆工作的时间并不长，又没有直接承担编纂事务，在"四总纂"之中，他对编纂《四库全书》所做的贡献并不大。他之所以能与上述三个总纂官并称"四总纂"，大概与他能破例进入四库全书馆的经历有关系。

二、"五征君"和《四库全书》

为了弥补编纂人员的不足，清朝政府还破例从民间征召、录用了一批专家学者及其他学有所成的宿儒。这些人中，为《四库全书》的编纂做出了较大贡献，为人所称道的是"五征君"，即戴震、邵晋涵、余集、周永年、杨昌霖。

戴震，字东原，安徽休宁人，清代乾嘉学派的领袖人物之一。清代学者、戴震的学生段玉裁在《戴东原先生年谱》中叙述说，乾隆三十八年(1773)，戴震在于敏中、纪昀、裘曰修的推荐下参与了《四库全书》的编纂工作。段玉裁在《戴东原先生年谱》中叙述这段经历时说，当时，戴震"以举人待召，旷典也"。戴震以举人的身份接受皇家征召，赴四库全书馆参与编纂《四库全书》，这是乾隆皇帝给予他的一份莫大恩典。戴震是在这一年农历八月赴京城北京正式履任的。

据沈津等人考证，履任之后，戴震的主要工作是校核书籍文献[①]，特别是校勘《永乐大典》。但李慈铭、钱宝琮等人认为，"经部属之戴东原"[②]，"天文算法各篇提要皆出震之笔"[③]，即四部之中，经部是由戴震主持编纂的，子部天文算法类入选书籍、文献的提要是由戴震撰写的。除此以外，戴震还为此前收录在《永乐大典》中的《仪礼集释》《仪礼释官》《仪礼识误》《大戴礼记》《方言注》《水经注》等十四部书籍、文献撰写了提要。

与戴震同列为"五征君"的邵晋涵，字与桐，一字二云，号南江。他是浙江余姚人，乾隆三十六年(1771)进士，乾隆三十九年(1774)任翰林院编修、四库馆纂修官，乾隆四十年(1775)完成《旧五代史》的编辑工作之后因病离开了四库书馆。他长于史学，尤其是正史。作为《四库全书》的纂修人员，他的主要贡献在于搜集整理《永乐大典》，负责为正史类入选书籍文献撰写提要。

---

① 见沈津《翁方纲与〈四库全书总目提要〉》。

② 见李慈铭《越缦堂读书记》。

③ 见吴哲夫《四库全书荟要纂修考》。

余集，浙江钱塘人字蓉裳，号秋室，乾隆三十一年（1766）进士，他精于诗文词曲创作，同时还在算学、篆刻、绘画等领域有所成就，是一位博学多才的人物。余集参与《四库全书》的编纂工作，所做的主要贡献在于为经部诗类拟写提要，如《毛诗指说提要》《毛诗名物解提要》《欧阳公诗本义提要》等。

周永年，字书昌，山东历城人，乾隆三十六年（1771）进士。他参与《四库全书》的编纂工作，承担的主要工作是负责撰写子部释家类入选书籍文献的提要，编辑来自《永乐大典》中的《周官总义》《左氏传续说》《周官集传》等书籍文献。

相对于上述四个人，"五征君"中的杨昌霖留下的资料并不多。《纂修四库全书档案》中有这样一段记载："《春秋例要》。谨案：……主事杨昌霖从《永乐大典》辑出补完。今架上未收。"据此推测，他的主要工作可能是编辑整理大典本。

第五节 | 《四库全书》的编纂步骤

翰林院四库书馆和武英殿四库书馆分工合作，四库馆臣各司其职，共同完成了《四库全书》的编纂工作。这里将翰林院四库书馆和武英殿四库书馆的工作统合起来，从《四库全书》编纂成书的技术流程这个层面来简要介绍一下《四库全书》的编纂过程。

简单地说，编纂《四库全书》是按照征集图书、整理图书、抄写底本和校订定本这四个步骤进行的。这四个步骤也可以看成是编纂《四库全书》的四个阶段。

一、征集图书

根据乾隆三十七年（1772）十一月下发的诏书精神，做好古今图书的寻访、征集、购买工作，为编纂《四库全书》收集备选图书。这是《四库全书》编纂工作的第一个步骤，可以概括为征集图书阶段。

这个阶段的工作从乾隆三十七年开始，到乾隆四十三年（1778）结束，前后持续了七年之久。为了配合这项工作，乾隆三十九年（1774）五月，乾隆皇帝专门下发了一道诏书，颁发了一套以鼓励民间献书为主要内容的配套奖励措施，明确表示要对进书的人分别予以"奖书""题咏""记名"等奖励：凡进书五百种以上的人，朝廷赐予他《古今图书集成》一部；进书一百种以上的人，朝廷赐予他《佩文韵府》一部。这是"奖书"。进书总计一百种以上的人，可以自行选择一本装帧精美、保存完好的书，由乾隆皇帝在其卷首题写御诗一首，对进书者宣示皇家恩宠，这种奖励叫"题咏"。第三种奖励是"记名"，即进献的书籍入选《四库全书》之后，由编纂者在它的提要中注明采进者或者进书人的姓名。还有，在《四库全书书目》中，凡是献书数量达百种以上的，就可在《四库全书书目》中相应的书目下著上"某某藏本"字样，献书百种以下的，可在《四库全书书目》中相应的书目下著上"某某采进本"字样①。让献书人的姓名随着《四库全书》的流行、流传而芳名远扬，永垂不朽。这是比"奖书""题咏"更能吸引人的一种奖励措施。

在这些措施的推动下，清政府前后一共收集到了 12237 种图书。进献图书的省份，排在首位的是江苏，共进书4808 种；其次是浙江，进书4600 种。就个人而言，进书数量居前四名的依次是马裕、鲍士恭、范懋柱、汪启淑这四个藏书家。

二、整理图书

继之而来的是整理图书阶段。这个阶段的主要工作是对备选图书做一个全面审核，做出或收存或禁毁的处理意见，在此基础上，再细致地校订审核合格的书籍。

前面在介绍四库书馆的工作流程时，我们说翰林院四库书馆校勘、编辑的书籍，一是内府书，一是大典本，一是采进本，这是笼统的分类。从书籍来源的角度来分类的话，供翰林院四库书馆校勘、编辑的书籍主要来自六个途径，因此可以细分为六类：一是政府及皇宫收藏的图书，称内府本。一是清朝初年至乾隆年间有相关人员奉旨编纂的书籍（如《古今图书集成》），以及帝王的著作，称赞撰本。内府书、赞撰本可以统称为内府书，也就是皇家藏书、宫廷藏书。一是从《永乐大典》中整理出来的书籍，称《永乐大典》本，简称大典本。一是由各省总督、巡抚、学正奉乾隆皇帝的旨意征集起来的书，称各省采集本。一是各地藏书人士奉旨进呈或个人自愿进献的书籍，称私人进献本。一是从书坊采购而来的书籍，称通行本。通行本流行于民间。所谓的采进本就包括这里所说的各省采集本、私人进献本和通行本。

这六个途径汇集而来的书经四库馆臣考核之后，一部分合格的书籍被留下来，作为入选《四库全书》的图书，另一部分不合格的书籍则一律不能入选，且被

---

① 相关叙述见张升教授所著的《四库全书馆研究》第三章第一节，第65 页。

禁止刊印发行，或者集中销毁（包括销毁刻印版本）。

对于合格的书籍，四库馆臣还要进一步提出应抄、应刻、应存、毋庸存目的具体意见。应抄、应刻之书指的是符合入选标准和要求，可以抄入《四库全书》的书籍。宣扬了儒家大道、阐发了君臣大义、有利于国家长治久安、符合政府此次编纂《四库全书》主旨的书籍被视为应刻、应抄之书，这类书籍不仅要抄入《四库全书》，还要另行刊刻，面向社会广为发行。还有一部分书籍，被四库馆臣评定为不合格书籍，但是它们于国于民无益亦无害，这样的书籍被确定为应存之书。应存之书不能抄入《四库全书》，只能列入《四库全书总目》的存目，能在其中保留书籍名称。至于毋庸存目书籍，则应该予以销毁或者禁止刊行。

接下来，四库馆臣要对应抄、应刻之书做进一步的整理。一是如果同一本书有不同的版本，就要比较不同版本之间的异同，选择其中最好的版本作为入选书籍的底本，以便辑录到《四库全书》中去。二是对入选的书籍作细致认真的校订，并给这些书籍提出审阅意见。校订书籍时，分校官除了要订正书中的错误之外，还要给入选《四库全书》的各书拟写眉批、飞签：在各书天头部分写上简短的注释、点评性的语句，这是眉批；在纸条上修改各书中的错别字，拟写相关的初审意见，并把纸条粘贴在书中的相应位置，然后随书送呈给纂修官，经纂修官用朱笔修改后，再送呈给总纂官，由总纂官定夺。这样的纸条就是飞签，又叫夹签。飞签经过分校官、纂修官、总纂官三审之后，最后上呈给乾隆皇帝审阅。

应抄、应刻之书经过校勘整理之后成了编辑《四库全书》的底本。换一种说法，应抄、应刻之书整理、校勘编辑好了，编辑《四库全书》的底本也就出来了。

三、抄写底本

第三个阶段是抄写底本，就是由武英殿四库书馆负责抄写誊录的工作人员把《四库全书》的底本，连同底本上的眉批，还有底本中各个书籍的提要按一定的要求誊录好，然后把誊录好的书稿装订成册，接受后阶段的校阅订正（包括乾隆皇帝的抽检审阅）。

为了保证底本的抄写工作如期完成，清政府前后选拔了3826人承担抄写任务。起初，抄写人员是由地方及政府官员保举而来的。保举抄写人员难免夹杂有行贿、受贿的弊病。为此，清政府又采用了考查的方法来选拔抄写人员。考查的方法和程序是这样的：先张贴告示，告知要选拔、招收抄写人员及相应的数量，应选人员报名之后当场书写，然后再根据各人的字迹择优录取。在考查法之外，清政府还采取了从未考取举人的读书人中挑选、录用抄写人员的方法。这样挑选、录用的抄写人员保证了《四库全书》的抄写质量。

录用好抄写人员之后，清政府还采取了有效措施来保证底本的抄写进度，方法就是给抄写人员规定每天的抄写定额，并根据一定时间内各抄写人员抄写定额的完成情况，分别给予不同的奖惩。具体定额和奖惩是这样的：每天每人抄写1000字，每年每人抄写33万字，每人五年限抄180万字。五年期满，抄写了200万字的列为一等，抄写了165万字的列为二等，分别授予州同、州判或者县丞、主簿等不同官职；发现有抄写不工整的，记过一次，罚抄写的人多写10天的定额（10000个字）。

四、校订正本

《四库全书》正本抄写好了之后，武英殿四库书馆的分校官、复校官、总校官还要对正本进行校阅订正，这是正本的校订阶段，也是编纂《四库全书》的第四个阶段，目的是及时发现并改正底本、正本中存在的编纂错误，确保《四库全书》的编纂及正本的质量。

为了确保校阅订正工作顺利进行，达到预期的效果和目的，四库馆采取了不少有效的督责措施：将编订好的正本一律装订成册，每一册都写上负责校阅订正人员的名称和官衔，以此来明确各个校阅订正人员各自应当承担的责任。采取分校、复校与抽查相结合的多重校阅订正程序，各定本经过分校官分校、复校官复校、总校官抽阅之后，再由总裁官抽查，这样分级校阅订正过关了的正本最后再统一装潢成书，进呈给乾隆皇帝御览抽检。乾隆皇帝御览抽检合格之后，这些正本就成了《四库全书》的定本了。

当然，并不是所有的正本都经过了乾隆皇帝的御览抽检，有不少正本装潢成书之后就直接成了《四库全书》的定本。这一点需要特别叙述一下。

在上述措施之外，四库馆还专门为誊录人员制定了《功过处分条例》，规定底本中出现的错别字，如果是因为原本书籍之错而错的，则抄写誊录人员不予记过处分；如果是抄写誊录的原因而错的，则每错一个字就给相关抄写誊录人员记过一次；如果能查出原本书籍中的错误，并及时指出来，做出改正，则每指出一处错误就给予相关抄写誊录人员记功一次。这些措施对于保证《四库全书》的编纂质量起到了一定的作用。

关于《四库全书》的装潢问题，这里也要做一个简单的介绍。

早在乾隆三十八年(1773)三月,《四库全书》编纂工程进行到一年左右的时候,总裁官员就意识到正在编纂的这部书囊括古今,内容涵盖天文地理人文各个方面,编成之后,它的卷帙数量一定相当可观。面对卷帙如此之浩繁的书籍,阅读者要从中查阅自己所要选阅的书籍的确是一件不容易的事情。为此,他们提出建议:遵照中国传统的五行对应五色、五色对应五节①的搭配方式,用不同颜色的纸张作封面、封底来装帧即将编纂成的书籍。这个建议得到了乾隆皇帝的批准。

《四库全书》编纂成书之后,人们按照上述建议,对《四库全书》与《四库全书总目》进行了分色装帧。收入《四库全书》的书籍是按照经、史、子、集的分类标准来编辑的。当时,人们认为儒家经书居所有书籍的统领地位,经部书籍是经、史、子、集四部书籍的开端,读经部书籍犹如遭逢春天,是一年四季的开始,因而,经部分册统一用对应春天的绿色封面、封底来装帧;史部书籍浩繁广博,煌煌如腾腾烈火,因而,史部分册统一用对应夏天的红色封面、封底来装帧;子部书籍汇集了古往今来诸子百家的学问、学说,如同是秋天来到而收获了所有可以收获的东西,因而,子部分册统一用对应秋天的月白色(近似于蓝色)封面、封底来装帧;集部书籍是古往今来所有文人墨客诗文作品的荟萃,好比是进入冬季,将秋天收获的所有东西都收藏入库,因而,集部分册统一用对应冬天的灰黑色封面、封底来装帧②。《四库全书总目》编纂成书后,大家认为它汇集了《四库全书》所有入选书籍的目录,是《四库全书》的总纲,有如五行之中的土行,居中央而统领其他四行,因而用对应长夏、表示居中央位置的黄色封面、封底来装帧。

第六节 ｜ 编纂《四库全书》的副产品

在编纂《四库全书》的过程中,四库馆臣奉乾隆皇帝的旨意,还编纂了《四库全书荟要》《四库全书总目》《四库全书简明目录》《四库全书考证》《武英殿聚珍版

① 五行,指木、火、土、金、水。五节,我国古代天文历法术语,指一年之中的春、夏、长夏、秋、冬五个等分时段,每个时段为72天,但实际上是指春、夏、秋、冬四季再加上处于夏末秋初之间的长夏,各个时间段并不是等分的。五色,即青、红、黄、白、黑五种颜色。五行、五节、五色的对应关系是这样的:木—春—青(绿),火—夏—红,土—长夏—黄,金—秋—白,水—冬—黑。
② 这里是就文津阁、文渊阁、文源阁、文溯阁四阁收藏的《四库全书》的装帧、封面而言的,文汇阁、文宗阁、文澜阁三阁收藏的《四库全书》的装帧、封面与此稍有差别,后面将用知识问答的方式来具体叙述。

丛书》五种图书。这五种图书可以视为编纂《四库全书》的副产品。

　　《四库全书荟要》收书473种，提炼收录了《四库全书》的精华，它的开本大小、装帧形式与《四库全书》一致，编纂成书后于乾隆四十三年（1778）抄录了两部，一部收藏在故宫御花园摛藻堂，另一部收藏在长春园味腴书屋。

　　《四库全书总目》共200卷，是整个《四库全书》的纲领，编纂这部书的主要目的是收录《四库全书》辑录的书籍和存目书籍的目录，主要涉及三个方面的内容：一是全书的凡例；二是经史子集各部的总序，还有各部之下各个类的小序；三是对《四库全书》收录书籍和存目书籍的作者简介、内容提要及版本源流等方面内容的考证。这些考证性的文字是由纪昀、戴震、姚鼐、邵晋涵等人撰写而成的，有一定的学术价值，因此是本书的精华部分。

　　《四库全书简明目录》是《四库全书总目》的简编本，全书20卷，收录了《四库全书》的部分内容，还有《四库全书》中部分书籍的提要，但是，这些提要都写得很简单。

　　《四库全书考证》全书100卷，它是由武英殿四库书馆的编次黄签考证官在收录、汇总四库馆臣题写的黄签的基础上编纂而成的一部书，可以视为编纂《四库全书》的黄签汇编集。

　　《武英殿聚珍版丛书》收录了编入《四库全书》的138种应刻之书。当时，这138种书被认为是所有辑录在《四库全书》的书籍中最好的书籍，因此，《武英殿聚珍版丛书》可以看作是《四库全书》的精选本或精华本。

第七节 ｜ 编纂《四库全书》的后续工作

　　在乾隆三十八年（1773）二月二十一日至乾隆四十九年（1784）十一月之间，四库馆臣校勘、整理、编辑好了《四库全书》的底本，并先后抄写完成了文渊阁、文溯阁、文源阁、文津阁四部《四库全书》。乾隆四十九年（1784）十一月，文津阁《四库全书》抄写完工，张升等专家学者认为，这意味着编纂《四库全书》的工程宣告结束①。在此之外，续抄文汇阁、文宗阁、文澜阁三部《四库全书》，两次重新校

① 相关叙述见张升《四库全书馆研究》，北京师范大学出版社，2012年3月第1版，第35页。

阅七部《四库全书》，补抄此前没有及时抄写好的书籍，也就是补抄空函书、补缮空函书（或者补空函书），则被认为是编纂《四库全书》的后续工作。

一、续抄文汇阁、文宗阁、文澜阁三部《四库全书》

乾隆四十七年（1783）七月八日，乾隆皇帝给额驸福隆安、尚书和珅，还有浙江巡抚陈辉祖、两淮盐政伊龄阿、浙江布政使署理织造盛住下发了一道谕旨。在这道谕旨中，乾隆皇帝回顾了他下令编纂《四库全书》，倡建文渊阁、文溯阁、文源阁、文津阁收藏四部《四库全书》的经过。他说，现在第一部《四库全书》已经抄写完毕，其他三部《四库全书》也将在六年之内抄写完毕，入阁收藏。在这样的情境下，他"因思江浙为人文渊薮……其间力学好古之士，愿读中秘书者，自不乏人。兹《四库全书》允宜广布流传，以光文治。如扬州大观堂之文汇阁，镇江口金山寺之文宗阁，杭州圣因寺行宫之文澜阁皆有藏书之所，著交四库馆再缮《全书》三分，安贮各该处，俾江浙学子得以就近观摩誊录，用昭我国家藏集美富，教思无穷之盛轨……现特发内帑银两，雇觅书手，再行续写《全书》三分"。——考虑到江浙一带历来都是人文荟萃的地方，文化教育发展水平比全国其他地方要高，这里勤奋好学的人很多，他们都乐于阅读来自宫廷的藏书。文渊阁、文溯阁、文源阁、文津阁四处皇家藏书阁已经收藏了四部《四库全书》，现在，我下令再抄写三部《四库全书》，交由扬州大观堂文汇阁、镇江口金山寺文宗阁、杭州圣因寺行宫文澜阁收藏，好方便江浙一带的莘莘学子随时入阁借阅摘录，由此而展示我们大清王朝藏书之多，昭示我们大清王朝对文化教育事业的重视。为此，我下令从皇家的私库中拨发专款，组织誊录班子，再抄写三部《四库全书》。

在乾隆皇帝这道谕旨的指导下，四库馆开始着手抄写三部《四库全书》，这就是文汇阁本《四库全书》、文宗阁本《四库全书》和文澜阁本《四库全书》，又叫"南三阁《四库全书》"。

文汇阁本、文宗阁本、文澜阁本《四库全书》均于乾隆五十二年（1787）四月十七日抄写完工。其中，文汇阁本《四库全书》入藏扬州大观堂文汇阁，文宗阁本《四库全书》入藏镇江口金山寺文宗阁，文澜阁本《四库全书》入藏杭州镇江口金山寺文宗阁①。

---

① 相关叙述见黄爱平《四库全书纂修研究》第150页。

二、两次重新校阅七部《四库全书》

乾隆五十二年(1787)三月,乾隆皇帝在抽查文津阁本《四库全书》时,发现收入书中的《诸史同异录》等书中有诋毁清朝的字句,含有这样的字句和内容的书籍被认为是"违碍"书籍。于是,他下令重新检查、校勘一下文渊阁、文溯阁、文源阁、文津阁收藏的《四库全书》(也就是北四阁收藏的《四库全书》),以便及时更正书中类似的错误,剔除其中已经辑录的违碍书籍。到乾隆五十五年(1790),四库书馆完成了对北四阁《四库全书》的检查和校勘。当时,这叫作第一次重检《四库全书》。之后,北四阁《四库全书》还经过了一次检查和校勘,也就是再次重检《四库全书》。

第一次重检《四库全书》的时候,有《诸史同异录》等十一部书从《四库全书》中删除了。这十一部从《四库全书》中删除的书籍并没有销毁,而是被保留在了皇宫中,其中的九部书还保留到了现在。

也是在第一次重检《四库全书》的时候,作为总纂官的纪昀被乾隆皇帝任命为负责人,负责重新检查和校勘违碍书籍。

由于同样的原因,南三阁《四库全书》自乾隆五十二年(1787)开始,也经过了两次重新检查和校勘。

三、补缮空函书

《四库全书》卷帙浩繁,编纂完工之后,先后抄写了七部,每一部都至少有36000余册之多,全部是由抄写誊录人员一笔一画抄写而成的。七部《四库全书》抄写完工之后,其中还有少量书籍没有及时抄写完,当时,这样的书籍叫"空函书"。

乾隆皇帝对于"空函书"的问题十分重视。乾隆四十七年(1783)二月二十七日,他给参与编纂《四库全书》的军机大臣下了一道谕旨,要求"各馆纂办书籍已、未完竣及曾否刊刻、写入《四库全书》之处,交查各该处",意思是说,翰林院四库书馆、武英殿四库书馆要把各自办理的书籍之中,已经办理完的、还没有办理完的,以及各自办理的书籍是否刊刻、是否已经抄录到了《四库全书》中的情况一一查明落实,然后把情况汇总起来,及时、如实地向我汇报一下。除此之外,乾隆皇帝还特别要求"今后每二月查核奏闻一次"——自今往后,每两个月都要把上述情况汇报一次。

四库馆臣根据乾隆皇帝的指示，组织人员抄写校订了空函书。抄写、校订空函书，就叫"补缮空函书"，或者"补空函书"。

在补空函书的过程中，有的书籍因为拖沓、迁延的原因没有及时补抄、校订完工。有的书籍按时抄写完工了，但校订的工作却没有及时跟进。有的书籍则抄写、校订完毕之后，又被乾隆皇帝发现有问题，需要重新返工。还有的书籍，在抄写、校订的过程中还没有正式完工，而书籍的内容都在不断地增补。因此，补空函书历经了乾隆、嘉庆两朝，一直持续到了嘉庆十一年(1806)四月二日才全部完工。在这期间，纪昀、吴裕德所做的贡献最多。

第二章 | 《四库全书》的主要内容

前面简要介绍了《四库全书》的编纂过程，现在我们要介绍的是这部书的主要内容。围绕《四库全书》这个话题，我们在这一章里要简要介绍这四个方面的内容：第一，从书籍编纂形式来看，《四库全书》是一部什么性质的书籍？第二，《四库全书》是按照怎样的分类方法来编纂的？第三，《四库全书》是怎样把所有入选书籍辑录在一起的？第四，在此基础上，再简要地介绍一下《四库全书》经、史、子、集各部的大致情况，还有辑录在《四库全书》中的部分书籍的简介。

第一节 | 《四库全书》是一部大型综合性丛书

一、丛书和类书

我国历史上有丛书这种大型图书编纂形式。按丛书的编纂形式编纂而成的书籍叫丛书，又叫"丛刊""丛刻""汇刻书"。具体来说，根据一定的目的，或者针对一定的读者群，或者围绕一定的主旨、主题而在一个总书名下，把多种单独成书的书籍汇聚起来，按照统一的版式编成一套书籍，然后一次性或分批刊印出版发行，这样编纂、刊行的书籍就是丛书。根据入选书籍内容的不同，丛书可以细分为综合性丛书、专题性丛书、专科性丛书等多种形式。

与丛书相对应的是类书，这是有别于丛书的另一种大型图书编纂形式。编纂和刊行类书，目的是汇集、辑录和保存资料。编纂者根据辑录各门类资料或者汇集某一门类资料的编纂要求和目的，按照分门别类的方法，从各种文献中采辑到相应的材料之后，再根据这些材料的内容，或者这些材料开头部分的第一个字和结尾部分的最后一个字读音的不同，把所有收辑的材料编纂成一套书，这就是类书。

唐代陆龟蒙在编纂《笠泽丛书》的时候，最先使用了"丛书"这个名称。《笠泽丛书》是陆龟蒙的诗文集，书中收辑的作品，涉及了歌、诗、颂、赋、铭、记、传、序等不同体裁，大致可以分为韵文与散文两大类。陆龟蒙在序言中说，这部诗文集"往往杂发，不伦不类，混而得之，得称为'丛书'"，意思是：这样的诗文集，既不是单纯的诗歌集，也不是单纯的散文集，内容有点儿"杂"，所以，我把它叫作"丛书"。这里所说的丛书是就书籍的内容而言的，即内容庞杂的书，而并不是指用丛书这种编纂形式编纂而成的书。

南宋嘉泰元年(1201)，喻鼎孙、喻经用丛书这种编纂形式编纂成了《儒学警语》，这被认为是我国的第一部丛书。《儒学警语》的刊行拉开了丛书编纂的序幕，此后，历经元、明、清各个历史时期，我国历史上编纂了不少有名的丛书，其中，成书于清代乾隆年间的《四库全书》是迄今最大的一部大型综合性丛书。

类书编纂的历史始于三国曹魏时期。这个时期编纂的《皇览》是我国历史上的第一部类书。唐代、宋代及明代是我国历史上盛行编纂类书的时期。从文献记载来看，明代的《永乐大典》是我国历史上规模最大的一部类书。这部类书共有22877卷，历经明清战乱之后，保存至今的不足800卷。清代康熙、雍正年间编纂的《古今图书集成》全书1万卷，是迄今为止我国现存的最大的一部类书。

二、《四库全书》是迄今最大的一部大型综合性丛书

《四库全书》是一部大型综合性丛书。它的卷帙浩繁，统计资料显示，这部大型丛书辑录了3461种书籍，一共誊录缮写了七部，以七部之中的文津阁本《四库全书》来统计，《四库全书》这部书一共有79337卷，装订成了36304余册，全书总字数将近7亿字，用来抄写这部书的纸有230万张之多。

《四库全书》的卷册如此之多，以至于贮藏和保存其中任何一部都需要修建一座专门的藏书楼。《四库全书》的内容十分广博。在编纂这部书的时候，编纂者按照汉代以来确立并为此后历代所沿用的经、史、子、集四部分类方法来分类编纂，几乎收录了我国从先秦时期到乾隆年间的全部主要著作。此外，这部书还收辑了

朝鲜、越南、日本、印度以及明清时期希腊等来华西方传教士等域外作家、学者、专家的一些著作。它的内容涉及了传统意义上的经史子集各个方面及三教九流各个流派，涵盖了社会、文学、历史、哲学、宗教、政治、民族、艺术、医学、天文、地理等不同学科领域。

卷帙浩繁，内容广博，从这两个方面来说，《四库全书》是我国迄今最大的一部大型综合性丛书。

第二节 | 《四库全书》按经史子集四部分类法编纂

一、从六分法到四分法

编纂大型图书要采用合适的目录分类方法，也就是在编纂图书之前，要先对入选作品做一个分类，以便确定好入选作品在编排时应该编排到图书中的具体位置，以及不同作品的编排归类和顺序。早在西汉时期，刘向、刘歆父子就曾整理皇家藏书，编纂成了我国最早的国家图书馆目录著作《七略》，他们将当时搜集到的图书典籍细分为六艺、诸子、兵书、数术、方技、诗赋六大类，首创我国古籍分类的六分法。到西晋时期，荀勖编撰《晋中经簿》，他将刘向、刘歆父子创立的分类法改进为甲、乙、丙、丁四部分类法，即四分法①。在荀勖之后，东晋人李充编撰《晋元帝书目》，他沿用荀勖首创的四分法，对各部对应的图书归属情况做了局部调整②。在李充以后，王亮、谢朏、任昉、殷钧等人先后编撰了与书目有关的著作，他们都是遵循李充首创的甲、乙、丙、丁四部分类法来编撰的。进入隋唐时期，史学家在编纂《隋书·经籍志》的时候，沿用四分法而把"甲、乙、丙、丁"四部的名称改为了"经、史、子、集"四部，并重新调整了各部对应的图书归属关系。从此以后，四分法的名称、各部对应的图书归属关系，以及四部的编排顺序正式确定，四分法正式定型为四部分类法，并成为此后编纂大型图书时通行、通用的一种编纂分类方法。

---

① 甲部纪儒家六艺小学方面的著作，乙部纪诸子、兵部、术数方面的著作，丙部纪历史旧事、皇览杂著方面的著作，丁部纪诗赋、图赞方面的著作及汲冢书。

② 以儒家五经为甲部，历史记载为乙部，诸子百家著作为丙部，诗赋方面的著作为丁部。

二、《四库全书》按经史子集四部分类法编纂

《四库全书》也是按照四部分类法来编纂的。当时，乾隆皇帝专门下发了一道谕旨，明确指出：“从来四库书目，以经、史、子、集为纲领，裒辑分储，实古今不易之法。”意思是说，从来编纂大型图书都是按四部分类法来编辑分类的，四部分类法是古往今来不可替代和更易的一种图书目录分类法，现在咱们也得遵循这种方法的要求来编纂《四库全书》。

确定采用四部分类法之后，四库馆臣在此基础上还做了比较细致的再分类：在部下面设置类，在类下面再设置属，从而构成了《四库全书》“部→类→属”的三级分类体系。

三级分类体系确定之后，四库馆臣依据各部、各类、各属的特点，结合《四库全书》编纂要求，把备选图书编入相应的部、类、属之中，最后编纂成一部大型图书——《四库全书》。

表2－1是根据《四库全书总目》绘制而成的《四库全书总目》类目表，它清楚地显现了《四库全书》的三级分类体系及其对应的具体内容。借助表2－1，我们可以大致了解《四库全书》的目录及这部书各个部分辑录的主要图书，进而大致了解这部大型综合性丛书的主要内容。

表 2－1　《四库全书总目》类目表

部	类	属
经部	易	
	书	
	诗	
	礼	周礼
		仪礼
		礼记
		三礼通义
		通礼
		杂礼书
	春秋	
	孝经	
	五经总义	
	四书	
	乐	
	小学	训诂
		字书
		韵书
史部	正史	
	编年	
	纪事本末	
	别史	
	杂史	
	诏令奏议	诏令
		奏议
	传纪	圣贤
		名人
		总录
		杂录
		别录
	史抄	
	载记	
	时令	
	地理	宫殿疏
		总志
		都会郡县
		河渠
		边防
		山川
		古迹
		杂记
		游记
		外记
	职官	官制
		官箴
	政书	通制
		典礼
		邦计
		军政

部	类	属
史部	政书	法令
		考工
	目录	经籍
		金石
	史评	
子部	儒家	
	兵家	
	法家	
	农家	
	医家	
	天文算法	推步
		算术
	术数	数学
		占候
		相宅相墓
		占卜
		命书相术
		阴阳五行
		杂技术
	艺术	书画
		琴谱
		杂技术
		篆刻
	谱录	器物
		食谱
		草木鸟兽虫鱼
	杂家	杂学
		杂考
		杂说
		杂品
		杂纂
		杂编
	类书	
	小说家	杂事
		异闻
		琐语
	释家	
	道家	
集部	楚辞	
	别集	
	总集	
	诗文评	
	词曲	词集
		词选
		词话
		词谱词韵
		南北曲

在上述表格之外，我们还用表格罗列了《四库全书》经、史、子、集四部收录的部分图书，大家可以从中进一步了解《四库全书》的主要内容（见表 2－2）。

表 2－2 《四库全书》各部收录的部分图书

部	类						
经部		《易经》	《尚书》	《诗经》	《周礼》	《仪礼》	《礼记》
		《大学》	《中庸》	《孟子》	《论语》	《孝经》	《尔雅》
		《春秋左传》	《春秋公羊传》	《春秋榖梁传》			
史部		《国语》	《史记》	《汉书》	《晋书》	《宋书》	《梁书》
		《陈书》	《魏书》	《周书》	《隋书》	《南史》	《北史》
		《宋史》	《辽史》	《金史》	《元史》	《明史》	《史通》
		《战国策》	《后汉书》	《三国志》	《三国志》	《南齐书》	《北齐书》
		《旧唐书》	《列女传》	《越绝书》	《水经注》	《岛夷志略》	《旧五代史》
		《新五代史》	《吴越春秋》	《风俗通义》	《华阳国志》	《建康实录》	《贞观政要》
		《资治通鉴》	《天工开物》	《东周列国传》			
子部	儒家		《荀子》	《说苑》	《帝范》	《政训》	《潜书》
			《新序》	《盐铁论》	《潜夫论》	《近思录》	《郁离子》
			《传习录》	《呻吟语》	《孔子家语》	《温公家范》	《袁氏世范》
	兵家		《吴子》	《司马法》	《尉缭子》	《孙膑兵法》	
			《六韬》	《三略》	《握奇经》	《素书》	
			《将苑》	《李卫公问对》	《虎钤经》	《守城录》	
			《练兵实纪》	《纪效新书》	《何博士备论》		
	法家		《管子》	《商君书》	《韩非子》		
	农家		《齐民要术》	《农桑辑要》			
	医家		《黄帝内经》	《神农本草经》	《黄帝八十一难经》		《洗冤集录》
集部		《楚辞》	《诗品》	《曲品》	《南戏》	《花间集》	《柳永词》
		《晏殊词》	《东坡词》	《放翁词》	《姜夔词》	《秦观词》	

第三节 | 《四库全书》是这样来辑录书籍的

《四库全书》辑录了先秦至乾隆时期千年以上的 3461 种书籍,编纂者是怎样把这么多的书辑录起来编纂成一部书的呢?这几乎是所有关注《四库全书》的读者在阅读这部书之前所要关注的一个问题,也是我们在这一节里所要简要叙述的一个中心话题。

一、按著作年代顺序辑录

《四库全书》是按照"部—类—属"的三级分类体系来编纂的,全书分为经、史、子、集四个部,各个部下面又分设了数量不等的类,部分类之下还细分了数量不同的属。其中,经部设有 10 个类 9 个属,史部设有 15 个类 27 个属,子部设有 14 个类 25 个属,集部设有 5 个类 5 个属。全书共有 44 个类 66 个属。《四库全书》辑录的 3461 种书籍就分别辑录在这 4 个部 44 个类 66 个属之中,各个部、各个类及各个属辑录的书籍数量各不相同。

面对这么多的书籍,这么多的类、属,编纂者在编纂《四库全书》的时候,是怎样来合理安排编排顺序,将所有入选书籍有条不紊地辑录在不同的部、类、属之中的呢?

入选书籍的写作(编纂)年代有先有后,编纂者就是按照入选书籍的写作(编纂)年代顺序来辑录书籍的,在同一个部里面,写作(编纂)时间早的书籍编排在前面(如果有皇帝撰写的著作,则把皇帝撰写的著作按皇帝在位的时间先后编排在所在部、类、属的最前面,这是一种特殊情况),写作(编纂)时间晚的书籍编排在后面。依次类推,辑录在类、属中的书籍也是这样来编排顺序的。

在辑录书籍的同时,编纂者还要介绍作者。辑录在《四库全书》中的书籍,有的是由历代朝廷组织专门人员集体编著(编纂)而成的,作者不止一个。面对这样的书籍,《四库全书》的编纂者在介绍作者时,往往只简要叙述一下其中的主要编著(编纂)人,同时也会介绍一下书籍的成书时间。

有的作者写了不止一部作品,其中有两部或者两部以上的作品辑入了《四库全书》,而这些作品又分别辑录在不同的部或者类、属里面。面对这种情况,《四库全书》的编纂者会遵照不重复介绍的原则来处理:只在介绍该作者编排在最前面的作品时才介绍一下作者，以后再辑录该作者的作品时，只是简单地提示一句这个作者"有某某书籍，已著录"。比方说，欧阳修的《新唐书》辑录在史部正史类，编纂者辑录《新唐书》时会介绍一下欧阳修，而在把欧阳修的《洛阳牡丹记》辑录到子部谱录类草木鸟兽虫鱼属时，就只提示说欧阳修"有《新唐书》，已著录"。

辑录在《四库全书》中的书籍，有一部分是对前人的著作做注解、考证性质的作品，它们的写作年代要晚于被注解、考证的书籍。《四库全书》的编纂者在编排辑录这些书籍时，依据的是被注解、考证书籍的写作时间，按被注解、考证的书籍的写作时间先后来确定辑录顺序。在辑录时，编纂者会把这些书籍与被注解、考证的书籍辑录在一起，先辑录被注解、考证的书籍，再辑录注解、考证这些书籍的书籍。这里也举一个例子：清代的仇兆鳌为杜甫的诗歌做注解，写成了《杜诗详注》。在《四库全书》中，杜甫的诗歌集归属于集部别集类，仇兆鳌的《杜诗详注》便与杜甫的诗歌集一同辑录在集部别集类。

二、总叙小叙提要与书籍原文相结合

《四库全书》是集结三千多部单本书编纂而成的，在形式上，它是这三千多部书的总集。怎样把这么多的单本书集结起来编纂成一部书呢？

从内容上来说，一部成熟的单本书是由序（也写作"叙"）言、正文与跋（或者后记）三部分组成的，这三部分编组的方式是前序后跋（或者后记），即全书以正文为中心，序言编排在正文前面，跋（或者后记）编排在正文后面。《四库全书》也是用这样的编组方式来编纂的。

全书按照经、史、子、集的分类方式编组成四个部分，即经部、史部、子部、集部。经部、史部、子部、集部四个部分有如单本书的四个篇目，各自分开来编纂，其收辑的书籍各不相同，各部辑录的书籍，连同编纂者为各部写的总叙，以及编纂者为各部辑录的书籍写的提要辑录在一起，组成了经、史、子、集四个部。这四个部的内容如同是单本书的正文，它们按照经、史、子、集的先后顺序排列，与全书的总叙编组在一起，就组成了《四库全书》这部皇皇巨著。这是整个《四库全书》编组的基本框架。

《四库全书》是按照部—类—属的三级分类体系来编纂的。前面说过，与单本书相比，经、史、子、集四个部犹如单本书的四个篇目，按照这样的比喻，部下面的类就如同单本书篇目下面不同的章，类下面的属则好比是单本书章下面不同的节。像部一样，类、属的编组框架也是这样的——各类、各属辑录的书籍之前先有一个叙，这叫小叙，小叙后面辑录的是各类、各属辑录的书籍以及编纂者为这些书籍写的提要。

根据前面的介绍，笔者编制了《〈四库全书〉编组示意图》（见图2－1）。这或许有助于大家了解这种编组方式。

前面按照部、类、属的顺序，介绍了《四库全书》的编组框架，现在再来介绍一下各部以及各部所属的类、各类所属的属是怎样收集书籍的。

关于这个话题，可以用下面几句话来概括：

第一，辑录的基本框架是提要加书籍原文。四库馆臣在校对与整理、编辑应刊、应抄书籍的时候，要为每本应刊、应抄书写一个提要，以便让读者在阅读之前，先对即将阅读的书籍有一个大致的了解。按照杜泽逊先生的介绍①，提要是这样写的：开头是"谨按"，接下来叙述这本书的作者是谁，这本书是什么时候写作的，然后简要地叙述和介绍这本书的主要内容，最后写上撰写提要者的姓名，并盖上内容为"存目"的木质小印章。《四库全书》在辑录各部及其所属类、属的书籍时，辑录的方式是：先列出各个单本书的提要，再辑录与各个提要相对应的单本书。

第二，同一个部、同一个类、同一个属所收辑的书籍按书籍写作年代的先后顺序来编排。对此，前面已有"按著作年代先后顺序辑录"做了介绍，这里不再重复。

第三，保留入选书籍的原貌，就是说原书是怎样，辑录的时候就怎样辑录。围绕"书籍的原貌"，这里要特别介绍三点。

其一，这里所说的"原貌"是相对的。四库馆臣在校对与整理、编辑应刊、应抄书籍的时候，改正了书本中文字上的错误。在此之外，四库馆臣还根据需要对部分书籍进行了加工：有的入选书籍，它的文字与内容原本是没有错误的，但是，其中的某些词句被编纂者认为使用不当，表述不得体，或者有损于清朝的形象，甚至不利于维护清朝统治的正当性。当时，这样的词句属于"违碍"内容，一律不能出现在《四库全书》中。在校对与整理、编辑过程中，所有"违碍"内容都被四库馆臣作了技术处理：能够删除的，一律都删除掉，不能删除的，则用其他词语代替。

---

① 具体内容见杜泽逊的《〈四库存目〉标注》，山东大学2003年博士论文，第39页。

其二，在辑录书籍的时候，也辑录了原书的序言和跋。当然，原书的序言和跋中也不能有"违碍"内容，要经过四库馆臣严格的校对与整理。

其三，不少书籍在正文之外，还有传、注、笺、集注、疏、正义、音义，这是后人对前人著作所作的注解、阐述性的文字。传、注、笺、集注、疏、正义、音义与我们现在所说的"随文注释"有一定的相似之处。某一部书，如果有人给它作了注解、阐述，为了方便读者阅读，刻印书籍的人在刻印这本书的时候，往往会把书本的正文连同注解、阐述性的文字一同刻印出来：作注解、阐述的人对哪一个字、哪一话作注解或者考证，就用不同的字体或者不同颜色的字写在那一个字、那一话后面，或者是用不同的符号作提示，把注解、阐述性的文字写在相应的字、句后面。《四库全书》的编纂者在辑录这样的书籍时，为了保存书籍刊印时的原貌，也会把书中注解、考证性的文字同时辑录起来。

那么，具体一点说，传、注、笺、集注、解、疏、正义、音义是什么呢？

在孔子之后，为了让读者更好地理解儒家经籍的含义，有人开始对儒家经籍作注解。其中，最早出现的注解就叫作"传"。到西汉、东汉以及西晋时期，孔安国、郑玄等人又对传进行了解释和补充，甚至是提出自己的质疑，这样的文字叫"注"或者"笺"。魏晋以后，注的范围和对象开始由儒家经籍扩大到别的领域，比方说，唐代学者颜师古为《汉书》作注，杜佑、杜牧祖孙为《孙子兵法》作注，李善为《文选》作注。不仅如此，晋代之后，一部分人在作注的时候，不再是注重解释字句，而要对作品表达的思想作注解，这样的注带有明显的发挥、阐述甚至是考据、考证的意味，其到宋代的时候开始初显规模。这里面有代表性的是朱熹为注解四书而作的《四书章句集注》。

因为离此前作注解、作考证的时代已经久远的缘故，到了唐宋时期，对普通读者而言，不少古籍中的注解与考证性的义字与书籍中的原文一样，已经难以阅读理解了。在这样的情景下，有人开始对古籍重新作注解或者考证。与此前的注解、考证不同，这个时候作注解、考证的人是既注解书本中的原文，又注解前人所作的注解。这样的注解就叫作"疏"或者"正义"。

至于音义，简单地说，就是为标注、解释字词的读音和意义所做的注解。

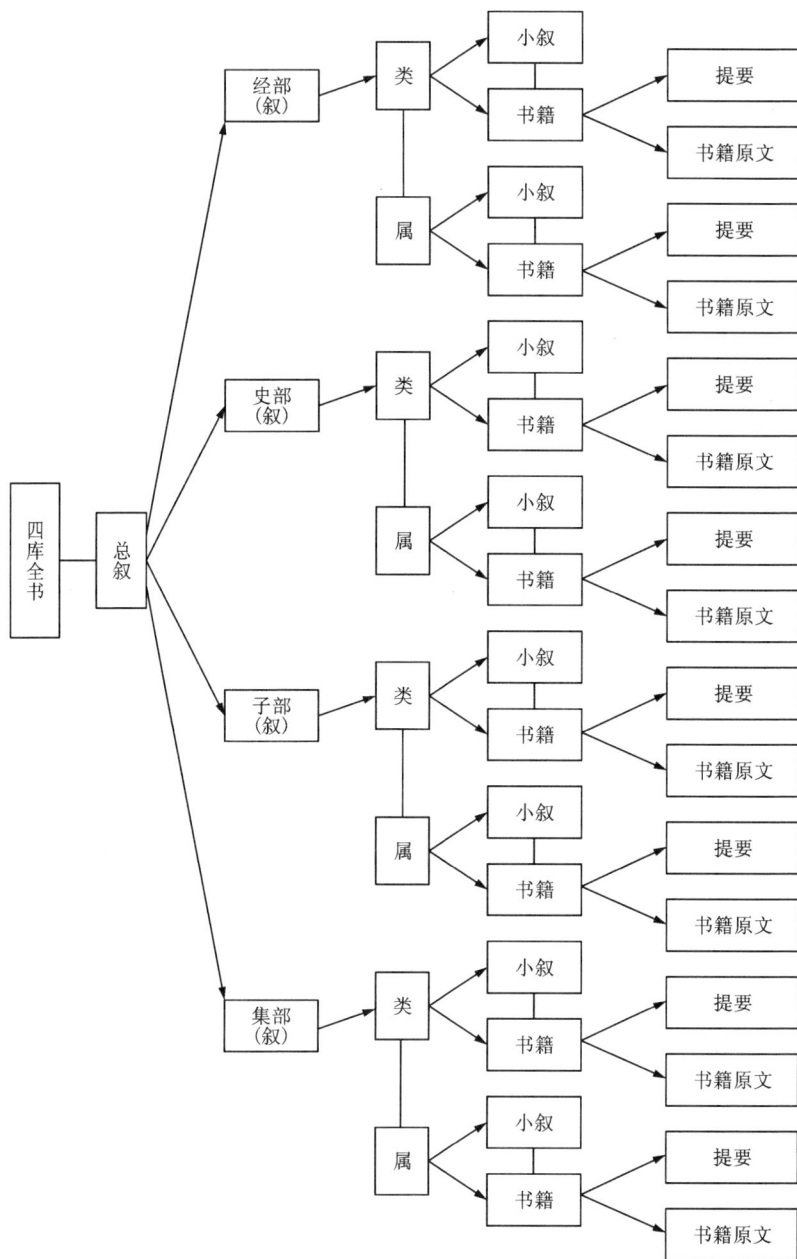

图 2-1 《四库全书》编组示意图

第四节 | 经部简介

一、"经"的基本含义

《正字通·丝部》在解释"经"的时候说："经，凡织纵曰'经'，横曰'纬'。"织布的时候，按纵向方向安放在织布机上的丝线叫作"经"，又叫经线；由织布梭牵引，按横向方向与经交织在一起的丝线叫作"纬"，又叫纬线。《说文·丝部》对"经"字作了同样的解释。在整个织布过程中，所有的经线，它们的长度始终不变，它们在织布机上的位置也始终不变。古人根据经线的这个特点，把"经"的含义由"经线"引申为"正确而又不可改变的言论、公理、思想"，因此，在各个领域被尊奉为典范、经典的著作也被人视为经。

自从汉武帝"罢黜百家，独尊儒术"之后，历史上被国人普遍尊奉为"经"的，主要是指《周易》《诗经》等儒家经典著作，也就是儒家的几部主要经籍。《四库全书》经部收集的书籍就是《周易》《诗经》等儒家经籍，以及与这些儒家经籍相关的书籍。

二、经部以五经为核心设置十个类目九个属

《四库全书总目·经部总叙》说："盖经者非他，即天下之公理而已。今参稽众说，务取持平，各明去取之故，分为十类：曰易、曰书、曰诗、曰礼、曰春秋、曰孝经、曰五经总义、曰四书、曰乐、曰小学。"编纂者认为，《周易》《尚书》《诗经》《礼记》《春秋》等五部儒家经籍，也就是五经，阐述了天下古往今来通行而又正确的道理，编辑《四库全书》最不应该舍弃的就是这些儒家经典，以及与之相关的著作。因此，四库馆臣们全面比照了流传至今的上述各个典籍和著作的不同版本，经过严格的校勘、整理之后，把这些书籍收辑到了经部，然后把这些著作分成易、书、诗、礼、春秋、孝经、五经总义、四书、乐、小学十个类目来统一编纂。其中，"礼"类目下设置了周礼、仪礼、礼记、三礼通义、杂礼书六个属，"小学"类目下设置了训诂、字书、韵书三个属。整个经部一共设置有十个类目九个属。

经部的这十个类目可以粗分为四个小组：易类、书类、诗类、礼类、春秋类，还有五经总义类归之于"五经"一组；四书类归之于"四书"一组；小学类归之于

"小学"一组；孝经类、乐类集结为一组，我们不妨笼统地称之为"其他"组。

《四库全书总目·经部总叙》有这样一段话："经禀圣裁，垂型万世。删定之旨，如日中天。"五经是经过孔子的裁定而流传下来的，这五部经典阐述的道理煌煌如天空的太阳，永远照耀四方，泽被后世、流传万代而不朽。由此，我们决定经部十个类目以五经为核心而编纂，五经一组要编排在经部之首。《大学》《中庸》《论语》《孟子》归结起来统称为"四书"，是"五经"的基本理论展开表述并延伸到哲学领域的结果，是宋、元、明、清以来历朝统治者奉行的官方哲学，因此，要紧承在五经一组后面。至于小学一组，它所对应的书籍涉及了文字的知识，可以帮助读者无障碍阅读，是通读四书五经的必备工具。而孝经类、乐类所在的一组对应的书籍，阐述了封建伦理，是历代统治者奉行四书五经理论而推行教化的工具。一句话，经部十个类目的设计安排体现了以五经为核心而编纂的思想。

三、经部十类九属简要介绍

经部收辑了以五经为核心的儒家经典著作，还有与五经相关的一系列著作。其中的易类、书类、诗类、礼类、春秋类辑录的依次是《周易》《尚书》《诗经》《礼记》《春秋》五经及其相关的书籍。关于五经，我们将在后面逐一做一个简单的介绍，这里先简单介绍一下与五经相关的两个方面的内容。

第一，在五经之外，我国历史上还有六经、七经、九经、十经、十二经、十三经、十四经及二十一经之说，它们是在六经的基础上演变而来的。

孔子生前整理、厘定了六部古代著作：诗歌总集《诗》、上古历史文献集《书》、周代礼仪制度条文汇编《礼》、配合礼仪制度的音乐集《乐》、占卜卜辞总汇《易》，还有鲁国历代史官文献集《春秋》，这六部著作被后世尊为儒家的六部经典著作，即"六经"。孔子整理、厘定六经，就是所谓的孔子"删定六经"。

秦灭六国而一统天下之后，秦始皇采取了焚书坑儒的政策，《乐》由此而失传，上述六部经书也因此减损为五部。到汉武帝时期，西汉王朝奉行"罢黜百家，独尊儒术"的政策，儒家思想正式被定为官方的主流意识形态，《诗》《书》《礼》《易》《春秋》五部书被奉为"经"，"五经"之名正式确定。从此以后，在不同历史时期，儒家经籍在五经的基础上不断增益扩展，出现了七经、九经等不同说法。

表2-3可以直观地反映它们之间的增益扩展及异同情况。

表 2 – 3 经部增益扩展及异同

名称	包含的经籍	备注
六经	《诗》《书》(即《尚书》)《礼》《乐》《易》《春秋》	"六经"之说始见于《庄子·天运篇》，《礼记·经解》中有相同的说法
五经	《诗》《书》《易》《礼》《春秋》	"五经"之说始于汉武帝建元五年（公元前 136 ）。汉代的《礼》指的是《仪礼》，与后世所说的《礼记》不同
七经	《易》《诗》《书》《仪礼》《春秋》《公羊》《论语》	见东汉《一字石经》
七经	《诗》《书》《礼》《乐》《易》《春秋》《论语》	见《后汉书·张纯传》
七经	《书》《诗》《周礼》《仪礼》《礼记》《公羊》《论语》	见宋刘敞《七经小传》
七经	《易》《书》《诗》《春秋》《周礼》《仪礼》《礼记》	见康熙《御纂七经》
九经	《易》《书》《诗》《礼》《乐》《春秋》《论语》《孝经》及小学	见《汉书·艺文志》
九经	《易》《书》《诗》《周礼》《仪礼》《礼记》《春秋》《论语》《孝经》	见唐代陆德明《经典释文》
十经	《周易》《尚书》《毛诗》《礼记》《周官》《仪礼》《春秋左氏传》《公羊》《穀梁》《论语》《孝经》	见《宋书·百官志上》
十经	《诗》《书》《易》《礼》《春秋》五经及《诗纬》《书纬》《易纬》《礼纬》《春秋纬》五纬	依次简称为"五经""五纬"
十二经	《易》《诗》《书》《周礼》《仪礼》《礼记》《左氏传》《公羊传》《穀梁传》《论语》《孝经》《尔雅》	载于唐文宗时国子学的石碑上。关于十二经的其他说法，这里不著录
十三经	《易》《诗》《书》《周礼》《仪礼》《礼记》《春秋左氏传》《春秋公羊传》《春秋穀梁传》《论语》《孝经》《尔雅》《孟子》	十三经之说是由汉代至宋代之间形成的
十四经	在十三经的基础上在家《大戴礼记》	十四经之说成于宋代
二十一经	在十三经的基础上，再增加《大戴礼记》《国语》《史记》《汉书》《资治通鉴》《说文解字》《九章算经》《周髀算经》	见清代段玉裁、刘恭冕的《十经斋记》《广经室记》

第二，《周易》《尚书》《诗经》《礼记》《春秋》五经及其相关的著作，依次对应经部的易类、书类、诗类、礼类、春秋类，其中的礼类下面细分为"周礼""仪礼""礼记""三礼通义""通礼""杂礼书"六个属。这里简单地介绍一下与这六个属相关的内容。

"周礼"这一属收辑了《周礼》及其相关的著作。《周礼》最先称为《周官》，唐代贾公彦为它作疏的时候才开始改称为《周礼》。《周礼》主要记载了先秦时期的官职体系方面的知识，汉代刘歆认为它是西周初年著名的政治家周公旦编著的，所以，《周礼》又被人尊为"周公之典"。

"仪礼"这一属收辑了《仪礼》及其相关的著作。据沈文倬先生考证，《仪礼》是春秋到西汉时期的著作，这部著作又称《士礼》，现存十七篇，它主要介绍了古代宗法、明堂、封国、巡狩、丧葬祭祀等方面的礼仪制度。

"礼记"这一属收辑了《礼记》及其相关的著作。《礼记》即《小戴礼记》，属于五经的范畴，我们将在介绍五经的时候再做具体介绍。

"三礼通义"这一属收辑的是对《周礼》《仪礼》《礼记》进行综合研究的书籍。在《四库全书》中，这一属收辑的著作一共有六部，即：《三礼图集注》《三礼图》《学礼质疑》《读礼质疑》《郊社禘祫问》《参读礼质疑》。

"通礼"这一属收辑了《礼书》《仪礼经传通解》《礼书纲目》《五礼通考》四部著作。

"杂礼书"这一属收辑了《书仪》《家礼》《泰泉乡礼》《朱子礼纂》《辨定祭礼通俗谱》五部著作。

介绍完易类、书类、诗类、礼类、春秋类之后，现在再来简单介绍一下经部其他类属辑录的著作。

孝经类辑录了《孝经》及与《孝经》相关的著作。《孝经》是介绍古代伦理知识的书籍，相传是孔子或曾子，或者他们的门人的作品。

五经总义类辑录的是古人校正、考证、研究五经方面的主要著作，在《四库全书》中，五经总义类辑录的书籍一共有三十一部，著名的有《驳五经异议》《郑志》《经典释文》《六经正误》《刊正九经三传沿革例》《六经奥义》《七经孟子考文补遗》《九经古义》《古经解钩沉》等。

四书类辑录了《论语》《孟子》《大学》《中庸》四部儒家著作。《论语》是一部语录体著作，主要辑录了孔子的言行，包括孔子师生之间的对话。这一部书是孔子的弟子及再传弟子编纂而成的。《孟子》也是一部语录体著作，主要辑录了孟子的言行。《大学》《中庸》原本是《礼记》中的两个篇目，宋孝宗淳熙年间（1174—1190），《大学》《中庸》与《论语》《孟子》开始集结在一起，称为"四书"。

乐类在严格区分"雅乐"与"郑声"，也就是正统音乐与非正统音乐的基础上，辑录了《古乐经传》《律吕阐微》《古乐书》《钦定诗经乐谱》等与传说中的儒家经籍《乐经》及古代音乐有关的书籍。

在古代，有关文字方面的知识和学问统称为"小学①"。《四库全书》经部小学类收辑的是古人关于语言文字研究方面的书籍。文字兼有字形、字音、字义三个方面的内容，据此，小学类又细分为训诂、字书、韵书三个属。训诂之属辑录了《尔雅注疏》《尔雅注》《方言》《释名》《广雅》《匡谬正俗》《群经音辨》《埤雅》《尔雅翼》《骈雅》《字诂》《续方言》和《别雅》等十三部书籍。字书之属辑录了《急就章》《说文解字》《说文系传》等三十六部书籍。韵书之属辑录了《广韵》《集韵》《切韵指掌图》等三十三部书籍。

第五节 ┃ 史部简介

一、史部以正史为纲统摄全部

《四库全书》史部辑录的是史籍及与史籍相关的系列著作，它设有十五个类目，即正史类、编年类、纪事本末类、别史类、杂史类、诏令奏议类、传纪类、史抄类、载记类、时令类、地理类、官职类、政书类、目录类、史评类。这十五个类目大致可以分为四个层次，其中，正史类图书为第一个层次，这是史部入选图书的大纲；编年类、纪事本末类、别史类、杂史类、诏令奏议类、传记类、史抄类、载记类图书为第二个层次，这一个层次的图书，它们的内容可以参考正史类图书中的纪传部分而得，或者与纪传部分的内容互为参照印证补充；时令类、地理类、官职类、政书类、目录类图书为第三个层次，它们的内容可以参考正史类图书中的各种志而得，或者与其中的志部分的内容互为参照印证补充；史评类图书为第四个层次，它们的内容参考正史类图书中论赞者的论赞评论而得，或者与论赞者

---

① 小学这个名称最初见于《大戴礼记·保傅篇》，指的是为贵族子弟设置的启蒙学校。从汉代开始，"小学"兼有两方面的意义：一是儿童启蒙学堂，二是有关文字的知识和学问。

的论赞评论互为参照印证补充。这样的类目设计编排，体现了四库馆臣以正史为纲统摄全部，其他各类目分别对应正史中的纪传、志、论赞三个部分并互相拱卫，以便更好地突出正史的基本思路。

二、史部类属收录的主要书籍

史部之正史类收录有《史记》《汉书》《后汉书》等二十四部史书，即"二十四史"，这与乾隆年间朝廷钦定二十四史为正史有直接关系。编年类收录有《竹书纪年》《汉纪》《后汉纪》等三十八部书籍；纪事本末类收录有《通鉴纪事本末》《春秋左氏传事类始末》《三朝北盟汇编》等二十二部书籍；别史类收录有《逸周书》《东观汉记》《建康实录》等二十部书籍；杂史类收录有《国语》《国语补音》《战国策注》等二十二部书籍；诏令奏议类细分为诏令、奏议两个属，收录有《（清）太祖高皇帝圣训》《政府奏议》等三十九部书籍；传纪类细分为圣贤、名人、总录、杂录、别录五个属，收录有《孔子编年》《晏子春秋》《古列女传》《孙威敏征南录》《安禄山事迹》等六十六部书籍；史抄类收录有《两汉博闻》等三部书籍，而《史记法语》等四十部图书则列入了《四库全书总目》存目；载记类收录有《吴越春秋》《越绝书》《华阳国志》等二十一部书籍，并附录了《朝鲜史略》《越史略》两部书籍；时令类收录有《岁时广记》《钦定月令辑要》两部书籍，而把《四时宜忌》等十一部书列入了《四库全书总目》存目；地理类细分为宫殿疏、总志、都会郡县、河渠、边防、山川、古迹、杂记、游记、外纪十个属，收录有《三辅黄图》《吴郡图经续记》《水经注》《筹海图编》《南岳小录》《洛阳伽蓝记》《南方草木状》《游城南记》《佛国记》等一百五十部书籍；官职类细分为官制、官箴两个属，收录有《唐六典》《州县提纲》等二十一部书籍；政书类细分为通制、典礼、邦计、军政、法令、考工六个属，收录有《通典》《汉官旧仪》《救荒活民书》《历代兵制》《唐律疏义》《营造法式》等五十七部书籍；目录类细分为经籍、金石两个属，收录有《崇文总目》《集古录》等三十七部书籍；史评类收录有《史通》等二十二部书籍。

三、与史部相关的十五个名词解释

下面就《四库全书》史部所属类、属中涉及的十五个名词做一个简单的解释。

正史，指《史记》《汉书》等以帝王本纪为纲的纪传体史书。清代乾隆年间，朝廷下发诏书，钦定《史记》《汉书》《后汉书》《三国志》《晋书》《宋书》《南齐书》《梁书》《陈书》《魏书》《北齐书》《周书》《隋书》《南史》《北史》《旧唐书》《新唐书》《旧五代史》《新五代史》《宋史》《辽史》《金史》《元史》及《明史》二十四史为正史。在此基础上，北洋政府于民国十年(1921)增加了柯劭忞编著的《新元史》为正史，合称《二十五史》。民国十七年(1928)，赵尔巽等人编著的《清史稿》刊行之后，国民政府又将《清史稿》合编在正史系列，合称《二十六史》。《清史稿》是专写清朝这一个朝代的史书，在《清史稿》之外，台湾地区也组织编纂了一部专写清朝的史书，即《清史》。此外，日本人稻叶君山也写了一部专写清朝的史书，即《清史全稿》。

编年，我国传统的史书编写体裁之一。用这种体裁编写的史书称编年体史书或编年史，它的特点和基本要求是按年代顺序编排史料来叙述历史。现存最早的编年体史书是《春秋》。

纪事本末，我国传统的史书编写体裁之一。用这种体裁编写的史书称纪事本末体史书，它的特点是以历史事件为中心，标立题目，然后按时间顺序，系统、完整地叙述史事。这种史书编写体裁始创于南宋时期，袁枢编著的《通鉴纪事本末》是第一部纪事本末体史书。作为一个大型图书编纂类目，纪事本末类是《四库全书总目》独创的。在《四库全书》中，凡是一部书叙述一件史事或者多件史事的史书都辑录在史部纪事本末类中。

杂史，史书编写体裁之一。用这类体裁著述的史书或记一时见闻，或记一事始末，或只是一家私记，带有历史掌故性质，与纪传体、编年体、纪事本末体等体裁编写的史书截然不同。

别史，史书编写体裁之一。用这类体裁著述的史书，通常杂记历代或者某一代的史实，而叙述的内容"上不至于正史，下不至于杂史"，介于正史、杂史之外。别史始创于南宋时期，陈振孙的《直斋书录解题》是第一部别史著作。

史评，专事评论历史事件、历史人物或史书的著作。评论史事方面的专著如王夫之的《读通鉴论》《宋论》，评论史书的著作如刘知几的《史通》和章学诚《文史通义》，这些都是有一定学术价值的书籍。

诏令奏议，诏令，古代文体名称。古时候，皇帝、皇太后或皇后都是用册文、制、敕、诏、诰、策令、玺书、教、谕等文件发布命令、文告，这些文件总称为诏令。奏议也是古代文体名称。古时候，臣下用表、奏、疏、议、上书、封事等文件向皇帝上奏，陈述自己对政事的意见、建议，这些文件统称为奏议。作为一个大型图书编纂类目，诏令奏议类是《四库全书总目》独创的。

传记，简称传。传记是为记载人物生平事迹而创设的，大体分为两大类型，一是以历史人物为中心，以记述与历史人物相关的翔实可靠的史事为主要内容，这是史传，在《史记》中细分为本纪、世家、列传等形式。一是文学范畴的传记，它以人物以事迹为叙述的基本内容，在叙述过程中允许作者做某些合理的想象性的描述。史书中的传记属于史传。《四库全书》史部传记类辑录的是史传方面的著作。

史钞，摘抄某一种史籍中的史料，或者摘抄多种史籍中的史料汇编而成的书籍。作为史书的一个门类，史钞首创于《宋史·艺文志》。

载记，古代编著史书的时候，有的史学家会为帝王将相名臣等正统人物作传，有时，还会有史学家为某些非正统的历史人物作传，为非正统历史人物作的传记就叫载记。

时令，古人所说的时令有三个方面的含义。一指季节。一指按季节制定有关农事的政令。"按季节制定有关农事的政令"这个意义上的时令又叫"月令"。一指图书分类的一个目录名称。《四库全书》史部时令类中的"时令"是图书分类目录名称。南宋时期，陈骙著述的《中兴馆阁书目》最先列时令这一类。乾隆年间，四库馆臣编纂《四库全书》时沿用陈骙的先例，也设置了时令这一个类目，收辑图书目录分类方面的著作。

地理，即地志，或地方志，简称"方志"，它主要以全国或者某一个地区为主，综合记录一个国家或某个地区的自然和社会方面的有关历史和现状。还有一种地志，它专门记载一个国家或者其中某个地区的山川江河、风俗物产、祠庙寺观、名胜古迹、水利交通等方面的内容。由此确定，根据内容的不同，地志可以分为总志或一统志、地方志、专志三个种类。《四库全书》史部地理类设置了十个属，辑录地志方面的著作，辑录的著作涉及了上述三个种类的地志。

职官，基本意义是在国家机构中担任了某种职务的官员，它具体涉及了不同官员的官职名称、职权范围以及该官员分属的品位等级等方面的内容。后来，职官又特指我国历朝历代的官职设置制度。作为一个大型图书编纂类目，《四库全书》史部职官类辑录的是《唐六典》等研究历代职官制度的著作，还有《官箴》《百官箴》等以辑录做官的戒规为主要内容的著作。

政书，记载古代典章制度沿革及其变化，以及古代政治、经济、文化发展状况的专门著作。它的最初形式是正史《艺文志》部分的"故事"，如《隋书·艺文志》中的《汉武故事》。明代钱溥写作《秘图书目》时，首先创设了"政书"这个名称，专门叙述与政书有关的内容。《四库全书》史部政书类设置了六个属，专门辑录这方面的著作。

目录，有两种含义：一是编排在书籍、刊物的正文前面，胪列书刊的篇章目次，以便于读者对照目次，找到相应的内容或者文章的辅助性文字；二是按照一定次序编排，专门记录图书的书名、作者以及图书的内容、出版与收藏、传承等情况，以方便读者检索之用的一种阅读辅助工具。第二种含义上的目录发展为一种学问与学科，这就是目录学。《四库全书》史部目录类辑录的是目录学方面的著作。

第六节 ｜ 子部简介

一、子部的界定及类目设置特点

《四库全书总目》子部总叙对子部做了明确的界定："自六经以外，立说者皆子书也。"意思是说，在《诗》《书》《礼》《乐》《易》《春秋》儒家六经之外，其他学派及其代表人物也创立并阐述了他们的学说，这些人和学派的著作都可以归之于子部一类。

根据这个界定标准，《四库全书》子部设置了儒家、兵家、法家、农家、医家、天文算法、术数、艺术、谱录、杂家、类书、小说家、释家及道家十四个类目。这样的设置有着严密的逻辑层次感，对此，《四库全书总目》子部总叙解释说，十四个类目中，儒家、兵家、法家、农家、医家、天文算法六个类目统领的书籍，其阐述的要旨涵盖了经世治国者所要面临和涉及的所有事情，这六个类目是子部的第一个层次。术数、艺术两个类目统领的书籍，讲述的是礼乐政教之外的内容，虽属小道之说，但仍然可以博取读者一观，于经世治国的大道有所补益，这两个类目是子部的第二个层次。谱录、杂家、类书、小说家四个类目统领的书籍，书中所涉及的内容足以给经世治国者做参考之用，于经世治国的大道小有补益，这四个类目是子部的第三个层次。释家、道家两个类目所统领的书籍直指释家、道家两大学术流派，关乎佛教、道教。在中国历史上，儒、释、道三家并存并立，对中国的政治文化、文化艺术乃至中国人的生活共同产生了相应的影响。但是，在儒家看来，释家、道家是儒家之外的学术、学说，即"外学"。基于这样的认识，四库馆臣在编纂子部时，自然把这两家编排到子部的最后一个逻辑层次了。

二、子部类属辑录的主要著作

《四库全书》子部辑录了包括儒家在内的各家学派的著作，可以视为诸子百家学说和科研成果的总汇。具体一点说，在子部，儒家类收录了除六经之外其他反映、体现儒家学说的著作，计有《孔子家语》《荀子》《孔丛子》《新语》《新书》等一百一十二部。兵家类收录有《六韬》《孙子》《吴子》等二十部书籍，并把《十六策》《将苑》等四十七部书籍列入了存目。法家类收录有《管子》《管子补注》《邓析子》等八部书籍，并将《管子榷》《刑统赋》等十九部书籍列入了存目。农家类收录有《齐民要术》《农书》《农桑辑要》等十部书籍，《耒耜经》《别本农政全书》等九部书籍则被列入了存目。医家类收录了《黄帝素问》《灵枢经》《难经本义》等九十六部书籍，附录了《水牛经》《安骥集》等六部兽医著作，《素问悬解》《难经经解》等九十四部书籍则被列入了存目。天文算法类细分为推步、算书两个属，收录了《周髀算经》《九章算术》等五十六部书籍。术数类分为数学、占候、相宅相墓、占卜、命书相术、阴阳五行、杂技术七个小类，收录了《太玄经》《灵台秘苑》《宅经》《易林》《李虚中命书》《太乙金镜式经》《太素脉法》等五十部书籍，其中，杂技术属的《太素脉法》等六部书籍附之于存目。艺术类细分为书画、琴谱、篆刻、杂技四个属，收录有《古画品读》《琴史》《学古编》《羯鼓录》等八十一部书籍。谱录类细分为器物、食谱、草木鸟兽虫鱼三个小类，收录了《古今刀剑录》《茶经》《洛阳牡丹记》等五十五部书籍。杂家类细分为杂学、杂考、杂说、杂品、杂纂、杂编六个属，收录了《吕氏春秋》《白虎通义》《论衡》《洞天清录》《意林》《俨山外集》等一百九十部书籍，而属于杂编属的《两京遗编》《天学初函》等书籍则被列入了存目。类书类收录了《艺文类聚》《北堂书钞》《初学记》等六十四部书籍，其中包括《永乐大典》这部史上最大的类书。小说家类细分为杂事、异闻、琐语三个属，收录了《西京杂记》《山海经》《博物志》等一百二十三部书籍。至于释家类、道家类，其中收录的书籍书名和数目，受资料之限，笔者无法作准确的统计和介绍。

三、与子部相关的名词解释

子部所属的类、属涉及了一些名词，下面对这些名词略做解释。

儒家，春秋末期由孔子创立的一个学术流派。先秦时期，儒家和墨家在诸子百家中一度影响较大，成为当时的显学。秦国灭六国而建立统一王朝之后，遵从法家学说和主张来治理国家，儒家和其他学派一度消沉。西汉时期，汉武帝刘彻接受董仲舒的主张，"罢黜百家，独尊儒术"，儒家学说和思想被提升到了国家主流意识形态的层面。从此以后，一直到 1919 年五四运动，两千多年来，儒家学说和思想始终统治着我国的学术界以及政治、文化等各个领域，对中国社会产生了全面而又极其深远的影响。崇尚礼乐仁义，提倡忠恕中庸之道，主张实行德治和仁政，重视和维护君臣、父子、夫妇、兄弟等人伦、伦理关系，这是儒家学派的主要特点。《四库全书》子部儒家类辑录了六经之外的儒家及与儒家有关的著作。

兵家，古代对军事家及善于领兵带将作战的人的统称，《四库全书》子部兵家类中的兵家指的是研究、总结兵法理论的学派。兵家一类辑录了古代兵家学派的主要著作。

法家，战国时代的学术流派之一。这一学派起源于春秋时期的管仲、子产，经过战国时期李悝、商鞅、申不害、慎到等人的努力而发展为一个学术流派，到战国末期，韩非集法家学说之大成，成为法家主要代表人物之一。法家主张尚法明刑，以法治代替礼治，反对贵族阶层的特权。《四库全书》子部法家类辑录了法家及与法家有关的著作。

农家，又叫农家流，战国时期关注农业生产的一个学术流派，他们的观点、主张反映了先秦时期农业生产和农民思想的情况。《四库全书》子部农家类辑录了历史上与农业生产有关的主要著作。

医家，即医生。作为《四库全书》子部中的一个类目名称，医家指的是医学，也就是中国传统的中医医学。《四库全书》子部医家类辑录了中医学的主要著作，此外还辑录了一部分传统兽医医学著作。

推步和算书，是《四库全书》子部天文算法类所属两个属的名称。推步是古代天文历法术语。在古代中国人看来，日月在天空运行有犹人在路上步行，有一定的轨迹和规律可循，因此，天文历法现象可以通过数学手段推算出来。据此，人们把推算天文历法称为"推步"。算术是数学术语。数学里面有一个分支，它研究的是数的性质及其运算的方法、规律等方面的内容，这就是算术。在我国古代，算术就是数学，顺此而推，有关数学的著作就叫作"算书"。算书与天文历法有着极其密切的关系，是推算天文历法现象的主要手段之一，故而，古人把两者并称，《四库全书》子部则专门设置有天文算法一类。天文算法类分设有推步、算书两个属。这两个属的区分依据是这样的："诸家算术为天文而作者入此门（指推步），其专言数者则另立为算书一类。"即专门为天文历法而著述的数学著作归入推步一属，仅仅是研究数学这门学科的专著就归入算书这一属。由此，我们可以知道，天文算法类辑录的是有关天文历法及数学方面的主要著作。

术数，也叫数术，指的是以各种方术来观察自然界中可以让人注意与观察到的种种现象，并以此为主要依据，来推测人的气数和命运的这样一种理论和推测方法。《四库全书》子部术数类设有数学、占候、相宅相墓、占卜、命书相书、阴阳五行及杂技术七个属。数学指的是依据《易经》理论来占卜预测的学问。占候指的是根据天象变化来预测自然界的灾异和天气变化。相宅相墓指的是观测房屋和墓地风水，为修建房屋、墓地寻找风水宝地。占卜指的是以龟甲、蓍草、铜钱等为媒介为人推算吉凶祸福。杂技术主要指解梦，也就是通过破解梦境来为人预测吉凶祸福。作为类目名称，数学、占候、相宅相墓、占卜、命书相书、阴阳五行及杂技术指的是有关数学、占候、相宅相墓、占卜、命书相书、阴阳五行及杂技术方面的著作。

艺术，指的是儒家所谓的礼仪、音乐、射箭、驾车、识字、计算六种才艺。《四库全书》子部艺术类辑录了这方面的著作。

谱录，记载器物、食谱、草木鸟兽虫鱼等方面内容的表册。谱录又是古代图书分类中的一个类目名称，这一类目的图书以记载器物、食谱、草木鸟兽虫鱼等为主要内容。作为一个图书分类中的一个类目，《四库全书》子部谱录类辑录了我国古代谱录方面的主要著作。

杂家，先秦时期的一个思想流派，它的主要特点是兼收并蓄，综合吸收儒家、墨家、法家等各家学说而创建自己的理论和学说，同时，提出自己的政治和学术主张。《四库全书》子部设有杂家类，辑录杂家的主要著作。杂家著作之中，主要是用以建立自己的主张和学说的归属为杂学一属；着重于综合考证的归属为杂考一属；属于述、评结合性质的归属为杂说一属；侧重于阐述发挥的归属于杂品一属；而以辑录叙述各类琐杂事物为主要内容的则归属于杂纂一属；内容庞杂，在形式上类似于丛书的则归属于杂编一属。

小说家，先秦时期的一个学术流派。班固在《汉书·艺文志》中解释说："小说家者流，盖出于稗官；街谈巷语，道听途说者之所造也。"意思是说，小说家是先秦时期的一种小官，他们的专职工作是收辑、辑录民间街谈巷语、逸闻琐事，并将收辑、辑录好的街谈巷语、逸闻琐事向上级呈报。小说家以及他们的作品被认为是不入流的，因此历来不被人重视。后来，一部分作家开始写作以街谈巷语、逸闻琐事为主要内容的作品，而且这类作品逐渐形成、发展为一种新兴文体（而不是文学体裁），即小说。《四库全书》子部设置小说家类，专门辑录小说。小说家类分设了杂事、异闻、琐语三个属。其中，杂事属辑录杂录性质的小说，或者说笔记小说；异闻属辑录叙事比较有条贯的志怪小说；琐语属辑录叙事较为细碎的志怪小说。

释家，又称释门、佛门，这是佛教中的一个流派。在《四库全书》子部中，释家代指佛教。在《四库全书》之前已编纂有《佛藏》之类的大型佛教丛书，分经、律、论三藏收辑了《金刚经》《妙法莲华经》《法华经》等佛教主要经籍及其他相关著作。因为这样的原因，《四库全书》子部释家类并没有辑录佛教经籍，其中辑录的主要是历代高僧及佛教学者的著作。

道家，春秋时期由老子创立的一个哲学流派。在宇宙论方面，道家认为"道"是宇宙万物的根本。在政治上，道家主张无为而治。在方法论上，道家主张顺应自然，即道法自然。由于对"道"及无为而治的理解不同，道家形成了老庄学派与黄老学派等不同流派，在中国古代哲学史和中国古代文化艺术史上，一度产生了重要而又深远的影响。东汉时期，张道陵、张角等人在道家学说和理论基础上，吸收中国传统巫术及民间宗教，创立了道教。《四库全书》子部道家类辑录了道家、道教的著作。早在《四库全书》编纂成书之前，已经有《道藏》之类的大型道教丛书，辑录了道教的主要经籍。在编纂《四库全书》子部道家类时，四库馆臣并没有辑录道教经籍，而只是辑录了历代道家、道教学者和有名的道士的著作。

第七节 ┃ 集部简介

一、集部犹如我国历代文学作品的总集

《四库全书总目·集部总叙》开头说："集部之目，楚辞最古，别集次之，总集次之，诗文评又晚出，词曲则其闰馀也。"集部设置的类目，是按照各个类目辑录的主要著作产生的时间先后顺序来编排的。具体一点来说，在《诗经》之外，《楚辞》产生、编纂成书的时间最早。就诗人作家的作品集来说，是先有诗人作家的个人作品集，再有汇集多个诗人作家的作品总集，诗文评论及文艺理论方面的著作，则比诗人、作家的作品集出现得要晚。至于词、曲，它们是由诗歌发展而来的，有如诗歌的余脉支流，自然出现得要晚一些了。依据这样的叙述，我们知道，集部各类的编排顺序是这样的：首先是楚辞类，其次是别集类，再次是总集

类，再次是诗文评类，最后是词曲类。

上面的叙述使我们知道：《四库全书》集部有如我国历代文学作品的总集，其辑录的书籍，一是除章回小说、戏剧作品之外的历代文人作家的诗文词曲总集和专集，二是历代文学、文艺评论家的文学理论、文学评论著作，三是有关词谱词韵的著作，四是有关曲方面的著作。一句话，整个集部辑录的，是除章回小说和戏剧之外的、流布于社会上的主要文学作品、历代词谱词曲以及文学评论作品。

集部中的楚辞类辑录了《楚辞》等主要骚体作品，还有与《楚辞》等骚体作品有关的著作。别集类按时间顺序，辑录了魏晋南北朝至清代乾隆年间主要诗人、作家的个人作品集，如：《魏武帝集》《陶渊明集》《东皋子集》《昌黎先生文集》《苏学士集》等。总集类辑录了《文选》《玉台新咏》等历代诗文总集。诗文评类收录了历代文学评论家的著作，如《文心雕龙》等。词曲类细分为词集、词选、词谱、词韵、南北曲五个小类，也就是五个属，其中，词集属收录了《稼轩词》《漱玉词》等词人的个人词作专集，词选属收录了《花间集》《乐府雅词》等十二部词的总集，词谱属辑录了《词律》《钦定词谱》两部词谱著作，词韵属并没有辑录相关著作，只有《诗馀图谱》《啸余谱》《填词图谱》《词韵》《词学全书》五部著作收入存目，南北曲属收录了《顾曲杂言》《钦定曲谱》《中原音韵》三部研究曲的著作。

二、与集部相关的名词解释

介绍完了集部的基本情况之后，现在解释一下与集部相关的几个名词。这些名词都是集部的类目名称。

楚辞，也叫"楚词"，它有三个方面的含义。第一，春秋战国时期，楚国及历史上属于楚国的民间歌谣。第二，以屈原《离骚》为代表的一种新兴诗歌形式，又叫"骚体"，这是文体意义上的楚辞。战国时期，楚国诗人屈原在吸收楚国民间歌谣的基础上，创作了《离骚》等具有浓郁的楚国地方色彩的诗歌。在屈原之后，宋玉等人仿效这种诗歌创作出了与《离骚》有共同特点的诗歌作品，这类作品也属于"楚辞"。第三，楚辞作品集。西汉时期，大学者刘向辑录屈原的《离骚》等作品，还有战国至西汉时期的宋玉、景差、贾谊、淮南小山、东方朔、严忌、王褒、向所等作家诗人所写的楚辞，集结成了《楚辞》一书。《四库全书》集部楚辞类辑录的是文体意义上的楚辞作品及与此相关的著作。

别集，收录某一个人的作品编纂而成的诗文集。据《四库全书总目》介绍，我国编纂别集的历史始于东汉。综合前人的叙述，我们知道，别集有多种编纂类型：作者自己编纂的，作者的子孙、亲友或者门生编纂的，也有作者自己编纂与他人编纂相结合的。有一种情况比较特殊：年深日久，诗人、作家原来编纂的诗文集散佚不存了，后人再重新编纂的作者的诗文集子。

总集，汇集多个人的作品编纂而成的诗文集。我国编纂刊行诗文总集的历史始于先秦时期，孔子删定的《诗经》是我国现存最早的诗歌总集，南朝梁代萧统编纂的《文选》是我国现存最早的诗文总集。编纂诗文总集，可以把不同时期、不同作家、诗人的作品收辑、集中起来一体保存和传播，也有利于去芜取精，更好地保存和流传作家、诗人的优秀诗文作品。

词话，有三个方面的含义。第一，评论词、词人及词作流派，或者考订、叙述与词、词牌、词作及词人有关的掌故的著作。这一个含义上的词话始于宋代，杨绘的《时贤本事曲子集》和杨湜的《古今词话》是最早的词话，北宋杨绘的《时贤本事曲子集》和清末民初王国维的《人间词话》是历史上著名的词话著作。第二，元代、明代一度盛行的一种曲艺形式，它的特点是有说有唱，韵散结合，散文里面夹杂有诗歌等形式的韵文。这个意义上的词话刊本，现存最早的是明代成化年间的《花关索出身传》等十六种。第三，明代称夹有诗词的章回小说，如《金瓶梅词话》。《四库全书》集部词曲类词话属辑录的是第一个意义上的词话著作。

词谱，有两种含义。第一，每一种词牌的填写格式和规则。第二，介绍各种词牌的填写格式和规则的书。《四库全书》集部词曲类词谱属辑录了《词律》《钦定词谱》两部词谱类著作，这两部著作涉及的是第二个意义上的词谱。

词韵，有两个含义。第一，填词时各种词牌的押韵规则。第二，介绍填词所依据的音韵的著作。《四库全书》集部词曲类词韵属没有辑录这方面的书籍，从存目中收录的著作名称来看，这一属所说的词韵指的是第二种意义上的词韵。

南北曲，南曲与北曲的合称，又称"南北词"。南北曲中的"曲"指的是宋代、元代以来戏剧中所使用的曲调。其中，南曲又称"南词"，它以唐宋大曲、宋词为基础，曲调用五音阶，用韵以江浙一带的语音为标准，有平、上、去、入四声，声调柔缓宛转，演奏、演唱时用箫、笛伴奏。宋代、元代的南戏，还有明、清时期的传奇（传奇，这里指一种戏剧形式）均是以南曲为主来写作和演唱的。北曲又称"北词"，它是宋代、元代以来北方戏曲、散曲所用的各种曲调的统称，特点是用七音阶，用韵以《中原音韵》为标准，有平、上、去三声而无入声，声调遒劲朴实，演奏、演唱时用弦乐器伴奏。

第八节 ｜《四库全书》辑录的部分书籍简介

我们按照经、史、子、集四部的编纂顺序，从《四库全书》中选取一部分作品来供读者朋友阅读，我们把这些作品连同我们的注解编纂成了本书第二篇《〈四库全书〉作品选读》。在阅读第二篇选注的作品之前，我们先在这里对与这些作品相关的书籍做一个简单的介绍，以便大家既能阅读到这些作品，又能对与这些作品相关的书籍有一个粗浅的了解和认识。

一、经部之一，《易经》

《易经》，最初称《易》，原本是上古时期占卜筮问内容的记录。从传说时代的伏羲、神农时期开始，人们就着手对它进行系统的整理和注述。经过周文王等上古先贤的系统整理和注述，此前的占卜筮问记录被编纂成了一部书，统称《易》，并形成了三个不同的留存、流传系统。据说，这三个留存、流传系统就是伏羲时代的《连山易》、黄帝时代的《归藏易》与周代的《周易》，或者说，夏代通行的是《连山易》，商代通行的是《归藏易》，周代通行的是《周易》。《连山易》《归藏易》《周易》合称"三《易》"，或者"《易》三传"。

《连山易》以艮卦（☶）开始，寓意"山之出云，连绵不绝"。《归藏易》以坤卦（☷）开始，寓意"万物莫不归藏于其中"。《周易》以乾卦（☰）开始，寓意"天行健，君子自强不息"。

三《易》之中流传面最广、流传时间最长、对中国传统文化影响最大的是传说经过周文王整理注述的《易》，即《周易》。《周易》成书之后，到春秋时期，经过了儒家创始人孔子的研究、传述、整理，被择定为儒家弟子必修的一门功课。到汉代，《周易》被尊奉为儒家五种主要经典中的一部，晋升为《易经》。

据专家学者考证，《易经》之"易"至少具有三个方面的含义：

天地之间最基本、最本质的法则、道理本来就是简朴平易的，阐述天地之间的法则、道理的书就叫作《易》。"简单平易"，这是"易"的第一个含义。

包括天地在内的自然界的万事万物，还有人类社会的古今万事万物，从来就是遵循着一定的法则而交互变化着的，时刻处于变易状态之中。这是"易"的第二个含义，即"变易"。

自然界和人类社会的万事万物所变的只是种种现象，它本质的内核却始终简朴平易,一如开始:自然界与人类社会最基本的法则、道理从来就是不变的,即"不易",这是"易"的第三个含义。

按照儒家的理解,《易经》是一部探究自然界与人类及人类社会之间的关系(即"天人之际")的学术、哲学著作,从春秋时期开始,在孔子对它进行研究、传述、整理的同时,它又散而成为诸子百家学术思想的源头,成为对中国传统文化产生了深远影响的一部著作。

至于《连山易》《归藏易》,一说后世不再流传,因而自然消失了,一说其隐藏在中国历代隐秘文化领域,成为隐秘文化的主要理论和元素,并不是普通人所能接触和了解到的。

在《四库全书》中,《易经》辑录在经部易类。

二、经部之二,《尚书》

按照孔安国的解释,《尚书》是"上古之书",也就是上古留存下来的书,它是我国传说中的尧舜时代到春秋时期的历史文献著作汇编,战国时称为《书》,西汉时尊奉为《书经》并正式定名为《尚书》。据《汉书·艺文志》记载,这部书曾经经过了孔子的编纂整理,孔子还为它作了序。据说,它最初一共有一百篇。孔子整理编纂过此书,又为它作过序,它因此而成为儒家弟子习修的一门功课。汉代"罢黜百家,独尊儒术"之后,这部书被确定为儒家的主要经典之一。

秦始皇焚书坑儒之后,这部书遭到了严重的破坏,原有的一百篇抄本几乎全部被焚毁。汉代儒家得到重视之后,秦博士伏生口授了《尚书》28篇,这28篇是用当时通行的隶书抄写记载的,称为今文《尚书》。此后,鲁恭王在孔子旧宅的墙壁里发现了另一部《尚书》,它是用先秦时期的文字抄写的,人们把它称为古文《尚书》。古文《尚书》经孔了的后人孔安国整理之后,厘定为44篇。西晋永嘉之乱后,古文《尚书》和今文《尚书》全部散佚。东晋初年,豫章内史梅赜给朝廷献上了一部伪《尚书》。这部《尚书》包括古文《尚书》和今文《尚书》在内(但其中没有《秦誓》),还有孔安国传、《尚书序》各一篇,全书共59篇。现在通行的是《十三经注疏》本《尚书》,它是古文《尚书》和今文《尚书》的合编本,有33篇文献。

《尚书》分为《虞书》《夏书》《商书》及《周书》四个部分,收录的文献含有典、谟、训、诰、誓、命等几个门类,分别指向史实记载、君臣谋略、臣下对君王的开导之语、君王对下属的勉励、君王对臣下的训诫誓词及君王的命令等几个方面的内容。还有一些篇目是以人名(如《微子》)或者事件(如《西伯戡黎》),或者文章内容(如《洪范》)来作为题目的。

《尚书》通过记录上古史实,叙述了君主的安国治民之道及臣子的事君之道,因此,受到了汉代以来历代统治者的重视。

在《四库全书》中,《尚书》辑录在经部书类。

三、经部之三,《诗经》

《诗经》原本称"诗"或者"诗三百",主要收录了西周初年至春秋中期约五百年间的诗歌 305 首,是我国现存最早的一部诗歌总集。相传,这部诗歌总集经孔子整理编纂之后才结集成书,故而成了儒家弟子的必修功课之一。到汉代,它被儒家尊奉为经典,称为《诗经》。

《诗经》收辑的诗歌分为风、雅、颂三大部分。"风"收录了来自周南、召南、邶、鄘、卫、王(即东周王畿——东周都城及其附近)、郑、齐、魏、唐、秦、陈、桧、曹、豳十五个地区的诗歌 160 篇,合称十五国风,其中的诗歌大部分是民间歌谣,少部分是贵族的作品。"雅"收录诗歌 105 篇,分为大雅和小雅两类,大雅全部为贵族作品,小雅大部分为贵族作品,少部分为民间歌谣。"颂"收录的 40 篇作品细分为周颂、鲁颂、商颂,大多是周王及鲁国、宋国国君用于庙堂祭祀的乐歌。

《诗经》的 305 首诗歌,它们的表现手法可以归纳概括为"赋""比""兴"三种。按朱熹的解释,"赋者,敷也,敷陈其事而直言之者也。比者,以彼物比喻此物也。兴者,先言他物以引起所咏之词也"。赋,就是直接铺陈叙述;比就是譬喻,大抵相当于我们现在所说的比喻;兴就是寄托,先说别的事物,以别的事物来引出诗歌所要吟咏的事物。风、雅、颂与赋、比、兴合称"诗经六义"。

汉代,传授和注解《诗经》的一共有四家,即申培的鲁诗、辕固生的齐诗、韩婴的韩诗,以及毛苌的毛诗,合称"四家诗"。毛诗兴起之后,鲁诗、齐诗、韩诗逐渐失传,流传到现在的是毛诗。

在《四库全书》中,《诗经》辑录在经部诗类。

四、经部之四,《礼记》

儒家学派创始人孔子向弟子传授《诗》《书》《礼》《乐》《易》《春秋》六门功课。这六门功课后来被称为"六艺"(或者"六经")。其中的《礼》后来又称《仪礼》。在孔子之后,孔子的弟子及再传弟子等人先后对《礼》作了不同的阐发解说,这些阐发解说性的文字统称为"记"。《汉书·艺文志》记载，到西汉时期，这些"记"有"百三十一篇"。西汉时期，经学家后仓的弟子戴德、戴圣叔侄各自编辑了一本"记"，即《大戴礼记》和《小戴礼记》，各收辑"记"八十五篇和四十六篇。这是西汉社会比较流行的两个"记"。到东汉时期，经学大师郑玄为《小戴礼记》作了精彩的注解，《小戴礼记》因此而流传盛广，逐渐被尊为儒家五经之一，并取代《仪礼》和《大戴礼记》而称为《礼记》，与《仪礼》《周礼》合称"三礼"。《礼记》流传至今，而《大戴礼记》却没有广泛地流传下来。

《礼记》收辑了战国至西汉初年，孔子的弟子及再传、三传弟子等人所作的"记"，是我国古代的一部重要的典章制度文献集，书中收辑有作品四十九篇，分为二十卷。该书从记录礼仪条文、对《仪礼》中的某些篇章作专门解释、阐述《周礼》的意义、专门记载某项制度或者政令入手，记载保存了我国先秦的礼仪制度，体现了先秦儒家的哲学、政治、教育、美学等多方面的思想。因此，被汉代以来的儒家尊为经典。

在《四库全书》中，《礼记》辑录在经部礼类。

五、经部之五，《春秋》

《春秋》是孔子依据鲁国史官编纂的史书整理、修订而成的一部编年体史书。它记载了鲁隐公元年到鲁哀公十四年之间长达两百多年的鲁国历史。孔子是抱着强烈的使命感来整理、修订这部史书的，他以原始察终为主要目的，希望能通过著录史事而让人见盛知衰，从而教育读者，达到惩恶扬善、拨乱反正和指导现实人生的教育目的。经过孔子整理、修订之后，《春秋》带有强烈而明显的褒贬色彩，表现为在叙述历史事件或者历史人物时，孔子往往选用感情色彩不同的词语来明确表达自己或褒或贬的情感倾向和评价态度。孔子这种表达情感和立场的方法被后人称为"春秋笔法"。春秋笔法直接影响到了孔子之后的历史学家，成为后世历史学家著述史书时严格尊奉的一个基本原则和著述方式。经过孔子整理、修订的《春秋》还有一个特点：言简意赅，叙事简洁。《春秋》整理、修订成书之后，成了孔门弟子的必修功课之一。也是这个原因，《春秋》在汉代被立为官学，并因此而确定为儒家的一部主要经典。

为了帮助读者无障碍阅读《春秋》这部史书，早在战国时期，就有人开始着手解说这部史书，在众多的解说性著作中，传说左丘明著述的《春秋左传》、西汉公羊高著述的《春秋公羊传》和谷梁赤著述的《春秋谷梁传》最为著名。这三部书合称为"《春秋》三传"。《春秋》三传中影响最广、流传时间最长的是《春秋左传》，也就是《左传》。

在《四库全书》中，《春秋》辑录在经部春秋类。

六、史部之一，《史记》

《史记》，原名《太史公记》，西汉历史学家司马迁所著。这是我国第一部纪传体通史，它记载了从传说中的五帝时代到汉武帝时期约三千多年的历史，其中记载得比较详细的是战国、秦、汉这三个历史时期的史实。全书共一百三十篇，含"本纪"十二篇、"表"十篇、"书"八篇、"世家"三十篇、"列传"六十九篇、《太史公自序》一篇。其中，本纪十二篇按时间顺序记载了传说中的五帝以及夏、商、周三代帝王，还有秦国、秦始皇、汉高祖刘邦、汉文帝刘恒、汉景帝刘启、汉武帝刘彻等帝王的言行政绩。除此而外，司马迁还专门撰写了两篇"本纪"，安排在秦始皇与汉高祖之间、汉高祖与汉文帝之间，依次记载了项羽、吕太后吕雉两个历史人物。表十篇以世系表、年表、月表三种表格形式，记载了夏、商、周三代以来到西汉初期的相关历史人物以及他们的世系，还有部分重要历史事件。书八篇是八篇专门史，依次记载了汉武帝及汉武帝之前，天文、历法、礼、乐、封禅、经济、水利等方面的制度和历史沿革。世家三十篇记载了春秋至战国时期主要诸侯国的世系和历史。列传六十九篇记载了西周初年至汉武帝时期社会各阶层代表人物的主要事迹，还有少数民族及邻国的历史。《太史公自序》一篇，是作者司马迁的个人自序和自传，或者说，是作者司马迁为自己所作的一篇列传。

《史记》首创纪传体述史体例，为后世历史学家编写史籍，特别是编写正史的时候所取法。它文字优美，融历史与文学于一体，是我国历史上少有的一部优秀历史著作。《史记》书成之后，在流传过程中出现了残缺，汉元帝、汉成帝时期，褚少孙补写了《孝武本纪》《三王世家》《日者列传》《龟策列传》等内容。汉代以后，有不少人对《史记》作了注解，南朝宋裴骃的《史记集解》、唐朝司马贞的《史记索隐》和张守节的《史记正义》是其中的优秀作品。

在《四库全书》中，《史记》辑录在史部正史类。

七、史部之二，《汉书》

在司马迁之后，东汉人班彪收辑汉代史料，撰写了《后记》六十五篇，希望以此来续写《史记》，弥补《史记》没有完整记载西汉一代史实的不足。班彪去世后，他的儿子班固对《后传》加以整理和补充，最后撰写成了专写西汉历史的史书，这就是《汉书》。《汉书》专写西汉一代的历史，是我国现存最早的一部纪传体断代史。班固生前并没有把《汉书》写完，其中的八篇表和《天文志》是由他的妹妹班昭，还有门生马续续写而成的。

《汉书》全书共一百篇，包括十二纪、八表、十志、七十传四大部分。它的编写体例与《史记》差不多。不同的是，它改"书"为"志"，将"世家"与"列传"合并而统称为"传"，在《史记》开创的专门史的基础上增加了《刑法志》《五行志》《地理志》《艺文志》四志，并新创了《古今人表》《百官公卿表》，这是《汉书》与《史记》在体例、内容上的主要不同之处。

《汉书》专写西汉一代历史，在写作过程中，既承续了《史记》开创的纪传体正史写法，又在此基础上有所创新，因而被后世尊奉为断代史之作中的圭臬。同时，它专写西汉一代历史，史料丰富，历来被认为是研究西汉历史的重要资料。东汉以后开始有人对这部史书进行注释，其中，唐代颜师古汇集、整理前代二十三家的注释，完成了《汉书注》，清代末年，学者王先谦综合前代六十七家的注释，写成了《汉书补注》。颜师古的《汉书注》、王先谦的《汉书补注》是两部注解《汉书》的重要著作。

在《四库全书》中，《汉书》辑录在史部正史类。

八、史部之三，《后汉书》

《后汉书》是南朝宋人范晔（398—445）撰写的纪传体史书，是专记东汉一代史事的断代史。在范晔撰写《后汉书》之前，已经出现了官方编撰的《东观汉记》，还有谢承、薛莹、司马彪、刘义庆、华峤等个人撰述的多部有关东汉的历史著作。但范晔并不满意这些历史著作，他决定自己动手来撰写一部专写东汉历史的著作，这就是《后汉书》。《后汉书》是范晔在《东观汉记》的基础上，充分吸收其他撰述东汉历史的著作的精华撰写而成的。《后汉书》中的"八志"三十卷取自晋人司马彪（？—306）《续汉书》，这就形成了流传到现在的《后汉书》，又称《续汉志》或者今本《后汉书》，但在习惯上仍然称《后汉书》。《后汉书》全书共一百二十卷，包括纪十卷、传八十卷、志三十卷。

在《后汉书》中，范晔仿照华峤的《后汉书》，在《史记》《汉书》两部纪传体史书的基础上增设了《皇后纪》，并新创了《党锢列传》《宦者列传》《文苑列传》《独行列传》《方术列传》《逸民列传》及《列女列传》等几个类型的人物传纪。司马彪则改《史记》《汉书》中的"表"为"志"，创设《百官志》，主要记载汉代设官分职制度方面的史实，还创设了《舆服志》，主要记载汉代的车马仪仗和服饰制度方面的史实，增益了《史记》《汉书》两部史书所没有的内容。

《后汉书》汇集、辑录了东汉一代的史料、史事，是后人研究东汉历史的重要参考资料。书成之后，历代都有人对《后汉书》或者其中的"志"部分作注释，其中，清代惠栋的《后汉书补注》、王先谦的《后汉书集解》是两部重要的注本。

在《四库全书》中，《后汉书》辑录在史部正史类。

九、子部之一,《孔子家语》

《孔子家语》，又名《孔氏家语》，或简称《家语》，是《论语》之外，另一部记录孔子及孔门弟子思想言行的语录体著作。原书二十七卷，今本十卷四十四篇，其中的序言有一段是以孔安国的口吻写的。他介绍说，《孔子家语》与《论语》同源，孔子故去之后，孔门弟子各自叙述他们自己在与孔子相处过程中的所见所闻，他们把这些见闻一部分整理编纂为《论语》，一部分则整理编纂为《孔子家语》。因为战乱，《孔子家语》散落在民间，到汉武帝时由孔安国整理为四十四篇。在同一篇序言中，还有以孔安国的孙子孔衍的口吻写的话。他介绍说，《孔子家语》与《尚书》《论语》《孝经》都出自孔子旧宅墙壁之中，后来经由孔安国整理编纂。这就使人怀疑这本《孔子家语》的真实性了，以至于在很长一段时间里，人们都认为这是三国曹魏时期王肃伪造的。近年来，随着地下简牍文献的发掘出土，相关简牍文献证明这的确是先秦时期的著作，《孔子家语》的真实性与文献价值也因此越来越为学界所重视。至于它与孔安国、王肃等人的关系，有关专家学者是这样解释的：《孔子家语》成书之后，经过了汉代至曹魏时期孔安国、王肃等人的整理编纂，最后才编定成定本。

在《四库全书》中，《孔子家语》辑录在子部儒家类。

十、子部之二,《荀子》

《荀子》是战国时期赵国人荀子的著作。荀子，名况，字卿，战国时期儒家主要代表人物，也是当时著名的教育家和思想家。《荀子》收录有作品三十二篇，分属为二十卷，其中第十九卷的《大略》，第二十卷的《宥坐》《子道》《法行》《哀公》和《尧问》被怀疑为荀子的弟子所作。

《荀子》三十二篇有很强的系统性和思想性，集中地阐述了他的哲学思想、伦理思想及逻辑思想，从某种程度上来说，这部书是荀子对先秦哲学思想及主要学术流派学术思想的总结和发展，因而，在先秦诸子著作中最具特色。《荀子》第三卷的《非十二子》对先秦主要学术流派做了批判性的总结；第十一卷的《天论》提出了"制天命而用之"的思想观念，有明显的唯物主义倾向；第十五卷的《解蔽》提出了全面客观地观察事物的方法和原则，阐述了荀子本人的认识论；第十六卷的《正名》提出了"制正以指实"的逻辑思想，对先秦以来的名家学术思想做了一个总结；第十八卷的《成相》借民间文学的形式，阐述了为君治国之道，表达了荀子个人的政治思想；《赋》开创了赋体这种新兴散文形式，在我国古代文学史上起了一定的文体开创作用。除此之外，第五卷的《王制》、第七卷的《王霸》、第十三卷的《礼论》、第十七卷的《性恶》等都阐述了荀子的伦理和政治思想。这些作品都有相当的学术价值，为后人研究先秦时期的历史提供了弥足珍贵的原始资料。

《荀子》成书之后有不少注本，唐代杨倞的《荀子注》、清代王先谦的《荀子集解》是两部重要的注本。

在《四库全书》中，《荀子》辑录在子部儒家类。

十一、子部之三，《孙子》

孙子，即孙武，字长卿，春秋末年杰出的军事家。他本是齐国安乐（今山东省惠民县）人，因为战乱而出奔吴国，被吴王阖闾任命为将，在公元前509年协助伍子胥打败了楚国，对吴国的强盛起到了一定的作用。大概是在建议吴王阖闾攻打楚国的过程中，孙武写作了传世军事名著《孙子兵法》。在东汉至三国期间，曹操在汉以前流传的《孙子兵法》的基础上，将《孙子兵法》整理编纂成十三篇，这是《孙子兵法》流传至今的一个版本。

《孙子兵法》总结了我国古代，特别是春秋时期的战争经验和行军作战的基本原则、方法，为我国历代军事家所推崇，也得到了世界各国军事家们的高度重视，在我国及世界军事领域产生了极其深远的影响，《孙子兵法》因此而被奉为"兵经""武经"。

在《四库全书》中，《孙子》辑录在子部兵家类。

十二、子部之四，《韩非子》

韩非，战国时期法家的集大成者。他和李斯一同就学于荀子门下，吸收了荀子学说中的唯物主义思想与法家学说，他著述十万言而成为我国古代法家思想的集大成者。秦王政(即后来的秦始皇嬴政)十三年(公元前234),韩非出使秦国而为秦王政所留,于第二年(公元前233)被秦国丞相、自己的同学李斯所害。韩非死后,他的著作经后人整理,编纂为《韩非子》。

《韩非子》是法家代表性的著作,现存五十五篇,在这部书中,韩非主张君主应该采用"术""势""法"三者结合的方式来治理国家,用严刑峻法来镇压人民和一切反抗者,以维护君主的统治。同时,他还主张要适应当时的社会实际情况,制定适合当下实际的统治措施,以完善、改进君主统治,反对在统治上复古和效法先王。

在《四库全书》中,《韩非子》辑录在子部法家类。

十三、子部之五,《茶经》

传世茶学专著《茶经》是唐代复州(今湖北天门)人陆羽的作品。陆羽,名疾,字鸿渐,又字季疵,号桑苎翁、竟陵子。《新唐书》卷一百九十六之《隐逸·陆羽传》(以下简称《陆羽传》)介绍说,陆羽是一个弃儿,早年被智积禅师"育为弟子",抚养成人。陆羽天赋高,好读书又能勤奋用功。上元(674至676)初年,陆羽隐居在浙江苕溪(今湖州),自称"桑苎翁",又号"东岗子",闭门读书,与名僧高士交游,"与皎然上人为忘年之交",与一个叫皎然上人的僧人成了一对忘年之交。在这期间,陆羽一度被招为太子文学,对此,陆羽辞而不受。

《陆羽传》介绍说:"羽嗜茶,造妙理,著《茶经》,言茶之原、之法、之具,时号'茶仙',天下益知饮茶矣。"陆羽嗜好饮茶,他在调查和实践的基础上,总结前人和当时茶叶种植、炒制加工的经验,并综合自己在茶学方面的研究成果,写作成了茶学专著《茶经》。《茶经》介绍了饮茶的历史、源流、现状以及陆羽本人掌握的饮茶技艺等方面的知识。这是迄今所知,中国乃至世界上最早、也最为完善的一部茶学专著,陆羽因此被人誉为"茶仙"。

《茶经》共设上、中、下三卷十节,约七千字。其中,卷上三节,即《一之源》介绍茶的起源与历史、形态、功用及名称;《二之具》介绍制茶的用具;《三之造》介绍茶的不同种类及采制方法。卷中一节,即《四之器》,介绍煮茶、饮茶所用的器具、器皿。卷下六节,即《五之煮》介绍煮茶烹茶的方法,以及当时天下名泉的水质档次等方面的知识;《六之饮》介绍唐代之前的饮茶历史和饮茶风俗;《七之事》介绍唐代及唐代之前的有关茶人茶事,还有茶叶的药用价值;《八之出》介绍当时的茶叶产地,还有各地茶叶的品质档次;《九之略》介绍采茶、制茶的环境、用具；《十之图》则教人用绢抄写《茶经》，陈放、悬挂在座旁，以便随时阅览，使《茶经》能广为流布。

在《四库全书》中，《茶经》辑录在子部谱录类的食谱属。

十四、子部之六，《伤寒论》

东汉末期，医学家张仲景在研读和总结前人的医学理论和临床经验的基础上，结合自己的临床研究和实践，写成了传世中医医学名著《伤寒杂病论》。在张仲景逝世后不久，《伤寒杂病论》就散佚不全，到魏晋时期，太医令王叔和搜集整理了这部书。经过王叔和整理并重新编次之后，这部书被王叔和收入了《脉经》之中，更名为《伤寒论》，或者"脉经本《伤寒论》"。除此之外，在流传的过程中，这部书还形成了千金本《伤寒论》、外台本《伤寒论》、康治本《伤寒论》、康平本《伤寒论》、宋本《伤寒论》、赵刻本《伤寒论》等多个版本。

《伤寒论》主要阐述外感风寒等致病因素引起的疾病，兼及霍乱等杂病的病症、病理变化及辨证论治原则、方法，还有治疗这些疾病的主要方剂、药物。在书中，作者根据病邪（即致病因素）侵入人体经络、脏腑（中医术语，指五脏六腑，即肝、心脏、脾、肺、肾五脏，胆、小肠、胃、大肠、膀胱、三焦六腑。五脏六腑是中医对人体内脏的总称）的深浅程度，患者体质的强弱、患者自身正气（中医术语，大致相当于抵抗病邪的能力）的盛衰，还有病势进退的缓急、患者有无其他旧病等多方面的因素，把疾病，主要是外感热性疾病的发生、发展过程中的种种症状归纳为六个症候群，即太阳病症、少阳病症、阳明病证、太阴病症、少阴病证和厥阴病证。作者罗列了各个症候群的病症表现及辨证（中医术语，大致相当于辨别、诊断疾病的原则方法）论治方法，这就是所谓的"六经辨证法"。六经辨证法归纳、总结了外感疾病，特别是热性病的发生、发展过程及疾病的演变和转归基本规律。在此基础上，作者还创造了阴阳、表里、寒热、虚实八种分析和辨别疾病属性、病位、邪正消长和病症表现的原则方法，这就是八纲辨证法。

六经辨证法及八纲辨证法的确立，特别是八纲辨证法的确立，发展并确立了我国传统中医理论体系中的辨证论治基本法则，成为指导后世中医医家临床论治的基本准则之一。唯其如此，《伤寒论》与《金匮要略》《黄帝内经》《神农本草经》并称为中医四大经典著作。这是《伤寒论》对我国传统医学做出的主要贡献。

在《四库全书》中，《伤寒论》辑录在子部医家类。

十五、子部之七,《吕氏春秋》

吕不韦,战国末年有名的大商人,秦国的政治家,秦王嬴政(即后来的秦始皇)时期的相国。相传,他门下有食客三千,吕不韦组织这些食客根据自己的见闻和学术观点撰写文章,然后把食客们的文章收集起来,编纂成了一部以道家思想为主干而融汇了儒家、墨家、法家、兵家、农家、纵横家、阴阳家等各家学说、内容驳杂的著作,这就是《吕氏春秋》。

《吕氏春秋》全书分为十二纪、八览、六论,共十二卷一百六十篇,约二十万字。书中有八览,《吕氏春秋》因此又简称为《吕览》。书成之后,吕不韦认为此书所言所论涵盖了天地万事万物以及古往今来的种种事理,犹如儒家经籍《春秋》,因此,他把这部书自誉为吕氏一家的《春秋》,即《吕氏春秋》。

吕不韦组织门客撰写《吕氏春秋》,目的是以此阐述自己的治国主张,为秦国统治者治国安民建言献策。从学术的角度来说,《吕氏春秋》这部书在诸子著作之外,保留了先秦各家各派的不同学说,还记载了不少古史旧闻、古籍佚文及古代科学知识,在我国古代文化及学术史上有一定的学术价值。

从《汉书·艺文志》开始,《吕氏春秋》被列为杂家著作。《四库全书》收录《吕氏春秋》时,四库馆臣将它归属于杂家类杂学属。

十六、子部之八,《墨子》

《墨子》是记载战国初期墨家学派创始人墨子的思想政治主张的著作,书中大部分内容是墨子的弟子根据他的言行记录编纂而成的。

墨子,名翟,鲁国人(一说宋国人)。墨子生活的时代,诸侯之间的争霸战争频繁,社会处于急剧的变化之中。针对这样的社会现实,墨子提出了"兼爱""非攻"的主张,主张天下人民无论贫富贵贱,大家都应该"兼相爱,交相利",彼此和平相处,互利共生。除此之外,墨子还针对当时的世卿世禄制度以及统治阶级铺张浪费的现象,提出了"尚贤""节用""节葬"等主张。这些主张在当时有一定的正面意义。

《四库全书》收录《墨子》时,四库馆臣将它归属于杂家类杂学属。

十七、子部之九,《世说新语》

南朝刘宋时期的临川王刘义庆编撰的《世说新语》本名《世说新书》,简称《世说》。这是一部笔记体小说集，全书原为八卷，分为德行、言语、政事、文学、方正、雅量、识鉴、赏誉、品藻、规箴、捷悟、夙慧、豪爽、容止、自新、企羡、伤逝、栖逸、贤媛、术解、巧艺、崇礼、任诞、简傲、排调、轻诋、假谲、黜免、俭啬、汰侈、忿狷、谗险、尤悔、纰漏、惑溺、仇隙三十六门，记载了东汉末年到东晋时期士族阶层不同人物的逸闻轶事，以及他们的言谈举止，比较全面地反映了这个历史阶段士族阶层的生活，还有他们的清谈风气。作品语言简练，往往能以人物的一言一行而刻画人物的肖像特点和精神风貌，在我国古代小说史上自成一体而卓然自显特色。书成之后，梁代刘孝标为它作了注。经刘孝标作注之后，这部书分为十卷。今本《世说新语》编作三卷。

在《四库全书》中，《世说新语》归属于类书类杂事属。

十八、子部之十，《搜神记》

《搜神记》二十卷是东晋人干宝编著的志怪小说集。干宝，字令升，新蔡（进河南新蔡县）人，东晋时担任过著作郎、始安太守、司徒右长史、散骑常侍等官职，著有《搜神记》及《晋纪》二十卷，被时人称为"良史"。

在《搜神记》序言中，干宝叙述说，他编著这部书，目的是"亦足以明神道之不诬也"，用书中的人物故事来证明，在这个世界上，鬼神及与鬼神有关的事情都是真实不虚的。这是作者思想认识局限性的体现和反映。基于这样的认识，作者在书中收录和保存了不少优秀神话传说和民间故事，这些传说故事几乎都带有浓郁的神秘色彩。作者在叙述这些神话传说和民间故事时，描述得很是细致生动，具有鲜明的文学色彩。《搜神记》一书因而成了魏晋南北朝时期志怪小说的代表作品。

在《四库全书》中，《搜神记》归属于杂书类异闻属。

十九、子部之十一，《山海经》

《山海经》是我国现存最古老的地理著作，其书原题为传说时代的大禹、伯益所作，实际上，很可能是春秋、战国时期的作品，而且，其书传到秦汉时期的时候，又有人在其中添加了作品。该书共十八篇，即五藏山经五篇、海外经四篇、海内经四篇、大荒经四篇，又海内经一篇，主要记载了古代传说中的地理知识，包括海内外的山川、道里、部族、物产、宗教等多方面的内容，特别是各地的奇异、神奇之物，同时，还保存了我国远古时期不少的神话传说以及历史、医药、民俗(包括巫术)等方面的资料。其中,五藏山经五篇可以视为山经部分,详细记述了山势、水系、物产、神祇及祭祀方法等方面的资料,书中记述的地域、地望和山水走向大多可以考证。其余十三篇可以视为海经部分,在内容上以神话为主。

在《四库全书》中,《山海经》归属于杂书类异闻属。

二十、集部之一,《楚辞》

"楚辞"之名,最早见于《史记·酷吏列传》:"庄助使人言(朱)买臣,(朱)买臣以楚辞与(庄)助俱幸。"这里的"楚辞"是指战国时期以屈原、宋玉为代表的作家所创造的一种具有浓郁楚国地方色彩的新兴诗歌形式。在汉代,这种新兴诗歌形式也被称为"辞"或者"辞赋"。西汉末年,刘向把宋玉,还有汉代的淮南小山、东方朔、王褒、刘向等作家承袭、模仿屈原而创作的十六篇诗歌辑录成集子,这个集子定名为《楚辞》。由此,"楚辞"又成了一种诗歌总集的名称,即《楚辞》。在《楚辞》之中,最有代表性的作品是屈原的《离骚》。

作为一种新型诗歌形式,楚辞是在楚国民歌的基础上发展起来的,有着鲜明的楚国音调音韵和巫傩文化色彩及浓郁的浪漫主义倾向。《楚辞》集结流行之后,影响了我国古代一大批诗人作家及其文学创作,人们把它与《诗经》相提并论,并称为"风骚":"风"即《诗经》,被认为是北方中原文化在文学领域的代表,它充满了显著的现实主义精神,是我国古典诗歌创作的现实主义流派源头;"骚"即《离骚》,是南方楚地文化在文学领域的代表,它充满了显著的浪漫主义气息,是我国古典诗歌创作的浪漫主义流派源头。

屈原是骚体的创始人,也是我国历史上最早的伟大诗人及重要的楚辞作家。屈原,名平,字原,战国时的楚国贵族,曾经担任过左徒、三闾大夫等官职。在职期间,他主张任用贤能之士,修明法度,抵抗秦国的入侵。后遭同僚上官大夫、令尹子兰等人的诬陷而被楚王疏远、流放。在感受国家政事日益混乱而又遭遇秦国侵凌、国家危亡日近的情景中,屈原悲愤忧郁,自投汨罗江而死。作为一个伟大的诗人,屈原创作有《离骚》《九歌》《天问》《九章》等一系列楚辞作品。

在《四库全书》中,《楚辞》辑录在集部楚辞类。

二十一、集部之二,《文心雕龙》

《文心雕龙》,南朝梁刘勰所著,是我国文学批评史上第一部理论专著,全书共十卷,五十篇作品,分属为上、下两编,每编二十五篇作品。按作者的叙述,

《文心雕龙》的创作目的是反对当时"浮诡""讹滥"的文风，纠正此前文论的狭隘偏颇。按内容分，全书五十篇作品可以分为"总论""文体论""创作论"及"批评鉴赏论"四个部分：上编前面五篇作品明确提出了作者的文学批评原则，是全书的总论部分；第六至第二十五篇按照先论有韵之文、再谈无韵之文的顺序，分别讨论、论述了三十五种文体的源流演变及特征，是全书的文体论部分；下编第二十六至第四十四篇讨论了文学创作的基本方法，是全书的创作论部分；第四十五至第四十九篇是全书的批评鉴赏论部分；最后一篇《序志》是全书的总序，交代了作者写作这部书的意图和全书的整体部署。

《文献雕龙》五十篇三万七千余言，初步建立了刘勰的文学史观念。作者在书中分析论述了文学作品的内容和形式之间的关系，提出了文质并重、"为情而造文"的创作主张。同时，作者还从文学作品创作的各个环节上总结了文学创作经验，提出了在创作过程中应该防止的种种失败教训。在此基础上，作者初步建立了自己的文学批评方法论，为此，他提出了"六观"的批评方法，即：一观体位，看作品的内容与风格是否一致；二观置辞，看作品的文辞在表达情理上是否确切；三观通变，看作者在创作中是否有继承与变化；四观奇正，看作品的布局是否严谨妥当；五观事义，看作品中的用典是否贴切；六观宫商，看作品中的文字音韵声律是否完美。这是当时最为全面，也最为公允的品评标准。

《文心雕龙》在我国古代文学批评和文艺理论发展史上具有奠基意义，对此后的文学创作产生了深远的影响。

在《四库全书》中，《文心雕龙》辑录在集部诗文评类。

第三章 ｜ 七大藏书阁与《四库全书》

乾隆四十六年(1782)十二月，第一部《四库全书》，也就是文渊阁本《四库全书》誊录完成之后，乾隆皇帝下令修建专门的藏书阁来收藏和保存已经抄写完工与即将抄写完工的《四库全书》。乾隆皇帝下令分两个阶段一共誊录了七部《四库全书》，因此而形成了七个版本，即文渊阁本、文溯阁本、文源阁本、文津阁本及文宗阁本、文汇阁本、文澜阁本。七个版本的《四库全书》各需要一个专门的藏书阁来收存，乾隆皇帝因此下令修建或者修缮了七个藏书阁。这七个藏书阁均是仿照宁波天一阁的样式建成的，它们依次分布在紫禁城、奉天故宫、圆明园、承德避山暑及江浙地区的镇江、扬州和杭州七个地方。其中，位于北京紫禁城文华殿后的文渊阁和位于京郊圆明园的文源阁、位于奉天故宫(今沈阳)的文溯阁、位于承德避暑山庄的文津阁合称为"内廷四阁"，或者"北四阁"(以下统称"北四阁")；位于镇江金山寺行宫的文宗阁、位于扬州天宁寺行宫的文汇阁和位于杭州西湖行宫孤山圣因寺的文澜阁合称为"江浙三阁"，或者"南三阁"(以下统称"南三阁")。

北四阁收藏的《四库全书》集中在皇宫及皇家园林之中，在乾隆当政时期，主要供乾隆皇帝阅览。经申请批准之后，一部分朝廷大臣及翰林学士也可以前去查阅。南三阁收藏的《四库全书》的开放面要宽一些，一般士子、士人都可以到阁中去阅览、抄录。至于供北四阁、南三阁抄录的副本，也就是《四库全书》底本，它们收存在翰林院，翰林学士这个群体阅读浏览及抄录的机会相对要多一些。

成书之后，七个版本的《四库全书》，历经清代到"中华民国"(以下简称"民国")的社会变革以及由此而来的战火洗礼，或存，或毁，或残缺不全，最后留存了三部半，经过补抄之后，完善为四部《四库全书》。现将这七个版本的收藏地及成书时间，还有存毁情况如表 3 – 1 所示：

表 3 – 1　七大藏书阁与七个版本《四库全书》的相关情况

	阁名	收藏地	建阁时间	阁本抄写成书时间	阁本存毁情况
内廷四阁或北四阁	文渊阁	紫禁城主敬殿	乾隆四十一年（1776）	乾隆四十六年（1782）十二月	现存于台北市故宫博物院
	文溯阁	奉天（沈阳）故宫	乾隆四十六年（1782）	乾隆四十七年（1783）十一月	1966 年移存甘肃兰州图书馆
	文源阁	北京圆明园	乾隆四十年（1775）	乾隆四十八年（1784）十一月	第二次鸦片战争中被英法联军烧毁
	文津阁	承德避暑山庄	乾隆三十九年（1774）	乾隆四十九年（1785）十一月	现存于国家图书馆
江浙三阁或南三阁	文宗阁	镇江金山寺行宫	乾隆四十四年（1779）	乾隆五十二年（1787）四月	咸丰三年（1853）毁于太平天国军
	文汇阁	扬州天宁寺行宫	乾隆四十五年（1780）	乾隆五十二年（1787）四月	咸丰四年（1853）毁于太平天国军
	文澜阁	杭州西湖行宫孤山圣因寺	乾隆四十九年（1784）	乾隆五十二年四月（1787）	残本现存于浙江省图书馆

在"中华民国"30 多年的时间里，中国社会始终处于剧烈的动荡不安之中，仅存的三部半《四库全书》随着民国瓦解、国民党败守台湾孤岛与中国共产党的胜利和中华人民共和国成立等一系列的历史变化，最后分别保存于台湾与大陆两地。

直到现在，这仅存的三部半原版《四库全书》依然分别保存在大陆与台湾两地。

第一节 | 乾隆下令仿天一阁建七大藏书阁

一、宁波范氏天一阁

明嘉靖三十九年(1560)，宁波(今宁波市区)人范钦从兵部右侍郎任上退隐归里。

范钦酷爱读书，也热衷于收集、收藏古今图书。范钦收集、收藏的图书一共有七万余卷，这七万余卷图书以地方志、历代政书、历科科举录(有关科举的文献资料)和古今作家的诗文集为主。此外，因为一度为官从政，范钦的藏书中，还有一部分是官署文件资料。

早在退隐归里之前，范钦就有自己的藏书楼"东明草堂"。退隐归里之后，藏书越来越多了，范钦便在嘉靖四十年至四十五年(1561 至 1566)之间建了一座专门的私家藏书楼，这就是我们这里要介绍的天一阁。

天一阁位于宁波市月湖街西面的天一街，是一座歇山顶重檐六开间两层砖木结构的藏书楼，是我国现存最早的私家藏书楼，也是亚洲现存最古老的图书馆和世界最早的三大家族图书馆之一，1982 年公布为国家重点文物保护单位，现在是宁波市一处国家三 A 级景区。

天一阁建成之后，范家子孙谨守"代不分书，书不出阁"的祖训，全力保护和经营着天一阁。到康熙四年(1665)，范钦的曾孙范光文在天一阁前面修建起了假山园林，全面改善天一阁的周围环境。也是在这个时候，天一阁藏书达到了五千多部、七万多卷，进入了天一阁藏书最为丰富的时期。乾隆年间(1736 至 1796)，天一阁已经建成使用了两百多年。这时的天一阁早已名闻全国，是大清王朝治下有名的私家藏书阁之一。

乾隆下诏号召各地民间人士捐献图书襄助四库全书馆编纂《四库全书》的时候，天一阁当时的主人、范钦八世孙范懋柱进呈了天一阁收藏的 641 种图书。范懋柱进呈的图书，就数量来说，只名列全国第二，但就图书质量来说，这些进呈的图书绝对数一流。因为这个原因，乾隆三十九年(1774)六月二十五日，乾隆皇帝专门下发了一道谕旨：

"浙江宁波府范懋柱所进之书最多，因加恩赏《古今图书集成》一部，以示嘉奖。闻其家藏书处曰'天一阁'纯用砖甃,不畏火烛,自前明相传至今,并无损坏,其法甚精。著传寅著亲往该处,看其房间制造之法若何?是否专用砖石,不用木植?并其书架款式若何?详细询察,烫成准样,开明丈尺呈览。"

乾隆皇帝的这道谕旨讲了这样几个方面的意思:范懋柱进献了这么多的私人藏书,因此我给予他赏赐《古今图书集成》一部的奖励;我听说范懋柱家祖传的藏书楼天一阁设计、建筑巧妙,不会引发火灾,以至于从明代到现在,两百多年间始终没有受损,所以,我特地下令由寅著去天一阁实地考察,并向我上交一份详细的考察报告,一份天一阁建筑设计图纸。

在寅著的考察报告里,当时的天一阁是这样的:

"天一阁在范氏宅东,坐北向南,左右砖甃为垣。前后檐、上下俱设窗门。其梁柱俱用松杉等木,共六间:西偏一间安设楼梯,东偏一间以近墙壁,恐受湿气,并不贮书。惟居中三间,排列大橱十口,内六橱前后有门,两面贮书,取其透风。后列中橱二口,小橱二口。又西一间排列中橱十二口。橱下各置英石一块,以收潮湿。阁前凿池,其东北隅又为曲池。传闻凿池之始,土中隐有字形,如'天一'二字,因悟'天一生水'之义,即以名阁。阁用六间,取'地六成之'之义。是以高下、深广,及书橱数目、尺寸俱含六数。"

意思是说,天一阁修建在范家宅院东面,它坐北朝南,左右两面有砖墙与范家宅院连成一体。整个天一阁,它的前檐后檐、楼上楼下各个房间都开有门窗,用松木、杉木做屋梁、屋柱。底层一共有六间房子,呈东西方向一字儿排开。六间房子里面,靠西面的一间是楼梯间,有楼梯与楼上相通,里面并没有书橱收藏图书;靠东面一间则因为靠近围墙、易于受潮的原因,里面也没有书橱收藏图书。中间四间房子,每间房子都安放了书橱。其中三间房子,每间房子里面安放了十个书橱。这十个大书橱里面,有六个书橱前、后两面有承板放书,有橱门通风,其余四个书橱只是单面开设橱门放书,有两个是中等大小的书橱,另外两个是小号书橱。再有靠西边的一间房子,里面安放的是十二个中等大小的书橱。这四个房间的书橱下面都放置了一块英石来吸收水湿,以便保持室内干燥。

寅著介绍得比较笼统,他只介绍底层的六间房子,还有楼上,也就是第二层,寅著并没有提到。简单地说,第二层也是六开间。第二层除了楼梯间之外,整层是一个大通间,中间安放了大小不同的书橱,把这个大通间分隔成大小不同的单元。

当年,范钦为什么要这样来设计天一阁的格局呢?简单地说,这是受郑玄

《易经注》阐述的"天一生水，地六成之"这个术数理论影响而设计的：楼上设置为一个大通间，与"天一生水"之说相应，底层设置为六间房子，与"地六成之"之说相应。范钦这样来设计，目的是合乎上述术数理论，并通过这个途径和方式，达成"以水制火"的建筑设计效果，以确保自家的藏书阁得天地之数，"水"有余而不会遭受火灾。为了使防火的"安全系数"更高一点，范钦把自家这座藏书阁命名为"天一阁"，还在这座藏书阁前面和东北面各开凿了一个水池。

对此，寅著的解释颇有神话色彩：当年开凿其中一座水池的时候，泥土中隐隐现出了形如"天一"字样的图形。聪明的范钦看过后，悟出这是神灵暗示自己要按照"天一生水，地六成之"的术数理论来设计整个天一阁。所以，天一阁的整体布局，还有每个房间安排的书橱数量、每个书橱的大小高低尺寸都暗含有与"六"相关的尺寸。

当然，范家人要确保天一阁无火灾之患，真功夫在于采用了严谨科学的防火措施。在防火之外，范家人还采用了各种防蛀驱虫的措施，这才真正有效地保护了天一阁，使天一阁和天一阁藏书免遭各种侵害。这是寅著的考察报告里没有说的内容。

二、乾隆皇帝下令仿天一阁建七大藏书阁

寅著在他给乾隆皇帝的考察报告中最后写道："特绘图具奏。"意思是说，遵照您的旨意，我还特地绘制了一份天一阁的建筑设计图，现在，我把这份设计图也一并呈送给万岁爷您啦。

在派人实地考察并获得建筑设计图的基础上，乾隆皇帝下令仿照天一阁的建筑样式修建藏书阁，以便建成的藏书阁能像天一阁一样，长久有效地保存和收藏誊录好的《四库全书》。

对此，当时的天一阁主人范懋柱在他辑录的《天一阁藏书总目》序中叙述说："乾隆间诏建七阁，参用其式。"意思是说，乾隆年间，万岁爷下诏先后修建了文津阁、文源阁、文渊阁、文溯阁及文宗阁、文汇阁、文澜阁，这七个藏书阁都是仿照天一阁的建筑式样建成的。

乾隆自己也说到了仿照天一阁修建七个藏书阁的事情。《高宗御制诗》四集卷三十三中的《月台诗》有这样的句子："天一取阁式，文津实先构。"即在北四阁中，承德避暑山庄的文津阁最先建成，它是仿照宁波天一阁的样式建造的。《高宗御制诗》五集卷四《文汇阁叠庚子韵》有诗句说："天宁别馆书楼耸，向已图书贮

大成。"意思是说，扬州天宁寺行宫一旁的文汇阁高耸入云，在文汇阁建成之前，我先御赠了一部《古今图书集成》供行宫收藏，就在那时，我有了将来要在这里修建一座藏书楼的构想。这首诗的本诗夹注也说得很明白："此阁成于庚子，亦仿范氏'天一阁'之式为之。"即文汇阁于庚子年(即乾隆四十五年，1780)建成，像其他藏书阁一样，它也是仿照浙江范氏天一阁的样式修建的。

上面引述乾隆皇帝关于文津阁、文汇阁的建造时，说到了一个相同的话题：乾隆皇帝是仿照天一阁的建筑式样来修建七个藏书阁的。除此而外，乾隆皇帝在给这七个藏书阁命名的时候，也借鉴了天一阁遵循"天一生水，地六成之"的术数理论中"以水制火"的建筑指导思想：从字形上看，七个藏书阁的阁名，中间起关键作用的字有六个带有水字偏旁。这明显有"以水制火""以水克火"的寓意。有人问：文宗阁阁名中的"宗"字没有带水字偏旁，是不是偏离了取法天一阁的指导思想呢？答案是否定的。关于其中的原因，笔者将在后面的章节中略做解释。

第二节 ┃ 文津阁与文津阁本《四库全书》

一、乾隆皇帝下诏抄七部《四库全书》由七大藏书阁收藏

《清史稿》卷一百四十五《志一百二十·艺文一》对乾隆皇帝下诏将七部《四库全书》分别收藏于七大藏书阁之事作了简单的记载："当是时，四库写书至十六万八千册，诏钞四分，分庋京师文渊、京西圆明园文源、奉天文溯、热河文津四阁，复简选精要，命武英殿刊版颁行。四十七年，诏再写三分，分贮扬州大观堂之文汇阁、镇江金山寺之文宗阁、杭州圣因寺玉兰堂之文澜阁，令好古之士欲读中秘书者，任其入览。用是海内从风，人文炳蔚，学术昌盛，方驾汉、唐。后文源载籍烬于英法联军，文汇、文宗毁于洪杨之乱，文澜亦有散佚。独文渊、文溯、文津三阁之书，巍然具存，书皆钞本……"

乾隆四十三年(1778年)，武英殿四库书馆负责誊录的《四库全书》正本已经累计抄写了168000册。这时，乾隆皇帝下诏将这些抄好的正本组编成四部《四库全书》，分别收藏在文渊阁、文源阁、文溯阁、文津阁四大藏书阁。在诏书中，乾隆皇帝还要求四库馆臣从《四库全书》辑录的图书中选辑部分精品之作，编纂成一部新书，这就是后来收藏在故宫御花园摛藻堂、长春园味腴书屋的《四库全书荟

要》。乾隆四十七年（1782 年），乾隆皇帝再下发了一道诏书，要求再抄写三部《四库全书》，抄好后，交由扬州大观堂的文汇阁、镇江金山寺的文宗阁、杭州圣因寺玉兰堂的文澜阁收藏。在诏书中，乾隆皇帝说所有爱好读书的士人都可以随时到这三个藏书阁中去阅览《四库全书》。乾隆皇帝的这一举措极大地助推了江浙地区乃至全国的学风和学术发展。遗憾的是，在此后的历史变故中，文源阁收藏的《四库全书》被英法联军悉数烧毁了，文汇阁、文宗阁收藏的两部《四库全书》在太平天国攻打扬州、镇江的战争中完全烧毁了，文澜阁收藏的《四库全书》则存少毁多，散佚不全，完整保存下来的只有文渊阁、文溯阁、文津阁三座藏书阁收藏的三部《四库全书》。像其他四部《四库全书》一样，这三部《四库全书》都是手工抄写而成的。

二、"渊源如欲问，应自此问津"

　　坐落在河北承德避暑山庄的文津阁是北四阁中第一个建成的藏书阁，建成时间在乾隆三十九年（1774）。文津阁建成之后，乾隆皇帝御笔题写了"文津阁"三个大字，这三个大字被制成一道横匾悬挂在顶层屋檐下。也是在乾隆三十九年（1774 年），乾隆皇帝还专门为文津阁写了一篇记，即《文津阁记》。文津阁东面的御碑上全文刻录了这篇记。在《文津阁记》中，乾隆皇帝写道："欲从支派寻流以溯其源，必先在乎知其津。"从这些文字中，我们知道，乾隆皇帝赋予了文津阁以传承中国文化的津梁的文化含义，他把这个藏书阁命名为"文津阁"，这寄寓了他对文津阁在传承中国文化事业中的一份期望。

　　大概是与这样的寓意和期望有关系吧，乾隆皇帝对在承德避暑山庄修建文津阁收藏《四库全书》之事感觉十分得意，在《文津阁记》中，他说："山庄居塞外，伊古荒略之地，而今则闾阎日富，礼乐日兴，益兹文津之阁，贮以四库之书，地灵境胜，较之司马迁所云名山之藏，岂啻霄壤之分也哉？"避暑山庄在边塞荒蛮之地，经过大清王朝的治理，这里百姓生活日益安宁富足、礼乐文化教育日益兴盛。现在，我再在这里兴建文津阁收藏《四库全书》等古今图书，这对于助推这里的发展，特别是文化教育的发展，提升这里的政教风化、教育感化效果是大有益处的。与司马迁所称道的著述名著大作、以期世代流传的事业相比，何止是一个在天上、一个在地下呢！

　　乾隆四十一年（1776 年），乾隆皇帝题写了一首题为《文津阁》的御制诗，其中最后两句是："渊源如欲问，应自此问津。"这两个句子以句末嵌合的方式嵌合了"问津"这个词语，暗含有解释文津阁命名原因的意思在内：书籍是文化的主要载体之一，犹如文化长河上的渡船，可以载着你在文化的长河上逆流而上，追溯文化的源头，感受中国文化的源头之远；也可以载着你顺流而下，追寻它的支流余脉，让你领略中国文化的流之长；还可以载着你济水渡河，从文化长河的此岸过渡到彼岸。中国文化源远流长，要继往开来，传承中国文化、光大中国文化就要涉猎广博，博览群书。这个藏书阁藏书万卷，就是供你在中国文化长河上乘船畅游或者到达彼岸的一个渡口。

《文津阁记》《文津阁》诗中不乏乾隆皇帝个人自鸣得意之词，话似乎说得有点过头，偏离了他赋予文津阁的文化含义及寄予的期望了。尽管如此，我们从中仍然能够感受得到乾隆皇帝借由文津阁来传播文化、达成教化之功的初衷。

而且，不可否认，乾隆皇帝依托文津阁来收藏、保存、传载《四库全书》这套具有重要文化意义的典籍，是具有一定的文化意义的。

三、仿范氏之成规，兼米庵之胜概

文津阁是一座仿照天一阁式样修建的藏书阁，它由门殿、假山、水池、花台、曲池、山石、月门等主要建筑组成，各主要建筑按坐北朝南的方向，从南到北依次排列，构成了承德避暑山庄园林景区的一个别具特色的景区。

从外观上看，文津阁是一座歇山顶两层重檐砖木结构的楼阁，实际上，这座藏书楼有三层，在上、下两层之间有一个暗层。这个暗层四面全部是用楠木构件建成的，能有效地防虫蛀书。至于它的底层和顶层，则一如天一阁：底层为六个单间，顶层六楹不做分隔，彼此相通为一个大通间。

文津阁前面的假山别具特色。这座假山位于水池南岸，由浆石和鸡骨石等堆叠而成，占地面积约 800 平方米，它的前后各有两座门相通。越过一道门，走进洞内，只见洞道幽深曲折，依稀显出厅、堂、窗、孔、穴等不同的式样，洞壁上镶嵌着鸡骨石，开有大小不同的窗孔，从窗口透进来的光线明暗不一，映照出洞内若隐若现的洞壁怪石。山上峰岭纵横，沟桥岗壑，争奇斗艳，显现出了棒槌山、罗汉山、双塔山等十大名山的缩影，还有"十八学士登瀛洲"的造型，以及仿米芾"宝晋斋"的园林布局。

站在假山前看假山，看假山在水池上的倒影，随着太阳光而变化，有时你会看到清澈的水面上有一弯新月随波晃动，而此时的天空却是艳阳高照。你不要感觉奇怪，这是假山的设计者独具匠心巧妙设计的结果：在假山上开设了一个形如一弯上弦月的缝隙，如果角度合适的话，太阳光从这个缝隙里照射下来，投影在水面上，便会显出一个"下弦月"的倒影。在同一个时间里，你可以"举头看太阳，低头看明月"，这实在是一个特别能吸引人的景观。这样的一个景观还有一个很有诗意的名字，叫"日月同辉"。这是文津阁园林景区有名的景点之一。

《热河志》在记载文津阁的时候说："文津阁……前为趣亭，东侧月台，西乃西山，盖仿范氏之成规，兼米庵之胜概矣。"文津阁前面是趣亭，东侧是月台，西侧是西山，是仿照浙江范氏天一阁的式样建成的，其中的假山、水池景观综合了米芾"宝晋斋"园林设计、布局的优点和长处。

文津阁后面，还有文津阁东面碑亭之后也有假山。

文津阁东面的碑亭也是值得一看的。这是一座四角攒尖顶造型的亭台建筑，亭内有一方5.34米高的石碑，碑身正面鏨刻的是乾隆皇帝题写的《文津阁记》御制碑文，其余三面则鏨刻了乾隆皇帝的三首御制诗：背面是《题文津阁》，东侧是《四库收精要》，西侧是《建由甲午成乙未》。这些诗文的文字都是由乾隆御笔题写的，其中，正面的《文津阁记》用满文、汉文两种文字题写。这是难得一见的清代御笔亲题石刻，具有较高的文物和文化价值。

四、独特的文物文献价值

从誊录成书的时间先后顺序来看，文津阁收藏的《四库全书》是七部《四库全书》中的第四部。在这里，我们把这部《四库全书》称为"文津阁本《四库全书》"，简称"文津阁本"。

文津阁本成书于乾隆四十九年（1784）十一月，次年三月运抵文津阁收藏。文津阁本辑录图书3461种，一共有36304余册，包装在6144个书函中，约7亿字[①]，分经、史、子、集四部整齐有序地陈列在128个书架上。

文津阁本最初收藏在承德避暑山庄。宣统元年（1909）七月，为筹建京师图书馆（国家图书馆的前身），清政府允准将文津阁本从承德避暑山庄调拨到京师图书馆，但当时这部书并没有如期调拨到位。民国三年（1914）元月，文津阁本押运到了北京，但被北洋政府内务部拦截，运往故宫文华殿古物陈列所。民国四年（1915）8月，经教育部与内务部交涉才获准移交到京师图书馆。历经一年的清

---

① 这一组统计数据见《光明日报》记者方莉、杜羽的《与〈四库全书〉相视，我们对中华文明更有深情了》一文（《光明日报》2017年2月13日05版）。

点、接收手续之后，文津阁本于次年 9 月正式入藏京师图书馆。民国六年（1917），北洋政府教育部规定，读者进馆阅览这部书需要购买"四库书阅览券"。当时，四库书阅览券的办理价格是五枚铜圆一张。到民国十一年（1922），阅览券的价格一度涨到了十枚。对于希望拍摄、转抄《四库全书》的读者，北洋政府教育部也做了详细的收费规定。

民国十八年（1929），京师图书馆改名为国立北平图书馆并迁馆到西苑中海居仁堂，文津阁本随之迁入中海居仁堂。民国二十年（1931）春天，国立北平图书馆新馆（位于北海公园西侧）落成，文津阁本随之迁入新馆。之后不久，国立北平图书馆经北平市公安局批准，将馆前街道命名为"文津街"。1950 年，文津阁本由中华人民共和国政府下令调拨到中国国家图书馆收藏。1988 年，北京图书馆新馆在白石桥落成，文津阁本迁入新馆。当时，新馆馆舍设计时并没有考虑文津阁本原装书架的尺寸，文津阁版《四库全书》只能在善本书库外另选合适地点收存。2008 年 5 月，国家图书馆二期工程竣工，为《四库全书》专门建造了两层新库房，面积比先前增加了三倍。当年 9 月初，文津阁本连同书函全部搬迁到了新库房。

文津阁本是七部《四库全书》中保存最为完整的一部，也是至今仍是原架、原函、原书一体存放保管的唯一一部。走进国家图书馆北区稽古厅，只见古色古香的书架，书架上的书函、夹板、丝带、铜环，还有书函里面的经、史、子、集各部书籍一如当年。翻开书册，只见雪白的开花纸，端正的馆阁体楷书，时隔近 300 年之后依然如新；书本的首页加盖有"文津阁宝"朱印，还有签注有"纪昀复勘"的黄签，末页加盖有"太上皇帝之宝""避暑山庄"朱印。而史部的《八旗通志》还加盖有"嘉庆御览之宝"印章，提示文津阁本部分书册是嘉庆年间补抄而成的，这是北四阁其他三阁收藏的《四库全书》所没有的现象。

在研究者眼里，文津阁本有其独特的义献价值。早在民国九年（1920），知名学者陈垣先生细读文津阁本所收书的提要时，就发现这些提要与《四库全书总目提要》有不少差异，因此与几位学者共同撰写了《景印（即"影印"）四库全书提要缘起》一文，建议把文津阁本的提要汇集成册，然后影印出来。

20 世纪 90 年代初，国家图书馆研究员杨讷先生提议并主持了文渊阁《四库全书》影印本与文津阁本原书核对录异的工作。核对录异工作从集部开始，这项工作的成果之一是写成了《文渊阁四库全书补遗（集部）》（以下简称《补遗》）15 册，共 200 余万字，由北京图书馆出版社出版。据该书统计，文渊阁本（即文渊阁收藏的《四库全书》）集部共收书 1273 种，其中与文津阁本有差异的有 788

种，而宋代诗文集，文渊阁本失收、可据文津阁补入的，有 1160 条，涉及 118 种书。

后来，台湾研究宋史的学者黄宽重先生以这本书为参考资料，撰写了《文津阁本宋代别集的价值及其相关问题》一文。黄先生把《补遗》与影印文渊阁本核对，发现《补遗》也有疏忽，提出《补遗》所收的宋人诗文，实际上有些已收于文渊阁本，不过卷次不同，却为编者重复收录。不过他认为《补遗》所辑的大部分，确是文渊阁本所缺的，因此以为"文津阁本宋代文集的部分，保留了不少各书作者个人生平事迹及诗文的评论资料，对研究各文集的作者提供了更为丰富的资讯；此外文中也保留许多对研究宋代史事有所助益的史料，显示文津阁本的史料价值"。

五、重建文津阁，展出文津阁本

"北四阁""南三阁"七大藏书阁中，保存至今的只有文渊阁、文溯阁、文津阁、文澜阁，其中，文澜阁是光绪六年（1880 年）重建的，文津阁经由了 1954 年的重建。现在，当你走近文津阁，仰望悬挂在顶层屋檐下的"文津阁"绿底金字雕龙横匾时，你会在细心观察中看到左边有这样的落款："一九五四年八月重建"。

重建后的文津阁与此前的文津阁并不完全一样。于洋、范文新等人在接受《文汇报》记者付鑫鑫采访时介绍说，1954 年重建文津阁时，文津阁的楼梯改了道，第二层的楼面封了底，原来的明二楼实三楼建筑格局变成了明三楼实三楼格局；文津阁的木窗子作了大的改动，窗格图案不是此前的"马三箭"样式。这样的改动给现在完全恢复文津阁的原貌带来了困难①：如果你对"细节重现"很在乎的话，你现在看到的文津阁与当初的文津阁并不完全一样了。

2010 年，中央财政启动 6 亿元专项资金，支持承德避暑山庄及其周围寺庙文化遗产的保护工程，位于承德避暑山庄的文津阁是其中的重点维修建筑之一。文津阁的整体保护维修工程主要有四个项目：文津阁建筑本体保护修缮工程、文津阁所属碑亭修复保护工程、文津阁装修复原工程及文津阁书架、书函复修工程。

2008 年 9 月，文津阁本连同书函全部搬迁到了国家图书馆，陈放在国家图书馆北区稽古厅。这里是文津阁本的专藏库区。敞亮的库房中，正中位置摆放了一

---

① 具体叙述见付鑫鑫的《文津阁：寻流溯源先知其津》一文（2017 年 3 月 1 日《文汇报》）。

道屏风，屏风上镌刻了由著名学者任继愈先生题写的"文津阁四库全书"正楷字，原架、原函、原书保存的 36304 册文津阁本就陈放在屏风两旁的 128 个书架上。2008 年 9 月 9 日，国家图书馆举办了一场《四库全书》专题展，作为这次书展的主角，文津阁本闪亮登场，在稽古厅向公众展出。

第三节 ｜ 文源阁与文源阁本《四库全书》

一、四达亭改建为文源阁

圆明园是有名的清代皇家园林，它的西北位置有一个叫四达亭的建筑。乾隆三十九年(1774 年)，乾隆皇帝决定把它改建为一个藏书阁，以便在这里收藏即将编纂成书的《四库全书》。第二年，四达亭改建工程完工，这个改建后的建筑从此后改名换姓，被乾隆皇帝命名为文源阁。它是北四阁中第二个建成使用的藏书阁。

和文津阁一样，文源阁也是一座仿天一阁式样而又有所创新的歇山顶重檐建筑，楼层设计也是明两层、暗三层的格局。它坐北朝南，门额上的"汲古观澜"匾额是乾隆皇帝御笔题写的。文源阁前面有一个半月形曲池，池中金鱼成群。半月形曲池南面是一组假山，池中安设有一块六米多高的太湖石，这就是有名的"石玲峰"。石玲峰玲珑剔透，浑身呈黑灰色，带着大小不同的环形孔道，远看如一朵翻卷的乌云。它宽约四米，四周镌刻了名家高手的诗赋作品。驻足太湖石前，在阅读欣赏石上的诗赋之余，你还可以用手轻轻叩击这块巨石，听听它发出的铜钟一样的悦耳声音。这是当年圆明园中最大，也最著名的一块太湖石。

二、乾隆皇帝作《文源阁记》

走出文源阁，出门往东，不远处是御碑亭。乾隆皇帝御制的《文源阁记》就镌刻在亭中的石碑上。往西越过文源阁的围墙，不用走多远是柳浪闻莺。这是当年圆明园一处有名的园区景观。如果你想绕过水池往南走，不远处就是圆明园有名的园区景观水木明瑟。这也是当年圆明园一处有名的园区景观。文源阁与水木明瑟、柳浪闻莺三处园区景观相邻相接，成了圆明园中有名的景区。

在《高宗御制文二集》卷十三中，我们可以阅读到乾隆皇帝御制的《文源阁记》，其中有两段话格外引人瞩目：

"藏书之家颇多，而必以浙之范氏天一阁为巨擘。因辑《四库全书》，命取其阁式，以构庋贮之所……于是就御园中隙地，一仿其制为之，名曰'文源阁'。"

天底下藏书家修建的场所很多很多，而不少人在建造自己的藏书场所时必定会效法浙江范氏家族的天一阁。现在，我大清王朝编纂好《四库全书》之后，我，爱新觉罗·弘历下令仿照天一阁的建筑式样修建藏书阁来收藏这一套书。其中一座修建在皇家园林——圆明园内，我给它命名为"文源阁"。在这里，乾隆皇帝明确地告诉读者：文源阁和其他六座藏书阁一样是仿照天一阁的样式修建的，目的是收藏《四库全书》。

"文之时义大矣哉！以经世，以载道，以立言，以牖民，自开辟以至于今，所谓天之未丧斯文也。"

文化可以指导和辅助君主治理国家，可以传承先圣阐述的思想主张，可以使先贤们阐述自己的学说，可以开启民智，重视和倡导文化有着巨大而深远的现实意义。正因为文化有这样的意义，古往今来，先圣先贤继往开来，在默默地传承这文化，这是自古以来文化传承不绝的原因所在。乾隆皇帝的这一番话表达了这样一层意思：他将编纂和保存《四库全书》视为自己必行的一项传承文化、治国安民的事业。

文源阁落成后，乾隆皇帝每年都要驻跸圆明园，几乎每一次都要来文源阁休息，入阁浏览收藏在这里的图书，并且在这里吟咏题诗。现在，在圆明园文源阁遗址遗存的残碑上，我们还可以读到乾隆皇帝两首诗：

> 四库搜罗书浩繁，构成层阁待诸园。
> 伫言凡事豫则立，谢赋沿波讨以源。
> 泉写细渠落沼渚，林依曲径护庭门。
> 宁图美景增游赏，见道因文个里存。
>
> ——乙未仲夏中澣御笔青

> 青芝岫及此玲峰，二物均西山神产。
> 前后以徐胥致之，束牲告讵劳书简？
> 芝岫乐寿树塞门，玲峰文源崎溪堰。
> 岫横峰竖各适用，造物生材宁可舛？
> 体大器博复玲珑，八十一穴过犹远。

取自崇冈历平野，原非不胫实车转。

岂其出于不测渊，岂毁桥梁凿城闉？

所幸在兹愧在兹，作歌箴过非颂善。

——再作玲珑歌，丙申新正中澣御笔

收藏在文源阁内的《四库全书》（以下简称文源阁本）是七部《四库全书》中的第三部，由上等浙江开化纸抄写而成，一共有 36000 余册。据相关档案记载，文源阁本每一册书的首页都加盖有"文源阁宝"和"古稀天子"印章，最后一页则加盖了"圆明园宝"和"信天主人"印章，印文红色晶莹，与抄写书籍的馆阁体黑色字迹相映成趣，颇有皇家藏书的气派。

《四库全书》收藏在这里，伴随着"康雍乾盛世"的余光，历经乾隆、嘉庆两个时期，到道光二十年（1840 年），度过了半个多世纪的宁静祥和时光。

三、文源阁毁于英法联军之手

道光二十年至二十二年（1840 至 1842 年），第一次鸦片战争爆发，一度以天朝自居的清王朝开始沦为半殖民地半封建王朝。咸丰六年（1856 年），第二次鸦片战争爆发，英法两个西方殖民帝国组成联军，再一次侵犯清王朝。就是在第二次鸦片战争期间，咸丰十年（1860 年），侵入圆明园的英法联军大肆焚掠圆明园，文源阁及收藏其中的文源阁本《四库全书》，连同整个圆明园统统化为灰烬。现在，我们在圆明园遗址的荒草中依稀能辨认出文源阁旧址：这里有一方石碑，上面镌刻有"文源阁"三个大字。

文源阁旧址上存留的青砖依然较为规整。但是，前面的半月形曲池已干涸消失了，池中的石玲峰在民国时期被土匪炸为两截，轰然坍于蔓草之中。当年安放在碑亭中的乾隆御制《文源阁记》的石碑已经搬迁到文津街国家图书馆分馆院内，碑上仅仅保存了一半的文字。

四、屈辱的历史，民族的伤痛

文源阁本焚毁之后，有六册在民国时期被湖州刘承干收存，收藏在他的嘉业堂藏书楼私人藏书中。一场浩劫使累累 36000 多册的文源阁本仅有 6 册收存于世，这是不由得不让认人扼腕叹息的事情。

就在文源阁本被焚毁的第二年，1861 年 11 月 25 日，远在西欧的一个名叫维克多·雨果的法国作家向参与侵略中国的巴特勒上尉写了一封信，这就是有名的

《就英法联军远征中国给巴特勒上尉的信》。在信中，维克多·雨果用十分感性的语言谴责了英法联军入侵中国、火烧圆明园的野蛮行径。维克多·雨果写道："有一天，两个来自欧洲的强盗闯进了圆明园。一个强盗洗劫财物，另一个强盗在放火。似乎得胜之后，便可以动手行窃了。他们对圆明园进行了大规模的劫掠，赃物由两个胜利者均分。"

今天，当我们再一次阅读《就英法联军远征中国给巴特勒上尉的信》的时候，我们一定会唏嘘叹惋，感慨万千。这不完全是因为维克多·雨果的感性文字和坚持正义的古道热肠，更主要的是因为与这封信有关的那段中华民族在近代社会屡遭西方列强侵略蹂躏的屈辱历史，还有因此而来的民族心灵深处的那份伤痛。

第四节 ┃ 文渊阁与文渊阁本《四库全书》

一、文渊阁之名始于明代

最早的文渊阁是在明朝初年创建的，作为一个藏书阁，"文渊阁"这个名称也是明朝开始出现的。

明朝的都城最先设在南京。据文献资料记载，在南京修建宫殿的时候，明太祖朱元璋就下令在奉天门东面修建文渊阁，作为贮存、收藏古今典籍的藏书场所。这座文渊阁就是历史上最早的文渊阁。明成祖朱棣即位之后，把都城从南京北迁到北京，他在北京兴建皇宫，也就是现在的故宫。日日成组在修建皇宫的时候，也在皇宫中修建了一座文渊阁，这是明代的文渊阁：北京文渊阁。

明代的文渊阁，最初是皇家藏书和编书的场所。当年，明成祖组织编写了大型类书《永乐大典》，这部类书就是在南京文渊阁编纂成书的。永乐六年（1408），《永乐大典》编纂成书，收存在南京文渊阁。北京宫殿建成之后，明成祖下令把南京文渊阁的藏书大部分运往北京宫殿，这些书籍运到北京宫殿之后，除《永乐大典》之外，其余的书籍都收藏在皇宫文渊阁。

文渊阁收藏了不少古今典籍，明代的皇帝每每在这里翻阅典籍，兴之所至，还会召集翰林、翰林学士来这里谈古论今，讲经论史，或者与文臣吟诗唱和。除此而外，明代的文渊阁还是朝廷大臣的办公场所。因为这个原因，明代的文渊阁，特别是北京文渊阁一度成了皇宫禁地。

正统十四年(1449)，南京明故宫发生火灾，曾经的宫中禁地文渊阁，还有剩下的书籍都焚毁殆尽。而北京皇宫的文渊阁，也随着明王朝的灭亡，最终在明代末年的战火中焚毁一尽。

二、文华殿后面的文渊阁

四库全书馆开馆编书之后，乾隆皇帝开始考虑修建专门的藏书阁来贮存《四库全书》。为此，他下发了一道谕旨，说："凡事预则立。书之成虽尚需时日，而贮书之所，则不可不宿构。宫禁之中，不得其地，爰于文华殿后建文渊阁以待之。文渊阁之名，始于胜朝，今则无其处，而内阁大学士之兼殿阁衔者尚存其名。兹以贮书所为，名实适相符。"

——古人说得好，大凡要做一件事，只要事前做好了充分的准备工作，这事就能做成，否则就难以成功。目前，《四库全书》正在编纂之中，贮存《四库全书》的场地，我们必须先安排好、修建好。皇宫禁地是没有多余的地皮来修建藏书阁了，现在我下令在宫城文华殿后面修建一座藏书阁来收藏即将编成的《四库全书》，这个藏书阁的名字就叫"文渊阁"吧。这个名称始于明朝，但明朝的文渊阁早已焚毁了。从大清王朝立朝筑国以来，我们仿照明朝的官制(笔者注：不是"官职")设立了文渊阁大学士，也设立了"文渊阁大学士"这个职衔。有文渊阁大学士的职衔而没有文渊阁，这是一件让人多少会感到尴尬的事情。现在我们修建一座文渊阁，这就既有文渊阁大学士的职衔，又有一座真正的文渊阁了，从此以后，文渊阁之名与文渊阁大学士的职衔也算是"名""实"相符了。

乾隆三十九年(1774)，人们开始在东华门内文华殿后面的明代圣济殿旧址上动工修建文渊阁。两年以后，到乾隆四十一年(1776)的时候，文渊阁建成了。

文渊阁的建筑式样与文津阁、文源阁一样。建成的文渊阁坐北朝南，左右两面的山墙由青砖砌成，直达屋顶。屋顶盖有黑色琉璃瓦，端头用绿色琉璃瓦剪边，给人一种简洁素雅之感。文渊阁的前廊安设了回形纹饰的栏杆，屋檐下面装饰有倒挂楣子，再配上绿色的檐柱和苏州园林式的彩画，让人恍惚如置身苏州园林。文渊阁前面开凿了一个方形水池，水池周围安设了栏杆，水池引进金水河河水，水池上修建了一座石桥，与四周的栏杆遥相呼应，显得层次分明，井然有序。文渊阁后面是由太湖石堆砌而成的假山，势如屏障，围护在东西两侧，山上栽有松树、柏树等树木，苍劲挺拔，郁郁葱葱，宛如一片森林直入游人眼帘。文渊阁东侧建有一座碑亭，乾隆皇帝御笔撰写的《文渊阁记》就镌刻在亭中石碑正面。它的背面则刻有乾隆皇帝在文渊阁赐宴招待四库馆臣时作的御制诗。

当年，乾隆皇帝在文渊阁建成之后，每年都要在这里开设经筵讲席，请翰林院的翰林、庶吉士，或者有博学专攻的文臣在这里给自己和王公大臣讲授儒家经籍，或者与一班大臣讲经论史。乾隆四十九年（1785）十一月，文渊阁本、文溯阁本、文源阁本、文津阁本《四库全书》誊录抄写告成的时候，乾隆皇帝在文渊阁大开御宴，宴请款待四库馆臣。席间，乾隆皇帝兴致勃勃，口占御诗，四库馆臣则趁兴奉和，尽显风雅。此景此景，一时传为"康乾盛世时期"少有的佳话。

三、文渊阁本《四库全书》是乾隆皇帝阅读最多的一部

乾隆四十六年（1782）十二月，第一部《四库全书》誊录完工，乾隆皇帝把这套《四库全书》收藏在文渊阁，这就是文渊阁本《四库全书》，我们把它简称为"文渊阁本"。与文渊阁本一同入藏在文渊阁的还有《古今图书集成》，这是康熙、雍正两朝编纂的一部大型典籍。

同样是两明一暗结构的文渊阁藏书阁一共有三层。底层放置了 22 个书架，收存《四库全书》经部书籍和《古今图书集成》，其中，《四库全书》经部书籍 960 函，陈放在 20 个书架上。底层也是乾隆皇帝开设经筵讲席的场所，乾隆皇帝把自己的宝座安放在书架正中，经筵讲席开讲时，乾隆皇帝就坐在这个宝座上听人给自己讲经谈史。第二层是暗层，放置有 33 个书架，收存的是史部书籍。第三层是一个大通间，宽敞明亮，放置有 50 个书架，《四库全书》子部、集部辑录的书籍就陈放在这里：子部书籍 1584 函，陈放在了 22 个书架上，集部书籍 2016 函，陈放在 28 个书架上。为了便于查找翻阅阁内书籍，文渊阁内还专门绘制了一副《四库全书排架图》，方便查阅书籍的人按书架查阅所要的书籍。

文渊阁本一共有 36000 册，6444 函，陈放在 103 个书架上。翻开书册，只见所有的书册上，首页加盖有"文渊阁宝"印章，末页则加盖"乾隆御览之宝"印章。面对满架藏书，爱好吟诗的乾隆皇帝兴致勃勃，捋须吟诗：

> 浩如虑其迷五色，挈领提纲分四季。
>
> 经诚元矣标以青，史则亨哉赤之类，
>
> 子肖秋收白也宜，集乃冬藏黑其位。
>
> 如乾四德岁四时，各以方色标同异。

大概是想与人分享好处吧，乾隆皇帝出人意料地允许王公大臣来文渊阁借阅馆藏《四库全书》。为此，皇宫特地做出了这样的规定：所有文武大臣之中，凡是

爱好读书、勤于读书的人，经管理人员同意之后，都可以到文渊阁来阅览这部《四库全书》，只是不得损坏书籍、不得把书籍带出阁外，这是一条禁令，即使是亲王皇子也不能例外。

文渊阁本是七部《四库全书》里面最早誊录成书的一部。在编纂、誊录抄写过程中，乾隆皇帝对这部第一个誊录抄写的书关注、过问得最多。在这样的情景下，它的编纂人员与誊录人员也就工作得格外认真：编纂得严谨，校对得细致，抄写得规范工整。加之，收藏在文渊阁本的文渊阁在文华殿后面，属于皇宫大内范围，离乾隆皇帝日常办公、休息、生活的地方都比较近，乾隆皇帝阅读文渊阁本的机会特别多。自然而然地，这个文渊阁本也就成了乾隆皇帝阅读最多的一部《四库全书》了。

在清代中后期至民国一百多年来的战乱和动荡中，文渊阁本完好地保存下来了，这不能不说是一个奇迹。

四、清代文渊阁设置的官职和典藏管理制度

乾隆四十一年(1776 年)文渊阁建成之后，有一天，四库馆臣给乾隆皇帝送来了《麟台故事》一书，这是北宋人程俱的作品，辑录在《永乐大典》一书中。程俱在这本书里记载说，北宋朝廷设置了专门的机构和官员来管理皇宫的图书及金石书画之类的美术工艺作品。这样的记载引发了乾隆皇帝极大的兴趣，他由此产生了一个想法：《四库全书》即将抄录成书入藏文渊阁，在此之前，我们也要仿照北宋的先例，为文渊阁设置官员，成立专门的管理班子，制定相应的管理章程来管理文渊阁的日常事务。于是，在这一年的六月，乾隆皇帝专门下发了一道谕旨，要求由大学士等官员就此展开讨论，拿出具体可行的方案来。

这道谕旨下发之后，大学士舒赫德召集吏部和翰林院部分官员，就文渊阁要设置哪些官员、相应的官员要具体履行哪些职责，还有如何设置文渊阁日常管理章程等问题召开了专门会议。大家讨论之后，形成了这样的意见：借鉴宋代的经验，参照宋代相关的制度，先设置文渊阁应设的官员。这个意见得到了乾隆皇帝的批准，乾隆皇帝再次下发一道谕旨，正式确定文渊阁设置的官员官职：设领阁事两人，由大学士、协办大学士或者翰林院掌院学士担任，负责上传下达，总览文渊阁一切事物；提举一人，由内务府大臣担任，直接管理文渊阁的一般性事务，同时，负责督促所辖内务府的相关工作人员具体从事文渊阁的看守、收发、卫生等各项杂务；直阁事六人，由科举出身的内阁学士、内班出身的满洲詹事、少詹

事、读进学士，还有汉詹事、少詹事、读进学士担任；校理十六人，以庶子、侍读、侍讲、编修、检讨担任；检阅八人，由内阁中书担任。直阁事、校理、检阅等官员则每日轮流在文渊阁值班，负责阁内的书籍查点检阅等事宜。

这一年七月，大学士舒赫德、于敏中被任为文渊阁领阁事，署内阁学士刘墉，詹事金士松，侍读学士陆费墀、陆锡熊，侍讲学士纪昀、朱珪等六人被任为文渊阁直阁事。十月份，翰林官员翁方纲等十六人被任为文渊阁校理。在此之前，这些履职人员在四库馆内担任了不同的纂修官员，他们是文渊阁内最早以原来的官衔来担任文渊阁官职的官员。

乾隆四十六年(1781年)12月，文渊阁本告成，第二年春天，文渊阁本收藏在文渊阁内。文渊阁本入藏阁内之后，相应的官员正式走马上任履职，同时，还制定了相应的管理章程；文渊阁的日常管理工作全面启动。为此，朝廷在上驷院附近拨出了十余间房屋，作为领阁事、提举阁事大臣，还有直阁事、校理、检阅等官，以及内务府司员、笔帖式人员的办公用房。

文渊阁日常管理章程的规定，提举和他所辖的内务府工作人员要连续不断地照料文渊阁，直阁事、校理、检阅等其他官员要每天派出两个人，从辰时到申时之间(每天七点到九点为辰时，十五到十七点为申时)轮流到文渊阁值班，中午，值日人员到文渊阁附设的厨房内就餐。遇到有人来借阅书籍，就由值日人员负责接待，并做好必要的借书记录。阁内收藏书籍的清点工作，还有新添书籍的入库收藏工作，则由检阅各官会同内务府相关工作人员具体办理。至于直阁事，则要不定时地到文渊阁来巡察，随时协助其他官员工作。

文渊阁日常管理章程规定，每年农历五、六月要把阁内的藏书搬出来晾晒一遍。后来，文渊阁的官员经由乾隆皇帝批准之后，把晒书的日期改为每年农历三、六、九月，以便与皇宫中晒书的惯例保持一致。文渊阁晾晒图书是京城内广受关注的话题，每逢晾晒书籍的时间一到，文渊阁的所有官员，还有负责书籍搬运、登记造册的普通工作人员汇聚一堂。早晨，搬运书籍的工作人员按书籍陈放的书架，逐架搬出书本，经校理官员确认无误后由登记造册人员登记造册，检阅官呢，则要会同其他工作人员一本一本地把书本打开来，放在地上晾晒。傍晚，晾晒好的书籍又要收入原来的书函中，收回阁内，陈放在原来的书架上。

文渊阁的官员是由其他部门的官员兼任的，平时，彼此之间的工作没有多少交集，各个官员之间的职责权限互不相同，并且有明显的品位、等级差异。这样一来，彼此之间就出现了职责不清、工作上互相推诿等负面现象。因此，书籍晾晒制度实行一定的时间之后，按时晾晒书籍之事就出现了折扣：大家应付了事，不再严格地按章程办事了。问题反映到乾隆皇帝耳朵里之后，乾隆皇帝做出了仲裁：从此以后，文渊阁内的书籍及一切事务性工作统统交由内务府管理，由提举一个人具体负责，其他官员不必具体管辖阁内的事务；在确保书籍没有破损或可能会破损的前提下，不必再按时晾晒书籍了。因为这样的变化，文渊阁逐渐变成了皇宫禁地。

文渊阁本是七部《四库全书》中第一部抄成入藏的书籍，它每册首页、尾页加盖印章、印玺的做法开启了其他六部《四库全书》同样加盖印章、印玺的先例。七座藏书阁中，文渊阁最先收藏《四库全书》并投入运行，文渊阁官职的设置、管理章程的制定、管理运行体制的实施为其他六阁，特别是北四阁提供了范例。这是本节要特别叙述上述内容的主要原因。

五、文渊阁本《四库全书》辗转迁徙到台湾

1911 年，辛亥革命爆发，清朝宣告灭亡。在最初的十几年里，皇宫紫禁城及位于在其中的文渊阁等大片区域仍然属于清朝皇室所有。民国十三年（1924 年），冯玉祥发动兵变，在控制北京城的同时，动用武力迫使清朝废帝溥仪立即迁出紫禁城，从此以后，曾经的明清皇宫收归国民政府。民国十四年（1925 年）7 月，国民政府设立清室善后委员会，并在紫禁城成立故宫博物院，故宫博物院下设古物陈列馆、图书馆，原本收藏在文渊阁的文渊阁本交由故宫博物院接管，成为故宫博物院藏品。民国二十二年（1933 年），日寇侵略热河省（中国旧时省份之一，所辖之地在今河北省、辽宁省和内蒙古自治区交界地带），故宫所在地北平（今北京，以下同）地区形势危急。在这样的情境下，故宫博物院将文渊阁版《四库全书》及其他一部分文物装箱南运到上海，藏入法租界天主堂街的中央银行内。民国二十六年（1937 年），中国全面抗战爆发，12 月，国都南京沦陷，这些文物辗转千里，再运到陪都四川重庆（今重庆市）。抗战胜利后，再从重庆运到都城南京，民国三十七年（1948 年）临近全国解放，国民党从大陆撤退到台湾的时候，文渊阁本《四库全书》与其他一部分来自故宫的文物又一道被运到台湾。现在，这部书收藏在台北市故宫博物院。

第五节 | 文溯阁与文溯阁本《四库全书》

一、沈阳故宫文溯阁

清朝是由建州女真(女真,我国历史上的一个少数民族)首领努尔哈赤在东北地区建立的后金政权发展而来的,在进入山海关之前,它的皇宫设在沈阳,当时叫作盛京皇宫。1644 年后金入关以后,都城随之迁往北京,盛京皇宫一度改称"陪都宫殿""留都宫殿",现在称为"沈阳故宫"。

沈阳故宫的文渊阁于乾隆四十七年(1783 年)十一月建成使用。文溯阁位于沈阳故宫西路,像北四阁里面的其他三阁一样,它也是明两层暗三层的结构。在整个沈阳故宫,文溯阁最为鲜明突出的特色是它的色彩和图案画。它的殿顶铺盖的是黑色琉璃瓦,端头用绿色琉璃瓦剪边,阁内所有的门窗都漆成绿色,而外檐的图案画则以蓝、绿、白三色相间的冷色调为主。这与其他宫殿殿顶盖黄色琉璃瓦而以绿色琉璃瓦剪边、用红金色图案装饰外檐的风格迥然不同。作为宫殿,宫中的图案画一般以游龙飞凤为主,而文溯阁则是"白马献书""翰墨卷册"等与藏书楼功用相应的图案画来装饰。所有这些,都使文溯阁在沈阳故宫中独具特色。

文溯阁是沈阳故宫西路的主体建筑。阁前有戏台、嘉荫堂。绕过戏台,穿过嘉荫堂,走进文溯阁,跨入正厅,只见北侧有一排夹纱隔扇,透过夹纱隔扇有一排书架。当年,收藏在阁中的《四库全书》(简称"文溯阁本"),有一部分就陈放在这排书架的中、上两层上。现在,当年摆设在大厅中央的皇帝御座及嵌螺钿雕花大书案,书案上的文房四宝,室内的羽扇、风案等一应具在。

离开文溯阁,往里面走,经过一道抄手回廊,展现在你面前的是文溯阁后面的仰熙斋,这里是乾隆皇帝当年北巡边地驻跸文溯阁时的读书场所。乾隆皇帝对《四库全书》情有独钟,四次北巡驻跸文溯阁的时候,都会在这里阅览《四库全书》。

乾隆四十八年(1784 年)九月,已是古稀之年的乾隆皇帝第四次北巡驻跸文溯阁,在阅览《四库全书》之余,乾隆皇帝诗兴大发,挥笔写下了一首御制长诗:

老方四库集全书,竟得功臣莫幸如。

京国略钦渊已汇,陪都今次溯其初。

源宁外此园近矣，津以问之庄继者。

搜秘探奇力资众，折衷取要意廑予。

唐函宋苑实应逊，荀勒刘歆名亦虚。

东壁五星斯聚朗，西都七略彼空储。

以云过洞在滋尔，敢日络民合是钦。

敬免天聪文馆辟，必先敬懈有开余。

题罢御诗，乾隆皇帝意犹未尽，还挥毫题写了两幅楹联，一副是"古今并入含茹万象沧溟探大本，礼乐仰承基绪三江天汉导洪澜"，另一幅是"古鉴今以垂模敦化川流区脉络，本绍闻为典学心传道法验权舆"。乾隆皇帝的御诗楹联至今还悬挂在文溯阁阁中。

像北四阁中的其他三阁一样，文溯阁也有一座碑亭。这是一个盝顶单层檐纯黄琉璃瓦建筑，乾隆皇帝御制的《文溯阁记》就镌刻在亭中的石碑正面，它的背面则用阴文镌刻了《宋孝宗论》，这也是清高宗乾隆帝的御制之作。

二、乾隆皇帝严惩运送文溯阁本失职的官员

留存在辽宁图书馆的《文溯阁四库全书检查纪要》显示，文溯阁本一共有36313 册，79897 卷，收装在 6199 个书函中。甘肃省图书馆 2001 年 6 月提供的《文溯阁四库全书清点册》统计的数据是：文溯阁本辑录图书 3477 种，有书 36315 册，79897 卷，6144 函。这的确是一部卷帙浩繁的书籍。

文溯阁本《四库全书》誊录抄写好之后，要从北京运送到沈阳文溯阁去收藏。这一路路途遥远，要把全套文溯阁本《四库全书》如期安全运送到目的地，的确不是一件容易的事情。出于安全考虑，有关部门决定雇佣人工分批运送这套书。据说，当时雇佣的人工有四五百人之多，从乾隆四十七年（1782 年）十月十六日开始，历时五个多月，到乾隆四十八年（1783 年）三月二十日才运送完全部书籍。

这期间运送书籍，采取的是分段包干的方式：从北京启程之后，书籍一到哪一个县就由哪一个县组织专门的人工来负责把书籍运送出境，再由下一个县接下来运送出境，直到把书籍运送到文溯阁为止。

文溯阁本《四库全书》是分五次运送完的。第一批书籍运送到今辽宁北镇市（当时叫广宁县）时，知县杨鹏翮有点儿消极怠工：他没有雇到足够的人工，也没有加强督查工作。民工人手不足，要搬运的书籍却并没有减少，民工们很累呀！他们牢骚满腹，怨气冲天。第三天，当他们来到一个叫车拉门的地方时，一部分

民工一气之下，把五六抬书箱丢在路边雪地里，拍拍屁股逃走了。第四天，民工们到达新民屯时，又有一部分人把书箱随意扔在一个村子里，没有派任何人看管，直接一走了事。

杨鹏翮是造成民工丢下书箱走人这样的恶性事情发生的直接责任人。盛京兵部侍郎伯兴了解到情况后，专门上书乾隆皇帝参奏杨鹏翮，乾隆皇帝看过伯兴的奏折后，勃然大怒，下令将杨鹏翮革职查办。

在运送第一批、第二批书籍过程中，负责押运工作的李调元一路上听任家属和随从人员索要、收受贿赂，最为招摇过市的事情是，他们每天餐饮住宿的时候，都要求当地人给他们请来戏班助兴，这就引起了众人的愤怒。获知这个情况之后，和珅等几个朝廷大臣联名上书，向乾隆皇帝举报李调元，李调元也被革职查办了。

三、辗转迁徙保存的文溯阁本

在七部《四库全书》中，文溯阁本第二个誊录成书。最初，它与《古今图书集成》一道保存在沈阳故宫。文溯阁本书成入阁之后，有着数次离阁、入阁最后书阁分离的奇特经历，在七部《四库全书》中，这样的经历是独一无二的。

民国三年（1914年），政府下令调运盛京皇宫的文物进京展览，担任奉天督军的段芝贵为了讨好袁世凯，下令把文溯阁本南运到北京（当时叫"北平"），放存在故宫博物院保和殿。这有为配合袁世凯称帝而准备以文溯阁本为底本影印《四库全书》的意思。次年，袁世凯称帝的阴谋失败，这部书便被人遗忘在故宫，无人问津。在疏于管理的情境下，这套书在民国十一年（1922年）险些卖给日本人。当时，清朝废帝爱新觉罗·溥仪以经济困难为借口，打算用120万元（银圆）售卖这套书。这个消息传出之后，最先被时任北京大学教授的沈兼士先生获悉。沈先生于4月22日给教育部写信，表示对这件事情的竭力反对。清朝皇室迫于由此激起的舆论压力，被迫取消卖书计划。

民国十四年（1925年），沈阳筹办奉天图书馆。这个时候，张学良将军及当地教育会会长冯广民（字子安）等人多方奔走，希望能把文溯阁本收回。最后，由东北实力人物杨宇霆领衔致电教育总长章士钊，正式提出将文溯阁本"仍回奉省保存"的要求。这个要求得到了批准。文溯阁本在离开沈阳十年后，在1925年8月5日点交之后，由冯广民先生负责查收并押运到沈阳文溯阁。时隔六年左右，冯广民先生在民国二十年（1931年）6月写了一篇题为《文溯阁四库全书复运记》的文章专门记载文溯阁本回归入阁一事。这篇记镶嵌在文溯阁东面的墙壁上。

民国二十年（1931 年）"九·一八"事变爆发后，东北全面沦陷，沈阳及位于沈阳的文溯阁落入日寇之手。日寇假借伪满洲国国立图书馆的名义代为封存这部书。由于文溯阁年久失修，出现了破漏现象，民国二十四年（1935 年），伪满洲国"国立图书馆"在文溯阁院内西南位置建造了一座两层楼的钢筋水泥结构图书馆。这座图书馆于民国二十六年（1937 年）6 月建成，号称"新阁"。新阁投入使用之后，文溯阁本与《古今图书集成》就全部移藏到了新阁中去了。抗战胜利后，东北教育接受辅导委员会派出金毓黻、周之风等人于民国三十五年（1946 年）4 月接收了伪满洲国国立奉天图书馆，还有收藏在新阁中的文溯阁本。伪满洲国国立图书馆改名为沈阳图书馆（后又改为沈阳故宫博物院图书馆）。1949 年中华人民共和国成立之后，东北图书馆（即现在的辽宁省图书馆）接管了沈阳故宫博物院图书馆及入藏在新阁中的文溯阁本，人民政府派出杨仁凯先生等四位学者到文溯阁整理文溯阁本，经过近一年的工作后才将文溯阁本整理完毕。

1950 年 10 月，朝鲜战争爆发。根据当时的形势判断，战火有可能波及沈阳。在这样的情景下，文溯阁本连同文溯阁珍藏的一部分古籍再一次运出沈阳城，首先存放在黑龙江省讷河市城外一所由关帝庙改成的小学内。1952 年夏天，讷河水涨，泛滥成灾，文溯阁本连同文溯阁珍藏的一部分古籍再次搬迁到北安。1954 年 1 月，朝鲜停战之后，文溯阁本连同文溯阁珍藏的一部分古籍再次运回沈阳，存放在文溯阁新库库房内。

1966 年 10 月，因为当时中苏关系紧张，中苏边境有爆发战争的可能。基于这样的形势判断，当时的国防部长林彪在 10 月份下令将文溯阁本从沈阳秘密调出，运到戈壁沙漠之地甘肃省予以保存。现在这部书收藏在甘肃省图书馆。

四、文溯阁本经过两次补抄才恢复完整

八国联军侵略中国的时候，文溯阁一度成了沙皇俄国入侵部队的马厩和炮兵兵营。在这期间，收存在这里的《四库全书》有三十九卷被盗。

进入民国之后，文溯阁本于民国三年（1914 年）被运送到北京，时隔 11 年，到民国十四年（1925 年）八月，文溯阁本再由北京运回沈阳文溯阁。经过这样两次搬运之后，这部文溯阁本总共已经丢失了 16 种、72 卷之多。民国十五年（1926 年）夏天，东北地方政府特地聘请董众、谭峻山等著名人士负责，雇请 20 个人去北京，依据收存在故宫博物院的文渊阁本补抄文溯阁本。这次补抄工作于民国十

六年(1927年)结束。民国二十年(1931年)"九·一八"事变爆发,东北沦陷。当时的伪满国立奉天图书馆,历时六个月,对这部图书进行了彻底检查。检查之后,发现民国十五年补抄时还有三种十二册书的漏缺。于是,伪满国立奉天图书馆于民国二十三年(1934年)专门派人赴北京,依据文津阁本《四库全书》来补抄这缺漏的三种十二册书籍。至此,文溯阁本《四库全书》才最终恢复完整。

五、甘肃兰州九州台文溯阁

20世纪60年代中期,我国与苏联关系紧张,中苏之间有可能爆发战争。出于保护传世典籍的考虑,1965年初,辽宁省文化厅向文化部提出了将文溯阁本《四库全书》拨交西北地区图书馆保藏的建议。1966年3月,文化部办公厅向辽宁省文化厅下发了一道题为《中华人民共和国文化部关于〈四库全书〉拨交西北地区保藏》(〔66〕文厅图字24号,1966年3月17日)的文件以示答复:"你们基于战备需要,曾建议将你省图书馆所藏《四库全书》一部拨交西北地区图书馆保藏,此事业已由我们报请中央宣传部并中央文教小组批准,经与中共中央西北局商量结果,他们已指定由甘肃图书馆收藏,关于交接手续,请你厅径与甘肃省文化局联系办理。"接到这个指示之后,甘肃省文化局指示由甘肃省图书馆接收保管文溯阁本《四库全书》。按照这个要求,甘肃省图书馆制定了《文溯阁〈四库全书〉接收和保管工作计划》,对接收时间、人员配备、保藏地点等都做了详细的规定。甘肃省文化局还组织了一个考察选址小组,历时一个多月,先后对天水麦积山、永靖炳灵寺、靖远法泉寺等地进行了全面考察,后经甘肃省人委批准,将永登县连城鲁土司衙门和寺院全部拨归甘肃省图书馆使用,作为《四库全书》战备疏散存放之处。

1966年9月13日到10月14日之间由沈阳秘密运抵甘肃省,由永登县原连城鲁土司衙门大经堂保藏。当时,这里是作为文溯阁本的临时战备书库使用的。文溯阁本在这里存放了4年8个月之后,再于1971年6月搬迁到距兰州市六十多公里的榆中县甘草店新建的战备书库。2005年7月8日,文溯阁本再搬迁到兰州北山九州台文溯阁四库全书藏书馆。这座文溯阁《四库全书》藏书馆就是我们这里所说的九州台文溯阁。

兰州台文溯阁占地面积3.126公顷,总建筑面积5757平方米。这座文溯阁是按照"修旧如旧""古制古貌"的原则修建而成的,从坐落方位到建筑风格,再到建筑的外观都与北京文渊阁接近。从外观上看,它也是歇山顶重檐的建筑,内部也是明两层暗三层的结构，不同的是这座九州台文溯阁由钢筋混凝土为主要建筑材料建成的，在防潮、防尘、防盗，甚至是防辐射设施上，使用的都是现代化设备，因此，室内能够常年保持恒温恒湿，更便于像文溯阁本这样的古籍的保存与收藏。

文溯阁藏书馆由主楼、副楼和办公楼三部分组成，其中主楼占地面积 1900 平方米，它的第一、第二层为展览厅，第三楼陈放了《四库全书》影印本，文溯阁本珍本则收藏在专门设计的地下室里。至于 1400 平方米的副楼，则主要是用于学术研究的。

六、辽宁省人的期待：书阁一体归沈阳

从 1999 年到 2005 年 7 月 8 日这几年间，甘肃省人民政府先后投入了极大的人力物力资源，建成了投资近 6000 万元的兰州台文溯阁，以便更好地收藏和保护文溯阁本。这是一个方面。另一个方面，甘肃省学术界也投入了极大的热情来研究整理文溯阁本这部传世经典，在西北地区引领了一股"四库学研究"热潮，影响所致，四库学领域新添了不少与《四库全书》研究、整理、利用有关的成果。

与此同时，进入 21 世纪以来，远在东部边陲的辽宁省，文溯阁本最初的收藏地，有关部门和人员开始在尝试做让文溯阁本回归沈阳文溯阁故地的协调工作。为此，在 2005 年全国政协九届五次会议上，孙奇、关在汉等委员向大会郑重地提交了一份题为《关于请求国务院尽快协调将文溯阁〈四库全书〉归还辽宁保管的建议》的提案，这份提案有张成伦、龚世萍等委员签名。

从此以后，辽宁省的全国政协委员连续多次提出了类似的提案：他们在为文溯阁本回归沈阳故宫文溯阁而努力。

第六节 ┃ 文宗阁与文宗阁本《四库全书》

一、文宗阁中的文宗阁本《四库全书》

乾隆四十四年(1779 年)，文宗阁在江苏镇江金山寺建成，这是南三阁中最先建成的一座藏书阁。文宗阁建成的时候，补抄的三份《四库全书》还没有誊录完工，乾隆皇帝便先向这座藏书阁赠送了一部《古今图书集成》。乾隆五十二年

(1787年)四月,补抄的三份《四库全书》抄成,其中一部,也就是文宗阁本《四库全书》(以下简称"文宗阁本")就收存在这里。当时,这座藏书阁以收藏有《四库全书》《古今图书集成》《钦定全唐文》《钦定明鉴》等典籍而闻名于世。

文宗阁本辑录图书3461种,79309卷,分装在6221个书函中。其中,经部947函,5402册,书函是青色的,史部1625函,9463册,书函是红色的,子部1583函,9084册,书函是白色的,集部2042函,12398册,书函是黑色的。

二、当年乾隆皇帝题诗文宗阁

《金山志》记载说:"文宗阁在竹宫之左。"据考证,这个"竹宫之左"就是现在的金山公园园林办公室、照相馆一带。

《两淮盐法志》中记载了文宗阁的实景写真图。有关专家综合文宗阁实景写真图与现存文献中对文宗阁的记载,还原了当年文宗阁的景象:它坐北朝南,仿照范氏天一阁模式,修建在四面环水的金山上,隔着庭院,与三间门楼相对;左右两侧有廊楼各十间,将它与前面的门楼联成四合院形式。阁前江浪滚滚,浩荡东流;阁后山崖陡峭,峰峦起伏;阁内书架井然有序,书架上是一函一函整齐摆放的书籍。

文宗阁建成之后,应两淮盐运使之请,乾隆皇帝为这座藏书阁御笔题写了一道"文宗阁"匾额。当年的金山与焦山耸立在长江江心,江水奔流,日夜不息。站在金山看滔滔江水东流入海,展现在世人眼前的是一幅百川朝宗归海的自然美景画。走进文宗阁阅览《四库全书》,看经、史、子、集各部收辑的古今文化典籍,又会使人产生这样的联想:一部《四库全书》,宛如浩浩中国文化之海,汇集了古今文化支流的涓涓细流,中国文化江河的百川也在这里朝宗归海了。当年,乾隆皇帝给这座藏书阁命名为"文宗阁",他的寓意也许就在这里。乾隆四十五年(1780)春天,乾隆皇帝第五次南巡到镇江,再一次驻跸金山行宫,进文宗阁阅览《四库全书》之余,题诗一首,诗中有"百川于此朝宗海,是地诚应庋此文"之句,以吟咏诗歌的形式,再一次申明了他的寓意。

在"文宗阁"匾额之外,乾隆皇帝还为文宗阁题写了一道"江山水秀"匾额。

文献记载,文宗阁是由驻扬州的两淮盐运使督造、出资兴建的,建成之后又由两淮盐运使经管。两淮盐运使提名的典书官经朝廷批准以后,与地方共同推荐的十名乡绅一同具体负责文宗阁的校理、借阅、注册和暴晒图书等日常工作。文宗阁的藏书,最初允许士人借阅传抄,后来改为只许在阁借阅,不准把书借出携带回家。在历任典书官中，最有名的是扬州大史学家、乾隆四十二年（1777）的拔贡生汪中，他阅览阁中秘籍，并全面检校书籍，写出了校记二十多万字。

在文宗阁存续的几十年间，乾隆皇帝曾经先后三次为它题诗。这三首诗的题目和具体内容是这样的：

题文宗阁

皇祖图书集大成，区分五百廿函盛。

空前绝后菁华焕，内圣外王模楷呈。

秀粹江山称此地，文宗今古贮层薨。

略观大意那知要，知要仍惟在力行。

再题文宗阁

四库全书抄四部，八年未藏费功勤。

集成拔萃石渠者，颁贮思公天下云。

今古英华率全荟，江山秀丽与平分。

百川于此朝宗海，此地诚应庋此文。

题文宗阁迭庚子诗韵

庚子南巡阁已成，香楠为架列函盛。

抄胥聊待数年阅，数典应看四库呈。

书借一瓻宁酒器，册藏二酉富芸薨。

惠嘉南国崇文地，尚勖尊闻知所行。

三、21 世纪初镇江复建文宗阁

2003 年，镇江市历史文化名城研究论文集第四集刊登了一篇题为《世人扼腕叹文宗》的文章。文章发表刊行之后，引起了社会各界不少热心人士的关注，有关部门开始着手对文宗阁进行初始研究。不久，在镇江举行的人民代表大会和政协代表大会上，有不少代表提出了重建文宗阁的提案和建议。此举揭开了重建文宗阁的序幕。

2009 年 11 月中旬，由镇江市园林部门主办的文宗阁重建工程正式启动。次年 3 月，文宗阁在其原址东面正式动工重建。经过一年多的建造，文宗阁重修工程竣工，并于 2011 年 10 月 26 日举行了重建开放仪式。至此，在 140 多年之后的镇江，文宗阁正式宣告成功复建了。

第七节 | 文汇阁与文汇阁本《四库全书》

一、文献记载中的文汇阁

咸丰三年(1863)二月下旬,林凤祥、罗大纲、李开芳等人率领太平天国军攻打镇江之后,随即渡过长江,于二月二十三日攻克扬州。

在太平天国军攻占扬州之前,获悉太平军将要攻打扬州的扬州绅士曾经联合呈请两淮盐运使刘良驹等筹措经费,先行把文汇阁珍藏的《四库全书》撤出来,转藏到安全的地方保存,以免遭战乱之祸。这个建议遭到了拒绝。太平军攻占扬州之后,扬州城城内、城外燃起了火,火势熊熊,燃烧了扬州城,也顺势焚毁了扬州的文汇阁——大火之中,救火的人根本就无法进入文汇阁内,因为当时文汇阁的门紧闭,大门被一把大铁锁锁得紧紧的。就这样,文汇阁、文汇阁收藏的《四库全书》和其他书籍终于无可挽回地焚毁了,连一页书纸也没有剩下。

文汇阁建成于乾隆四十五年(1780),咸丰三年(1853)二月下旬被毁之后,至今尚未恢复。关于这座藏书阁,我们只有从文献中寻找有关它的记载了。

一个叫完颜麟庆的满洲人在他的《鸿雪因缘图记》中描述了他所见到的文汇阁,他描述说,当时"文汇阁在扬州行宫大观堂右……阁下碧水环之,为卍字。河前建御碑亭,沿池叠石为山,玲珑窈窕,名花嘉树,掩映修廊"。

——文汇阁在扬州行宫天宁寺右边。这是一座"卍"字形建筑,四面环水,文汇阁前面有一座御碑亭;在文汇阁四周的水池中,堆叠了一系列玲珑剔透、姿态各异的假山;文汇阁各个部分由长长的回廊相连,两侧栽种了四时花卉,把回廊掩映在繁花嫩叶之中。整个文汇阁,一年四季,一片花香氤氲。

上述文字很可能是迄今为止人们见到的有关文汇阁的最早记载。完颜麟庆故去后,他的儿子完颜崇实把他的三集《鸿雪因缘图记》刻印刊行,其中第二集里面还绘制了一幅与上述文字记载配套的《文汇读书图》,用版画的形式描绘了当时的文汇阁。如果将来文汇阁有幸重建的话,这应该是一幅十分原始珍贵的资料图。

在完颜麟庆之外,乾隆年间的李斗在他的《扬州画舫录》中也记载了文汇阁。在李斗的叙述中,有关文汇阁的信息是这样的:

当时,天宁寺西园俗称"御花园",它的正殿叫作"大观堂",文汇阁就在大观堂旁边；文汇阁是一座三层楼建筑，正门上悬挂了乾隆皇帝御笔题写的"文汇阁"匾额，梁柱上绘有书卷彩绘图案；它的第一楼正中悬挂了乾隆皇帝御笔亲题的"东壁流辉"匾额，下面的书柜里陈放的是《古今图书集成》，两侧的书柜里陈放的是《四库全书》的经部书籍，《四库全书》中的史部书籍和子部、集部书籍分别收藏在第二楼和第三楼。

二、文汇阁中忆读书

乾隆皇帝对文汇阁颇为关心。乾隆五十五年（1790），乾隆皇帝在谕旨中说："俟贮阁全书排架齐集后，谕令该省士子，有愿读中秘书者，许其呈明到阁抄阅，但不得任其私自携归，以致稍有遗失。"

——等《四库全书》全部藏入文汇阁并且排上了书架，可以对外开放的时候，我特别开恩，允许文汇阁所在的江苏省的所有读书人，凡是愿意入阁借阅这套皇家藏书的，都可以到这里来借阅、抄录。但是有一条对谁也不能例外：进阁的人只能在阁内阅读或者抄录，不准把书私自带出阁外，以免这套书遭受遗失损坏。

大概与乾隆皇帝的这道谕旨有关，完颜麟庆一度在文汇阁阅读过馆藏书籍。他在《鸿雪因缘图记》叙述了他入阁读书的情景："庚子三月朔，偕沈莲叔都转、宋敬斋大使，同诣阁下。亭榭半就倾落，阁尚完好，规制全仿京师文渊阁。回忆当年充检阅时，不胜今昔之感。爰命董事谢奎，启阁而入。见中供《图书集成》，书面绢黄色；左右列橱贮经部，书面绢绿色；阁上列史部，书面绢红色；左子右集，子面绢玉色，集面绢藕荷色。书帙多者，用香楠。其一本二本者，用版片夹开，束之以带，而积贮为函。计共函六千七百四十有三。谢奎以书目呈，随坐楼下详阅，得钞本《满洲祭天祭神典礼》《救荒书》《熬波图》《伐蛟捕蝗考》《字挈》等书，嘱觅书手代钞。"

——1840年庚子年农历三月初一日，我和都转沈莲叔、大使宋敬斋两位先生一同到文汇阁读书。眼前的文汇阁已经很旧了，里面的亭、榭快有一半是破破烂烂的，给人一种差不多要倒塌的感觉，只有藏书楼还完好无损。文汇阁藏书楼是仿照京城北京文渊阁的式样建造的。现在回忆当年我们一行三人入阁读书的情景，再看看眼前文汇阁的残垣断壁，真让人有不胜今昔之感。

记得当时，文汇阁的董事谢奎先生迎接了我们。走进文汇阁藏书楼，只见收藏在这里的一部《古今图书集成》封面是由黄色的绢做成的，陈放在第一层大厅正中的书柜上；大厅左右两侧的书柜上，陈放的是《四库全书》经部书籍，这些书的封面是由绿色的绢做成的。楼上收藏的是《四库全书》史部、子部、集部书籍。其中，二楼正中收藏的是用红色绢做封面的史部书籍，子部、集部书籍收藏在三楼：左边书架上陈放的是用玉白色绢做封面的子部书籍，右边书架上陈放的是用藕荷色绢做封面的集部书籍。卷帙较多的书，都用楠木做的书函存放着，而那些只是一本或者两本的单本、零散书籍，则分别用夹板夹着，彼此分开，然后用丝带扎成一扎，几扎书集成一函。董事谢奎先生很热心，他告诉我说，一套《四库全书》一共有6743函，他还把《四库全书总目》拿给我看。我拿着这套《四库全书总目》下楼，在楼下细细地翻阅了一番。在《四库全书总目》里，我查阅到了《满洲祭天祭神典礼》《救荒书》《熬波图》《伐蛟捕蝗考》《字孳》等书。据此，我交代事后请来的抄书人进文汇阁帮我抄录了这几部书。

藏书丰富，可以随时进阁读书、抄书。对于当时的读书人来说，文汇阁实在是一个让人感觉有趣而又十分留恋的地方。

三、文汇阁能否重建恢复

镇江的文宗阁重建了，同属于南三阁的扬州文汇阁能否重建呢？这是扬州市民及其他关心文汇阁的人所关注的问题。

对此，目前，在扬州市存在有两种意见。扬州市图书馆的朱军先生介绍说，早在1998年新建扬州市图书馆时，就有重建文汇阁的想法，但当时受资金紧张的限制，重建文汇阁之事并没有付诸实施。目前，一部分人有在扬州市图书馆所属空地上重建文汇阁的想法。但是，有部分文史专家对这个想法提出了他们的意见：这里不是文汇阁的原址，重建文汇阁而不能把文汇阁重建在它的原址上，这样做的价值并不大。

那么，文汇阁能否在扬州重建呢？什么时候能在扬州重建呢？这是一个值得期待的问题。

第八节 | 文澜阁与文澜阁本《四库全书》

一、古今文澜阁概说

文澜阁建成于乾隆四十九年(1784),这是浙江商人尊奉乾隆皇帝的谕旨,为收存即将颁发入阁的《四库全书》而专门建造的。这座文澜阁位于杭州西湖孤山南麓的圣因寺后面,严格地说,它是由圣因寺的玉兰堂改建而成的。

在古人的记载中,当时的文澜阁是这样的:"阁在孤山之阳,左为白堤,右为西泠桥,地势高敞,揽西湖全胜。外为垂花门,门内为大厅,厅后为大池,池中一峰独耸,名'仙人峰'。东为御碑亭,西为游廊,中为文澜阁。"

这段记载为我们勾画了文澜阁的整体轮廓:文澜阁位于孤山南麓,它的左边是西湖上有名的白堤,右边是西湖上另一处有名的景点西泠桥。文澜阁所在的地方,地势高,视野开阔,站在这里看西湖,西湖美景一览无余,尽收眼底。走近文澜阁,只见外面是一道垂花门。跨过这道垂花门,进入文澜阁,展现在眼前的首先是一个大厅,大厅后面有一口大水池,水池中有一座假山高高地耸立着,宛如一座山峰,这就是有名的假山"仙人峰"。绕过水池和假山,展现在眼前的,东面是御碑亭,西面是一道长长的回廊,在碑亭与回廊之间就是文澜阁。

这是出自《西湖新志》的一段记载。在上述文字之外,关于文澜阁,《西湖新志》还有这样两段记载:

"文澜阁,在孤山之阳。清高宗命儒臣编辑《四库全书》,建文渊、文溯、文源、文津四阁,藏庋群籍。复念江浙为人文渊薮,宜广布以光文治,命再缮三分,赐江南者二,浙江者一。浙江即以旧藏《(古今)图书集成》之藏经阁,改建文澜阁,仿文渊阁藏贮。"

这一段交代了南三阁建阁的缘起:清高宗乾隆皇帝在组织人员编纂了《四库全书》之后,先下令抄写了四份,分别收存于文渊阁、文溯阁、文源阁、文津阁四个藏书阁收藏。后来他考虑到江浙地区为人文荟萃之地,应该把《四库全书》颁布到这里来,收藏在专门的藏书阁中,供这里的读书人随时进阁阅览。于是,他下令再抄写三份《四库全书》,分别颁发到镇江、扬州、西湖三个地方,镇江、扬州、西湖也就顺势建造了文宗阁、文汇阁、文澜阁三座藏书阁来专门收存《四库全书》。在《四库全书》颁发入阁之前，乾隆皇帝先给杭州颁发了一套《古今图书集成》先行入存文澜阁。文澜阁位于浙江西湖湖畔，是仿照北京文渊阁的式样建造的。

"咸丰庚申间，毁于兵。光绪六年，巡抚谭钟麟，布政使德馨，饬郡人邹在寅即旧址建阁，临湖竖坊，并建御碑亭及太乙分青室。坚固宏敞，气象一新。七年，奏请匾额，并由郡绅丁申、丁丙补抄《四库全书》，庋藏阁中。朝廷有'嘉惠艺林'之褒。"

咸丰十年（1860），太平天国军第二次攻下杭州。战乱中，文澜阁倒塌，收藏在其中的文澜阁版《四库全书》因此而散佚。光绪六年（1880），时任浙江巡抚的茶陵人谭钟麟应丁申、丁丙兄弟之请，与浙江布政使德馨联合下文，请浙江人邹在寅主持，在文澜阁旧址上重建文澜阁。重建的文澜阁，在阁前靠近西湖的位置修建了一道牌坊，在东侧建有一座四方攒尖顶小碑亭，亭内石碑正面刻有光绪帝御笔亲题的"文澜阁"三个字，还修建了太乙分青室。新建成的文澜阁坚固而宽敞，气势恢宏，给人一种气象为之一新的感觉。当年，有人叙述说，重修后的文澜阁，"花石亭榭之胜，过于旧观"，其中的盛况，比当年的文澜阁更为引人入胜。第二年，谭钟麟奏请朝廷，请求皇上赐予"文澜阁"御笔匾额，杭州人丁申、丁丙兄弟则把自己雇人补抄的《四库全书》贡献出来，收藏在这新建的文澜阁中。丁申、丁丙兄弟于重修文澜阁、补抄文澜阁本《四库全书》一事做出了很大的贡献。当时，朝廷表彰丁氏兄弟时，说丁氏兄弟有"购求藏弃，渐复旧观"之功，因此，特地颁赠给丁氏兄弟一块"嘉惠艺林"的题字匾额，"主事丁申着赏四品顶戴，以示奖励"，同时，给予丁申四品顶戴官衔的奖赏。

现存的文澜阁位于杭州市西湖区孤山路25号，也就是孤山南麓今浙江省博物馆内，是在光绪六年重建的基础上，经过中华人民共和国成立以后1974年、1984年、1993年及2013年数次修缮而成的一座旧式建筑。当你来到西湖区孤山路25号时，只见展现在你眼前的文澜阁是一处典型的江南庭院建筑，它顺应地势而下，在庭院四处点缀了不少亭榭、曲廊、水池、叠石之类的小品，各个小品之间借助小桥彼此贯通。园内亭廊、池桥、假山叠石互为凭借，贯通在一起。主体建筑一如其他六个藏书阁，仿宁波天一阁而建，是一座重檐歇山顶式明二暗三层楼建筑。步入门厅，迎面是一座假山，堆砌成狮象群，山下有洞，穿过山洞是一座平厅，厅后方池中的仙人峰假山依然兀立在水池中。大厅东南侧有碑亭一座，碑正面刻有清乾隆帝御笔题诗，背面镌刻着乾隆皇帝颁发的《四库全书》上谕。东侧也有碑亭一座，亭中石碑上镌刻了光绪皇帝御笔题写的"文澜阁"三个大字。平厅前有假山一座，上建亭台，中开洞壑，玲珑奇巧。方池后正中为文澜阁，西有曲廊，东有月门通太乙分清室和罗汉堂。

二、丁氏兄弟冒死抢救文澜阁本《四库全书》

咸丰十年（1860），太平天国军第二次进占杭州的时候，杭州人氏丁申、丁丙兄弟为躲避兵乱逃到了杭州城外西郊西溪留下小镇。

有一天，丁申偶然看到镇上小商贩包裹食品的纸张上有用馆阁体书写的文字，有些纸张上甚至还有乾隆皇帝钤上的"古稀天子之印"印文。丁申稍稍惊异之余，立刻觉察到这些包裹食品的纸张来自文澜阁，是文澜阁《四库全书》的书页纸张，他明白文澜阁珍藏的《四库全书》已经散落到民间了！他立即和弟弟丁丙一起，个人出资，召集人专门到附近各地收集、收购流落在民间的《四库全书》残页。丁申叙述说，当时，"职与弟丙，当虎口余生之际，每见丛残遗籍，上钤御宝，知系阁书，即留心敬谨珍收密藏僻地"，意思是说，他与弟弟丁丙在逃难的当头，只要见到上面钤有乾隆皇帝玉玺印章的散页、残本，就知道这是文澜阁《四库全书》的散页残本，就会留心着意把这些散页残本收购起来，然后把它们集中收存在偏僻但稳妥可靠的地方，这就是丁氏风木庵。丁氏兄弟父亲的灵柩就暂时停放在这里。

不仅如此，丁氏兄弟还个人出资，雇请胆大的人连续几个夜晚趁着夜色掩护，悄悄潜入杭州城，在文澜阁旧址捡拾、寻找残存的《四库全书》。就这样，前后历经6个月，丁氏兄弟前后共抢救出了文澜阁《四库全书》中的8689册。但是，这个数目还不到整部《四库全书》的四分之一。

在当时，丁氏风木庵也不是一个安宁之所，存放在这里的八千多册《四库全书》残本仍然是不安全的。为此，丁氏兄弟把抢救出来的这八千多册《四库全书》残本打包成八百捆，用马车装载着，辗转运送到绍兴、定海、上海、如皋等地，以免遭遇不测。当时有人叙述说，丁氏兄弟在把这些残本运往上海保管前，车队来到黄浦江前时，遇到了太平天国军设置的一处关隘。驻守在这个关隘的太平天国军，见车上的书籍"朱玺累累，知是官家物"，加盖了密密麻麻的官方印章，立马就知道这是官府的东西，他们"虎视蜂拥，举白刃相向"，他们一下子就聚拢过来了，举着刀枪，虎视眈眈地围住马车。面对蜂拥而至的太平天国军，"二君从容剖辨"，丁氏兄弟从从容容地与这些士兵交涉，最后得以成功放行。太平天国撤出杭州城一个月之后，丁氏兄弟再雇请人用船把这些《四库全书》残本由上海运回了杭州，暂时存放在杭州府所属的尊经阁。光绪六年（1880），文澜阁重修之后，丁氏兄弟又把这些残本连同家藏的《全唐文》一部 260 册一同交由文澜阁收藏。

兄弟俩深知，经过太平天国之难之后，原本收藏在文澜阁的《四库全书》已成残籍了，因而萌发了补齐这部典籍的念头。事后，他们招募了百余人，辗转从宁波天一阁、卢氏抱经楼、汪氏振绮堂、孙氏寿松堂等江南十数家藏书名家处，及长沙袁氏卧雪庐、南海孔氏"三十三万卷楼"等处，搜觅精善之本进行抄写，耗时11 年，共抄录了原本收辑在《四库全书》中的 26000 余册书籍。丁氏兄弟把这些补抄的书籍也捐赠给了重修后的文澜阁。

三、丁氏后人及杭州人接力补抄和保护文澜阁本《四库全书》

丁申于 1887 年故世。此后，他的儿子丁立诚和叔父丁丙一起，继续为补抄文澜阁《四库全书》出力。光绪二十一年（1895），丁立诚已经就任内阁中书之职。这一年，当他获知叔父丁丙病重的消息时，立刻决定弃职南归，继续辅助叔父丁丙为补抄文澜阁《四库全书》，还为杭州地方公益事业出力。

在补抄文澜阁《四库全书》的过程中，王同伯及其长子王寿搏在协助丁氏兄弟补抄《四库全书》时出力颇多。文澜阁重建后，这两个人又先后任书阁董事，和丁氏兄弟一样，他们也是重建文澜阁、补抄文澜阁本《四库全书》的功臣。

民国时期的浙江图书馆首任馆长钱恂，继丁氏兄弟之后又承续了文澜阁本《四库全书》的补抄工作。民国三年（1914），时任杭州图书馆馆长的钱恂支持民间力量继续抄补文澜阁版《四库全书》。在他的支持下，徐仲荪和他的学生堵福诜自费补抄书籍，历时七年，在丁氏兄弟补抄的基础上再补抄了一大部分，这就是所谓的"乙卯补抄"。钱恂后来被袁世凯调至北京工作，即便如此，他补抄文澜阁本《四库全书》的工作也没有终止，他在北平家中仍然安置了不少抄写人员，并从文澜阁借出《四库全书》，供抄写人员在自己家中补抄。两年之后，到民国十二年（1933），时任浙江省教育厅长的张宗祥得知徐仲荪、堵福诜的义举之后，十分感动，他因此做出决定，由政府牵头来完成文澜阁本《四库全书》的补抄工作。在他的支持下，浙江籍人士自愿出力，负责募集抄补文澜阁本《四库全书》的费用，徐仲荪被任命为总校官，堵福诜担任监理，具体负责抄补工作，抄补工作的抄补人员则增加到了一百多人，他们前后工作了两年。这一次补抄，史称"癸亥补抄"。

在这些人的努力下，最后补抄完的文澜阁《四库全书》比原来的更为完整，有许多当初被馆臣删改的文字，补抄之后，全部抄写到了抄补的书籍中，这些书籍因此而得以恢复原貌。

民国二十六年(1937)，全面抗战爆发。11月，日寇越过淞沪防线，12月进攻杭州。在这期间，日寇数次炮轰杭州城，杭州城内的文澜阁因此又有再遭劫掠、焚毁的危险。时任浙江图书馆馆长的陈训慈，随即命令总务部赶制木箱，准备搬运工具，将文澜阁本《四库全书》装成139箱，迁至钱江对岸的富阳鱼山。随后再迁到建德。此后，浙江战事吃紧，这套书籍又转运至浙南的龙泉市内暂时保存。

民国二十七年(1938)，国民政府教育部决定将文澜阁《四库全书》运到贵州保管，以避免战事殃及。同时，派浙江大学教授去龙泉协助搬运这部书籍。就这样，文澜阁本《四库全书》辗转途经浙、闽、赣、湘、黔五省，行程2500公里，历千难万险于当年4月底抵达贵阳西门外的张家祠堂。

文澜阁本《四库全书》抵达贵阳后，战火又燃烧到了贵阳。民国二十八年(1939)春，日军数十架飞机突袭贵阳，狂轰滥炸，致使无数建筑被毁，人员伤亡数千。存放在西郊张家祠堂的文澜阁本《四库全书》受到了严重威胁。在这样的情景下，文澜阁本《四库全书》又被迅速移送到较偏僻的地母洞中贮藏。至此，这套《四库全书》在地母洞保存了6年。

民国三十三年(1944)11月，日军突然长驱入黔，贵阳危急，文澜阁本《四库全书》存放的安全又成问题，陈训慈紧急约见教育部商谈，再次决定终于将这部书迁往四川。12月8日，战区司令部派出6辆大卡车，走了半个月的时间，将这部书运到了重庆青木关，藏于教育部部长公馆内。

民国三十四年(1945)8月，抗日战争结束，日寇无条件投降，文澜阁本《四库全书》才得以安宁。次年5月，文澜阁本《四库全书》从重庆青木关启程，取道川南入黔，经湘、赣数省，历时50余日，最后运抵浙江，重新交由文澜阁保存。

四、杭州出版社出版文澜阁本《四库全书》

2003年5月，时任杭州出版社总编辑的徐海荣受到了国务院原古籍整理领导小组副组长、中华书局总编辑傅璇琮寄来的一份资料，阅读这份资料，徐海荣获悉了商务印书馆将出版文津阁《四库全书》的消息。这样的消息让徐海荣产生了一个大胆的想法：杭州也可以出版文澜阁呀！徐海荣的这个想法拉开了此后历时十年的整理出版文澜阁《四库全书》工程的序幕。

2004年3月，徐海荣获得了首批600万元启动资金。5月，杭州出版社正式与浙江图书馆签署了共同合作整理出版文澜阁《四库全书》(以下简称"文澜阁本")的协议。8 月,杭州出版社启动了文澜阁本整理编纂出版工作。为此,出版社聘请了多位专家学者,调集数十位工作人员,精心设计方案,开展整理、翻拍、设计、排版、校对等各项工作。

2006 年 1 月 8 日,《光明日报》以《世界藏书史上的奇迹——浙江人与文澜阁〈四库全书〉》为题,报道了在西子国宾馆国际会议厅召开的文澜阁本整理编纂研讨会。2 月 22 日,文澜阁本正式开机印制,经部 235 册在杭州富春电子印务有限公司开机印制。9 月,浙江省文化研究工程指导委员会根据专家评审,确定本整理影印出版浙江文化研究工程文献整理类重大项目。

2008 年,文澜阁本整理出版被列为浙江省重大文化产业项目首位。但是,随后不久,印刷工程因资金短缺一度停机。

2012 年 5 月,杭州出版社与绿城房地产集团达成合作出版本的协议,双方以浙江文澜文化发展有限公司为投资平台投注资金,文澜阁本印制工作重新启动。

2015 年,文澜阁本影印精装本全套刊印出版发行。

文澜阁本影印本出版之后,至今至少已经入藏到湖南大学中国四库学研究中心、宁波天一阁、浙江大学图书馆、杭州图书馆城市学分馆及美国加州大学伯克利分校斯塔东亚图书馆、斯塔东亚图书馆等数十家海内外图书馆、研究机构及文化会所。

行文到这里,我们已经介绍完了七个藏书阁与七部《四库全书》的存留情况。在此之外,我们还要补充介绍一下《四库全书》底本的下落。

《四库全书》的底本收藏在翰林院。早在咸丰十年(1860)英法联军攻占北京期间,这套底本就有一部分书册被英法联军毁坏,有一部分书册从翰林院流失。光绪二十六年(1900),八国联军侵入北京,余下的《四库全书》底本被侵略者悉数劫掠,运出中国。现在,有不少《四库全书》底本散藏在英国、法国等国家的图书馆里。

第九节 ｜《四库全书》的流传及整理研究情况简介

历经清代中期至晚期的战火洗礼,乾隆皇帝当年下令抄写的七部皇巨著《四库全书》仅有三部半存世,即文渊阁本《四库全书》、文溯阁本《四库全书》、文津阁本《四库全书》全部与文澜阁本《四库全书》半部。历经民国战乱之后,这三部半《四库全书》分藏在大陆与台湾。

早在民国六年(1917),当时的上海首富犹太人哈同和商务印书馆的灵魂人物张元济都曾经计划要复印发行《四库全书》。时隔两年,到民国八年(1919),时任北洋政府总统的徐世昌也一度计划复印发行《四库全书》。但是,哈同和徐世昌的计划并没有付诸实施,没有放弃自己的计划并因此历经艰难而不改初衷的是张元济。

民国六年(1917)1月7日,张元济利用他出身翰林的地位与关系,以商务印书馆的名义直接向北洋政府教育部呈文申请,就借出京师图书馆馆藏文津阁本《四库全书》以便复印《四库全书》之事与教育部协商。但是,由于北洋政府难以筹措足够的费用,张元济此次筹印的努力因此付诸东流。

民国十三年(1924),张元济计划在商务印书馆馆庆30周年之际,着手复印出版文渊阁本《四库全书》。为此,张元济派人与清室内务府接洽,就借出文渊阁本《四库全书》运抵上海的事宜进行协商。当时,张元济的计划和安排是全书运抵上海后,以半年为印刷筹备期,一年半后正式开印。整个复印工程斥资500万,分十期出书,半年一期,每期复印二百册,前后五年复印完整部文渊阁本《四库全书》。但就在商务印书馆派员到北京文渊阁将这部书查点到三分之一左右时,曹锟的一个亲信利用手中权力向商务印书馆索贿,遭到拒绝后,便找理由以总统府公函阻止继续装运。《四库全书》的复印发行计划再一次被迫停止。

民国二十年(1931)"九·一八"事变后,北平(今北京)告急,古物南迁,文渊阁《四库全书》转运至上海。民国二十二年(1933)春,教育部委托当时庋藏文渊阁《四库全书》的中央图书馆馆长蒋复璁亲自找到张元济,希望商务印书馆复印发行《四库全书》未刊本。出人意料的是,针对初步拟定的《四库全书未刊本草目》(以下简称《草目》),在教育界、文化界内部掀起了一场激烈的争论。当时,北平图书馆馆长袁同礼和善本部主任赵万里主张以善本代库本,并得到了蔡元培的支持。但陈垣等众多知名学者却对《草目》中366种选书发表的意见尤多。这次论争围绕复印《四库全书》这件事而起,对于《四库全书》扩大流传的影响起到了不可低估的作用。最后,教育部坚持选印文渊阁《四库全书》,并对《草目》进行了讨论修改。至当年10月,终于编定了《四库全书珍本初集目录》,选定书目231种,分期交付商务印书馆就地复印。至民国二十四年(1935)7月,《四库全书珍本初集》共计231种,分装1960册,前后分四期陆续出齐。

此后，从 1971 年到 1982 年，台湾商务印书馆又陆续编印出版了《四库全书珍本》第二集至第十二集，还有《四库全书珍本别辑》。至此，《四库全书珍本》十三集一共收集了 1878 种图书，约占《四库全书》入选图书总数的一半。

张元济印行《四库全书珍本初集》，这是民国时期唯一一次复印发行《四库全书》，也是清代之后，中国人第一次复印发行《四库全书》。

1949 年之后，大陆与台湾的有识之士以印行、研究、保护与开放利用等方式，继续保存流传《四库全书》这套文化典籍。下面我们以已知信息为基础，对这方面的情况略微做一个简单的介绍：

文渊阁版《四库全书》流传到台湾之后，历经 37 年，到 1986 年 3 月，台湾商务印书馆以它为底本，影印出版了大 16 开《四库全书》足本 300 套。这套影印《四库全书》又称《文渊阁四库全书》。次年，上海古籍出版社又以这套影印本为底本，缩印出版了 32 开足本《四库全书》，这是大陆在 1949 年之后首次影印《四库全书》。印成之后，全国中等以上城市的图书馆纷纷订购。为了纪念文宗阁及该阁所藏的《四库全书》，镇江市图书馆和镇江师专图书馆也各订了一套。

1991 年北京图书馆开始对堪文津阁、文渊阁两个版本的《四库全书》，并在厘定彼此差别的基础上，于 1997 年补齐出版了集部《补遗》共计 15 册。

1998 年，香港以文渊阁本《四库全书》为底本，出版电子全文检索版《四库全书》。1999 年，香港迪志文化出版有限公司与上海人民出版社、香港中文大学合作，在内地、香港出版发行了文渊阁本《四库全书》电子版。

2003 年，中国出版集团筹备影印文津阁本《四库全书》，到 2005 年元月，该书正式出版。全书全部采用精密数码照相制版，四合一版式，全套共 1500 册。这套图书印成之后，南京图书馆、海南省图书馆等图书馆先后购买入藏。

2007 年国家图书馆二期工程建成后，文津阁本《四库全书》原书原架全部迁入到国家图书馆新馆永久保存。

2003 年 7 月，甘肃省图书馆从九州台文溯阁馆藏《四库全书》中，选出书写优美、图文并茂、能体现文溯阁本《四库全书》书品风格，同时具有一定可读性的四部著作汇编成了《影印文溯阁本〈四库全书〉四种》，由上海古籍出版社仿真出版。继《影印文溯阁〈四库全书〉四种》汇编出版之后，甘肃省图书馆、甘肃省《四库全书》研究会及有关出版单位，将联合启动全套仿真影印出版文溯阁本《四库全书》的计划。

2006 年，香港迪志文化出版有限公司出版全新文渊阁本《四库全书》电子版的内联网版和网上版。

2008 年 9 月 9 日，文津阁本与文渊阁本、文溯阁本、文源阁本《四库全书》原书共 31 册向公众共同展出。

2008 年 6 月，应读者之请，台北故宫与商务印书馆合作，计划在两年之内以影印《文渊阁四库全书》为范本，借助数字扫描制作科技，以随需印刷的方式，印行精装烫金十六开本《四库全书》1500 册。2009 年，台湾商务印书馆由台北故宫博物院授权，以仿古样式按照文渊阁本《四库全书》原书尺寸大小及内文、纸质、布面、装帧形式，正式开机再一次影印出版《四库全书》。

2014 年 4 月 18 日，扬州天宁寺万佛楼展出了一套由商务印书出版社、扬州国书文化传播有限公司联合承制的复制版《四库全书》。这一套复制版图书以文津阁本《四库全书》为底本，共计 36000 册，预计印制、发行 36 套，到展出时止，只完成了两套。

2014 年 4 月 18 日，由扬州国书文化传播有限公司原大原样原色复制的文津阁本《四库全书》正式在天宁寺展出。在展出时间内，有超过 20 万人次前往观看这套《四库全书》，这套《四库全书》也成为扬州文化旅游的新亮点。

2015 年 4 月 23 日世界读书日，历经五年、动员 500 名专家学者及手工造纸工匠、装订艺人和宫廷造办木器制作传人原大原色完整复印的文渊阁本《四库全书》在北京展出。

在复印出版与展出现存《四库全书》的同时，学术界还成立了与《四库全书》相关的科研机构，举办了相关的学术研讨会。在研究学会和相关学者的努力下，还写作出版了不少有关《四库全书》的科研著作。关于这方面的情况，大家可以从周永利先生的《旷世典籍，当代伟业——文溯阁〈四库全书〉在甘肃四十年述要》（见《图书与情报》2008 年第 1 期）一文的相关叙述中来具体感知 下：

"2001 年 12 月，甘肃省图书馆、兰州大学、西北师范大学、西北民族大学、甘肃省社会科学研究院等单位和部分省内外知名专家学者，联合发起了成立'甘肃省《四库全书》研究会'，由甘肃省图书馆负责具体筹备工作的倡议。经过三年半的精心筹备，2005 年 7 月 1 日，研究会正式成立。研究会汇集了全省文献学、史学、文学界等知名学者 100 多人，聘请了省外'四库学'及相关领域著名学者 20 多人为学术顾问。研究会的成立，为促进和加强《四库全书》学术研究、保护利用，构筑了一个学术研究阵地及组织工作平台。"

"2005 年 7 月 8 日至 9 日，由甘肃省图书馆、甘肃省《四库全书》研究会联合主办的'全国《四库全书》学术研讨会'，在兰州召开。这次研讨会的主题是：《四库全书》文献研究，《四库全书》史学研究，《四库全书》文化研究等。研讨会得到了省内外有关专家的热烈响应和积极支持，除本省学者之外，北京、天津、上海、浙江、广东、山东、江苏、辽宁、河南、陕西、台湾等地的专家、学者 60 多人参加了会议。共收到论文 60 余篇。由于海峡两岸著名学者的参与，本次研讨会研究内容广泛、深入，研究方法创新、多样，提出了许多富有建树的观点，成为一次名副其实的高规格、高水准的学术会议。"

"2005 年 6 月及 2006 年 7 月，甘肃省图书馆、甘肃省《四库全书》研究会先后编辑出版了《四库全书研究文集》(甘肃敦煌文艺出版社、2005 年 6 月）、《四库全书研究文集——2005 全国四库全书研讨会论文选》(敦煌文艺出版社、2006 年 7 月）两部文献专著。尤其是 2005 年版《四库全书研究文集》，系统地整理和总结了清末民初至 20 世纪以前的优秀研究成果，从千余篇文章中选辑出有代表性的 77 篇、80 多万字，结集付梓，展现出《四库全书》研究从传统到现代的演化过程。此《文集》的编印发行，为国内外专家学者检索阅读'四库学'文献，做进一步深入研究，提供了一部有重要学术参考价值的工具。"

周永利先生叙述的只是甘肃省成立《四库全书》研究机构，开展相关学术研讨活动，著述出版相关科研著作的情况。在全国范围内，类似的科研机构、学术研讨活动应该不止于此。自然，相关专家学者从各自不同的学术研究角度来研究《四库全书》这部旷世盛典，还有与此相关的内容，所取得的科研成果，撰著的科研著作也应该不止于此。

研究《四库全书》的专家学者在研究的同时，还以讲学、讲座等方式和途径，积极向社会各界普及推广与《四库全书》相关的知识。这里举两个例子：

2011 年 9 月 10 日，龚鹏程教授在拱墅区富义仓韵和书院开讲国学。龚鹏程教授以"《四库全书》灵与魂"为题，生动地讲述了这套巨型丛书的"前世今生"。在讲座中，龚教授讲述了《四库全书》的名称由来、编纂历史、主要内容、流传命运，还有编纂《四库全书》的功过是非等方面的知识。

2018 年元月，在国家图书馆开库展览馆藏文津阁本《四库全书》期间，在接受记者采访的过程中，首都师范大学中国四库学研究中心主任、历史学院教授、博士生导师陈晓华以及首都师范大学文学院教授、博士生导师、古典文献学研究专家踪凡，一同对《四库全书》的相关知识做了详细的介绍和讲解。

进入 20 世纪 80 年代之后，季羡林、顾廷龙等学者先后两次组织专家学者完成了《四库全书》的续补工作。对此，袁新雨在《瑰宝〈四库全书〉》（见 2018 年 1 月18 日《北京晚报》）一文中做了介绍：

"踪凡介绍，《四库全书》在当代有两次较大的续补：第一次是 20 世纪 80 年代，由季羡林先生领衔，对《四库全书》的存目书进行搜集，编纂《四库全书存目丛书》。这套丛书 1200 册，季羡林总编纂，刘俊文、张忱石、孙言诚副总编纂，齐鲁书社 1997 年影印。收录散藏于国内外 116 所图书馆、博物馆以及少数私人藏书手中的四库存目书 4508 种，有三成以上为孤本或稀见本。

第二次始于 20 世纪八九十年代，由顾廷龙、傅璇琮领衔，对《四库全书》进行大规模的续补工作。《续修四库全书》1800 册，由上海古籍出版社 1995 至 2002 年影印。"

在袁新雨的介绍中，我们还知道，2015 年 10 月，陈晓华教授首先倡议将《四库全书》申请为世界记忆遗产。

1949 年之后，特别是改革开放以来，在国家和甘肃、镇江、扬州、杭州，还有国家图书馆等相关省市和单位领导的重视下，在广大专家学者的共同努力下，我国在传播、保护和研究利用《四库全书》方面所做出的努力自然不只是上面介绍的这些，我们有理由相信，在未来研究利用《四库全书》，发掘其中蕴含的优秀文化遗产以服务于社会的过程中，有关单位和专家学者将取得越来越多的成绩。

第四章 | 有关《四库全书》的故事和问答

前面三章分别就《四库全书》的编纂过程、《四库全书》的主要内容以及《四库全书》编纂成书之后到现在的去留及保存、保护、利用情况作了简单的介绍,这里再以围绕一定的问题而叙述的方式,简单地介绍十件与《四库全书》有关的事情,再以答问的方式,简单地解答二十个与《四库全书》有关的问题。我们希望能通过这样的方式,来补充、完善前面三章的内容,并借此尽可能地向读者朋友介绍、讲述更多关于《四库全书》的知识,以便让我们大家都能对这部传世文化典籍有更多的了解和认识。

第一节 | 有关《四库全书》的故事

一、安徽学政朱筠无意栽柳柳成荫

乾隆三十七年(1772)十一月二十五日,时任安徽学政的朱筠给乾隆皇帝上书。当时,朱筠上书的主要目的是就如何校核翰林院收藏的《永乐大典》,以及如何从《永乐大典》中辑录散佚的书籍陈述自己的意见和建议。为此,朱筠在自己的奏章中说:"校《永乐大典》,择其中人不常见之书辑之。"——校核《永乐大典》,把书中辑存的珍贵书籍辑录起来。乾隆皇帝觉得这个建议不错,于是立即下令由朝廷大臣来讨论,看朱筠的意见建议可不可行。与此同时,乾隆皇帝还派军机大臣到翰林院去实地察看《永乐大典》的收存保护情况。朝廷大臣讨论之后,也认同了朱筠的部分意见建议。这情景让乾隆皇帝十分高兴，他因此做出了一个重大决定：在利用皇家藏书(包括《永乐大典》)的基础上，再在全国范围内，广泛收集采购古今书籍，将其中可以辑录的书籍辑录起来，编纂成一部大部头书籍，这就是后来的《四库全书》。

二、纪昀偷梁换柱辑录自己的作品

纪昀是编纂《四库全书》的总纂官之一，在编纂《四库全书》的时候，他想把自己写的一本叫《玉台新咏考异》的书辑录到《四库全书》中去。但是，当时对于辑录到《四库全书》中的书有一条规定：书本的作者必须是已经去世了的人。纪昀明白，对照这一条，自己这本书肯定是不符合入选条件的。怎么办呢？纪昀稍稍一动脑筋，立即想出了一个办法：把自己的名字改成"纪容舒"吧！纪容舒是自己的老爹，让老爹来顶替自己当书本的作者，"肥水不流外人田"，何乐而不为呢！结果，纪昀真的用这个办法把自己的《玉台新咏考异》辑录到《四库全书》中去了。

三、编纂《四库全书》过程中出现了四个奇怪的现象

在编纂《四库全书》期间，有不少四库馆臣个人花钱聘请别人来代替自己校勘书籍，或者撰写提要。在当时，这叫"助校"。

在助校之外，不少四库馆臣在校勘自己看中的书籍时，还会自己动手，或者个人出钱聘请别人来把这样的书籍抄录下来，留给自己用，或者送给自己的亲属、学生使用。在当时，这叫"私家录副"。

助校和私家录副是编纂《四库全书》期间，在四库馆臣中出现的两大怪现象。

按规定，四库全书馆中的誊录(即誊录抄写人员)工作了一定年限之后，会通过议叙的途径得到一官半职，因此，能有机会成为誊录也是不少人梦寐以求的事情。由此一来，在武英殿四库全书馆的誊录中也出现了两大怪现象：一是贿买现象，就是有人通过花钱买卖名额的方式，冒充、顶替别人去武英殿四库全书馆充当誊录。二是佣书现象，就是誊录花钱请别人来武英殿四库全书馆，代替自己抄写誊录书籍，自己则坐享由此带来的所有好处。

四、琉璃厂因编纂《四库全书》而逐渐成为一条文化街

明清时期，当时的京城琉璃厂一带有不少会馆，这是为方便外地人进京赶考或者旅游、做生意而修建的。每逢举行会试的时候，各地前来参加考试的读书人

往往汇聚在这里。面对这种情况，不少精明的生意人纷纷前来开设文具商店和书铺，引得赶考的读书人都乐意来琉璃厂逛街，购买文具，寻找书籍和备考资料，或者与同道好友切磋学问，交流备考经验。到清代，琉璃厂一带逐渐形成了文化用品一条街。乾隆年间，因为编纂《四库全书》，不少四库馆臣也乐意往琉璃厂一带跑，他们喜欢在这里泡古旧书店，希望能从书店里淘到珍贵的古旧书籍，以便充实他们编纂《四库全书》的资料。前来淘书的四库馆臣一多，琉璃厂一带就逐渐成了四库馆臣们在业余时间里讨论工作、探讨研究学问的场所，有如是《四库全书》的第二个编纂处。

这样一来，琉璃厂一带的古书买卖业，还有文房四宝、文玩古董买卖等文化行业都得到了发展。一时，这里也就逐步发展成为一条繁华的文化街了。

五、文溯阁挂错门额

乾隆四十八年(1783)，皇宫总管内务府造办处给文溯阁送来了"文溯阁"门额。这块门额是按照北京文渊阁门额的样式量体设计制造的，形体硕大，无法按惯例安装到文溯阁顶层檐下。怎么办呢？

问题反映到了上级主管部门。当时的盛京将军永玮获悉情况后，也拿不出解决方案，便把问题上报到了朝廷总管内务府造办处，请求内务府造办处重新制造一块适合文溯阁的门额来。但是，事有凑巧：乾隆皇帝即将到沈阳东巡祭祖，照例要巡视文溯阁，甚至在文溯阁住宿。显然，要重新造一块门额，时间来不及了。内务府总管大臣和珅见状，又把这件事报告给了乾隆皇帝，请乾隆皇帝予以指示。乾隆皇帝倒是很干脆，他下令：不用另外造一块门额啦，麻烦！就按照圆明园文源阁悬挂门额的方法来解决吧。于是，文溯阁门额就悬挂到了下层廊檐内。这也是文溯阁门额至今悬挂的位置。匾额巨大，而悬挂匾额的楼层都低矮、昏暗，彰显不出这道匾额悬挂的效果，这始终是让人感到美中不足的一件事。

六、屈大均、李一、乔廷英因作品中有"违碍"内容而惨遭严惩

在征集图书的过程中，不少书籍因为其中有"违碍"内容而遭到了焚毁书籍、销毁印版、严惩作者的处置。这里叙述三个例子。乾隆三十九年(1774年)，明末清初的学者、诗人屈大均的诗文集中被发现有违背儒家宣扬的正道的内容。这个时候，屈大均早已去世。尽管如此，乾隆皇帝仍然决定要对屈大均严惩不贷：销毁屈大均的作品，毁掉屈大均的坟墓。文士李一在他的诗作《糊涂词》中写了这样

的句子："天糊涂，地糊涂，帝王将相，无非糊涂"。乔廷英读到这样的内容后，认为这首《糊涂词》也是有违儒家正道的，于是向朝廷举报了李一。遗憾的是，时隔不久，乔廷英的诗稿也遭到了别人的举报：他的诗中有"千秋臣子心，一朝日月天"——这是向世人宣示要效忠明朝的诗作呀！接到举报后，乾隆皇帝下令将两人凌迟处死，两个人的子孙也要全部斩除，两个人的妻子、儿媳呢，则交给有功的大臣，让她们到这些人家里去做奴仆。

七、总纂官陆锡熊为校正文溯阁本客死他乡

《清史稿》卷三百二十《列传一百七》陆锡熊本传中叙述说："旋以书有伪谬，令重为校正，写官所费，责锡熊与昀分任"。《四库全书》编纂成书之后不久，有人举报说书中还有不少错误，甚至还保留了属于"违碍"的内容。为此，乾隆皇帝大怒，责成纪昀和陆锡熊一道重新去校正书中的错误，而且，特别强调一点：书籍校正后，纪昀和陆锡熊两个人各自承担一半重新雇请人抄写书籍的费用。"又令诣奉天校正文溯阁藏书，卒于奉天。"后来，乾隆皇帝还先后两次命令陆锡熊北上奉天（现在的辽宁省沈阳），到文溯阁去校正文溯阁本中的错误。乾隆五十七年（1792 年）冬天，陆锡熊第二次奉命北上奉天校正文溯阁本。结果，陆锡熊在北上途中被冰雪困住在山海关，在又冷又冻的天气里，身染重病，最后客死他乡。

八、清政府保养文津阁

乾隆四十年（1775）文津阁修建之后，清政府比较重视对它的保养，现在举几段相关记载来略做说明。

道光二十年（1840）五月，热河总管奉命勘查文津阁之后，向清政府汇报说：当时文津阁阁顶尚无渗漏痕迹，地脚山墙也很坚固，只有前后廊及第一层偏厦部分有渗漏现象，这些地方要略加整修才能继续使用。据此，总管松桂那扬阿认为"自行妥为保护即可收存"，以后情形若再严重，再行查核办理。于是，文津阁进行了一次维修。这一次维修工程，维修的范围是第二层前后廊、第一层偏厦廊、上下层檐部用木架支撑，棚顶搭荆笆苇席。

咸丰九年（1859），清政府接到报告，获悉热河承德避暑山庄行宫的殿堂楼阁均有不同程度的漏雨、倾斜现象，其中，文津阁有一间藏书的房子破漏情况最为严重，为此，特地向政府打来这一份报告，"请旨办理"。咸丰皇帝接到报告后批示："会同该总管等详细查看所藏书卷有无损坏、短少，勤加抖晾。其琉璃头停瓦

片脱节及椽望糟朽之处着设法变通、保护、修理，毋稍拘泥。"请有关部门会同文津阁主管人员对文津阁做一次全面彻底的检查，查看文津阁的受损情况；清点文津阁本《四库全书》，看有没有受损情况，并注意根据受损情况，及时修缮文津阁；请文津阁的工作人员注意勤加晾晒书籍。

同治五年(1866)六月，热河都统麒庆、热河总管锡奎忠广提出："文津阁渗漏情形愈加严重，势难再缓，拟请勘估筹修。"文津阁的漏雨情况尤为严重，要及时整修，不能再任由它破损下去了，请有关部门派员前来考察，确定维修方案。在这样的情景下，文津阁维修工程于同治六年(1867)四月开工，至九月竣工。经过这次维修，文津阁顶覆盖的黑琉璃瓦全部更换成了布瓦，屋顶的花脊则改成了排山脊。

九、鲁迅代表教育部办理文津阁本《四库全书》交接手续

民国三年(1914)一月，文津阁本《四库全书》从承德避暑山庄押运到了北平（现在的北京）。在此之前，清政府于宣统元年(1909)七月为了筹建京师图书馆（国家图书馆的前身），同意把文津阁本《四库全书》调拨给京师图书馆收藏。这个计划直到五年之后，清朝灭亡、民国建立的时候才得以实施。这一次，文津阁本《四库全书》就是为实施这个计划而运抵北京的。但是，让人意想不到的事情发生了：押运到北平的文津阁本《四库全书》竟然被北洋政府内务部拦截，他们不是把书籍运送到京师图书馆，而是运往了故宫文华殿古物陈列所。对此，不少人深感不解。当时，鲁迅在教育部任职，获悉这个消息之后，他在日记中写道："晨，教育部役人来云，热河文津阁书已至京，促赴部，议暂储大学校，遂往大学校，待之不至。询以德律风，则云已为内务部员运至文华殿，遂回部。"次年八月，教育部与内务部就这部《四库全书》的归属问题进行了交涉，请求内务部把这部书移交给京师图书馆收藏，最终获得了同意。九月，鲁迅、戴克让等教育部工作人员代表教育局前往内务部协议移交办法。历经一年的清点、接收工作之后，文津阁本《四库全书》最终于民国五年(1916)九月正式入藏京师图书馆。

第二节 ｜ 有关《四库全书》的问答

一、乾隆皇帝为什么要下旨编纂《四库全书》？

关于这个问题，目前似乎还没有定论，答案不止一个。现在援引首都师范大学历史学院、四库学研究中心教授、博士生导师、中国历史文献研究会理事陈晓华教授答记者问时的相关叙述[①]来予以解答：

《四库全书》是乾隆三十八年也就是 1773 年开始修的。表面上起于三个原因。一是乾隆年间周永年继明末曹学佺后再倡儒藏说，提倡集合儒家之书，与释道二家藏书鼎足而立。大家都知道佛教有"佛藏"、道教有"道藏"，一些学者有感于私藏书籍散佚严重、无法保存久远，而佛道典籍因深藏于大山古刹，而且有一套完整的保存方法，往往能经历时间的洗礼保存下来，因此希望借鉴他们的方法来保存儒家典籍。而书籍保存下来，还有一个利用的问题，他们认为要将其开放给公众。《四库全书》修好后分藏七阁，其中镇江文宗阁、扬州文汇阁、杭州文澜阁收藏的《四库全书》就是对公众开放的，它们是中国公共图书馆的开始。二是乾隆三十七年下诏征集天下遗书，乾隆想知道他自己的时代到底有多少书籍，书籍状况如何。三是御史王应采、安徽学政朱筠奏请辑佚《永乐大典》。《永乐大典》距乾隆时代已经有三百多年了，乾隆想了解有没有辑佚的必要。大臣意见不一。刘统勋也就是刘墉的父亲觉得没有必要，安徽学政朱筠和后来成为四库正总裁的于敏中都觉得有必要。两派意见摆在乾隆面前，乾隆选择了同意辑佚。

不过，实际上四库修书是学术文化发展到总结时期，以及学术与政治合力的需要。当然，乾隆希冀超越祖父，乃至历代帝王修书之功，尤其是超越祖父《古今图书集成》的私意也是不可忽视的。《古今图书集成》按类取裁，有不能阅读一本完整的书的遗憾，而乾隆自己又认为古今所有之书都不出四库之目，于是他决定按照四部分类法修一套丛书。

[①] 见易舜的《〈四库全书〉是伟大的文化遗产——专访首都师范大学教授陈晓华》（《中国纪检监察报》2018年 8 月 10 日）。

二、《清史稿》将《四库全书》的编纂时间定在哪一年？

　　陈小华教授在简述《四库全书》的编纂原因提到的第一个原因是周永年继明末曹学佺再倡儒藏说，这件事发生在乾隆元年，即 1736 年。如果赞同周永年再倡儒藏说为编纂《四库全书》的直接原因的话，《四库全书》的编纂时间可能要相应地提早到乾隆元年。这种意见并没有得到史学界的完全赞同，《清史稿》卷三百二十《列传一百七》纪昀本传中有这样的记载："（乾隆）三十八年，开四库全书馆，大学士刘统勋举纪昀及郎中陆锡熊为总纂"，认定编纂《四库全书》的时间是乾隆三十八年(1773 年)。

三、乾隆皇帝主政时期具备了哪些有利于《四库全书》编纂成功的条件？

　　康熙、雍正、乾隆时期，清代历史上出现了"康乾盛世"的盛世局面。到乾隆皇帝当政时期，"康乾盛世"进入了它的高峰时期。这个时期，清朝社会政治上高度统一，经济上繁荣发展。与此相应的是，清朝社会的文化也日渐趋于发育成熟。这样的社会政治、经济、文化条件对于编纂《四库全书》工程的启动，以及保证《四库全书》的成功编纂起到了至关重要的作用。首都师范大学中国四库学研究中心主任、历史学院教授、博士生导师陈晓华主要从文化条件方面做了详细介绍①，这里引用相关内容来加以说明：

　　——当时的文化情况是：书坊兴盛，公私藏书繁富，但藏书现状令人担忧，有识之士（四库馆臣周永年等）继明代曹学佺之后再倡儒藏说，主张仿照佛教、道教贮藏经典的办法，把图书集中起来，分别藏在学宫、学院、名山古刹等妥善的地方，供学者应用，防止遭到意外的破坏。不仅如此，此时文化的发展也要求对文化做出总结。缔造了"乾隆盛世"的乾隆皇帝，也想在文化建设上超越他的祖父和父亲，也就是康熙皇帝和雍正皇帝。同时我国古代学术发展到清代时臻至鼎盛，进入了总结期。当时，辑佚活动大规模展开，大型丛书大量编纂，公私藏书非常丰富。文化形式迫切需要对国家藏书及社会藏书做一次全面的清理，编纂一部反映当时藏书盛况和总结文化学术发展的大型目录书。这项任务过于庞大，只能是政府出面才能完成。

---

①　见袁新雨《瑰宝〈四库全书〉》(《北京晚报》2018 年 1 月 18 日)。

随着传统文化的不断成熟，以及对外来文化做出交代总结的需要，编撰总结性大型图书日益显得重要。到乾隆三十七年（1772），形势趋于成熟，于是，有了乾隆帝"朕几余慕学，典册时披，念当文治修明之会，而古今载籍未能搜罗大备，其何以裨艺林而光策府"的感叹。乾隆下旨采集遗书，汇送京师，以彰文化之盛。一场规模浩大的大型图书编纂工作从此揭开了序幕。

在上述引文中，陈晓华教授特别提到了乾隆皇帝崇尚与追求文治之功的个人主观愿望。应该说，这也是促成《四库全书》成功编纂的一个原因。

四、编纂《四库全书》真的是"修书毁史""寓禁于征"吗？

主持编纂《四库全书》这部传世经典，这是乾隆皇帝一生中所做的一件大事。后世之人在评价这件大事的时候，一度有过乾隆皇帝编纂《四库全书》而"修书毁史"，目的是"寓禁于征"一类的负面评价。我们应该怎样来看待这样的评价呢？关于这个问题，我们也援引袁新雨《瑰宝〈四库全书〉》一文的相关叙述来回答：

"对于《四库全书》的评价却难一概而论。许多研究者都认为，这部书在保留珍贵文献上作了贡献，但是因为一些进献给朝廷的典籍反被禁绝、焚毁，大家对其也有异议，鲁迅先生对于《四库全书》甚至有'《四库全书》出而古书亡'的评价。"

"首都师范大学中国四库学研究中心教授、博士生导师陈晓华对此做了说明：乾隆四库修书禁毁典籍一事，当清盛时，无人敢议。但当它衰时，尤其是到清末改朝换代之际，需要摧毁清政府的思想根基，揭露清政府的罪恶，四库修书禁毁一事才被一些学者极力彰显。这虽然有利于推进革命发展，但难免夸大之嫌。当时就有学者孟森指出：'革命时之鼓煽种族以作敌忾之气，乃军旅之士，非学问之事也……不应故为贬义。'后来，那些激烈抨击清政府的学者，如章太炎在晚年也认识到自己早期揭露清朝文化政策的文章有夸大事实的成分。而当时对《四库全书》提出异议的鲁迅正是章太炎的学生。"

"乾隆在修书过程中的'寓禁于征'也多为人指摘，陈晓华由此还专门撰文分析此问题，她特别指出'要客观对待寓禁于征开馆修书与禁书对乾隆来说也是并行不悖的，如果书籍攻击朝廷等并不多，对乾隆来说，是可以接受，也是可以宽容的。但是，随着征书越来越多，违碍惊心亦越来越触乾隆之目，征书也就自然走向禁书，此谓"寓禁于征"。不过，禁书是历代封建王朝皆有的事情，改书亦是历代封建统治者所惯用的手法，并非乾隆一个人的专利。总体而言，四库修书仍是一项前无古人的文化事业。'"

五、《四库全书》辑录的书籍必须具备哪些条件？

辑录到《四库全书》中的书籍属于"应刊之书"和"应刻之书"。"应刊之书"和"应刻之书"的内容和主题思想应该符合儒家正统观念。在强调符合儒家正统观念的同时，还要求书中必须没有属于"违碍"范围的字、词、句及内容，以保证书籍流传之后有利于维护清朝统治者的正面形象，有利于宣示清朝统治的正当性和合法性。除此之外，这些书还必须是善本、足本，也就是书籍的抄写、印刷质量上乘，书本没有遭受损坏，内容没有缺失。还有，书籍的作者须是已经故去的人。

六、《四库全书》为什么不辑录小说和戏剧？

在四库馆臣看来，小说和戏剧这两种文学作品主要宣讲才子佳人、贩夫走卒等人的故事，它们的内容和主题思想不符合儒家正统观念的要求。还有，这两种文学作品语言浅近通俗，其中有不少还是民间俗话俚语，不能登大雅之堂。因为这些原因，《四库全书》就没有辑录小说、戏剧这两种文学作品了。

七、在编纂《四库全书》过程中，所有总裁官都要承担一样的工作吗？

据有关档案记载，在编纂《四库全书》过程中，乾隆皇帝前后一共任命了二十六个总裁官，其中，正总裁官十六人，副总裁官十人。根据分工的不同，这些总裁官可以分为两类，一类是不阅书之总裁，他们的主要工作是掌管四库全书馆的全馆事物（包括刻书及后勤事务），沟通、协调各方面的关系，甚至还要主管后勤事务。这一类总裁官，如永瑢、舒赫德、福隆安、英廉、金简等人，相当于我们现在所说的行政主管领导。另一类总裁官则是阅书之总裁，相当于我们现在所说的技术分管领导，他们承担的主要工作是主持编纂《四库全书》。这一类总裁官中，比较重要的有刘统勋、于敏中、王际华。

八、乾隆皇帝任命了不少人来担任编纂《四库全书》的总裁官，其中是否有一个最高总裁官？

按照乾隆四十七年（1783）七月四库馆臣奉旨开列的《办理四库全书在事诸臣职名》记载，截至乾隆四十七年，乾隆皇帝为编纂《四库全书》一共任命了二十六名正、副总裁官。张升教授在其《四库全书馆研究》一书中叙述说，被任命担任了四库全书馆总裁官的人，前后有三十人之多(不包括陆费墀)，其中正总裁有十六个①。这两份资料中都没有出现"最高总裁官"这样的职官名称。也就是说，在编纂《四库全书》过程中，乾隆皇帝并没有任命一个人担任最高总裁官。《四库全书》编纂工程启动之后，从四库馆臣的任命，到部分提要的拟定，再到《四库全书》底本，甚至定本的裁定都要经由乾隆皇帝首肯批准。从这个意义上来说，事实上的最高总裁官是存在的，这个事实上的最高总裁官就是乾隆皇帝。

九、面对《四库全书》中存在的错误，乾隆皇帝是怎样处理的？

乾隆皇帝在审阅、阅览《四库全书》的时候，会发现其中存在的错误。但是，《四库全书》卷帙浩繁，要乾隆皇帝一一审阅或者阅览一遍，显然是不可能的。有时，乾隆皇帝会下指令由大臣来抽阅《四库全书》，这也能发现书中的错误。除此之外，北四阁所藏的《四库全书》可以允许部分人有条件地阅读，南三阁所藏的《四库全书》则对社会开放，能够阅读到其中所藏《四库全书》的人比较多。这些读者在阅读过程中也能发现书中的错误。一般情况下，对于书中存在的错误，乾隆皇帝往往会命令相关人员及时予以改正，处理的方式比较温和。但也有过极端处理的例子，这件事发生在南三阁所藏《四库全书》的誊录抄写过程中。

事情是这样的：当时，文汇阁本、文宗阁本、文澜阁本《四库全书》正在抄写过程中。这时，乾隆皇帝不断接到举报，说这三部《四库全书》中有不少错误，应该追究相关人员的责任。这样的举报让乾隆皇帝大为扫兴，他不禁勃然大怒。乾隆五十二年(1787)，乾隆皇帝下令追究相关人员的责任，一度负责总校工作的陆费墀成了重大责任人。乾隆皇帝为此下发了一道谕旨，说《四库全书》中"舛谬丛生，应删不删，且空白未填者竟至连篇累页"，即书中的错误多到连篇累牍，一些违碍内容，应该删除而没有删除，还有不少书页，满页都是空白的。因此，"令陆费墀将文澜、文汇、文宗三阁书籍所有页面装订木盒刻字等项，俱著自出己资仿照文渊三阁罚赔"。意思是说，传令两淮盐政全德，下令籍没陆费墀的房产，只给陆家留下千金，作为赡养妻子儿女的生活费用，其余家财全部充公，作为南三阁办书的办公经费。时隔不久，乾隆皇帝还下令，要将陆费墀交由官员集体讨论之后，给予开除公职的处分。在这样的情境下，陆费墀忧郁而死。

---

① 见张升教授《四库全书馆研究》第五章《四库馆臣的工作》第一节《总裁官》(北京师范大学出版社集团、北京师范大学出版社 2012 年 3 月第 1 版)第 141 页。

十、四库馆臣为什么要暗中录副？

在《四库全书》编纂过程中，四库馆臣常常利用身份的便利录副，这是一个很普遍的现象。参与录副的人员，除四库馆臣之外，还有不少四库馆臣的亲朋好友及四库馆臣请来帮助自己助校的人员。这些人都是文化人，其中有一部分人甚至还是专家学者，他们在接触四库全书馆中的书籍时，深知这些书籍的稀有性与重要性，因此，特别希望能通过录副的机会来收藏这些书籍，以备今后阅读，或者做进一步的研究之用，或者通过传抄、刊印的方式来扩大书籍的传播面。还有一些人则希望借此来囤积居奇，以后可以对外兜售出卖，以便自己从中获取经济上的好处。

十一、为什么会有人愿意到武英殿四库全书馆来充当抄写人员，承担誊录抄写《四库全书》正本、定本的工作？

在编纂《四库全书》，誊写抄录文渊阁、文源阁、文津阁和文溯阁四部《四库全书》及两部《荟要》的过程中，武英殿四库全书馆及荟要处前后录用了 2841 名誊录抄写人员。如果算上大典初、聚珍处、总目处与考证处录用的誊录抄写人员的话，负责誊录抄写工作的工作人员前后一共有 3000 多人①。在当时的人看来，能参与编纂《四库全书》是一件十分荣耀的事情，誊录抄写《四库全书》正本、定本是《四库全书》编纂工作的一部分，能承担这样的工作也是十分荣耀的事情。这些工作人员工作了一定期限后，朝廷会综合他们的身份（如生员、举人等，当时，这叫作"出身"）、论功评议获得的等级（当时叫"议叙"）及参加专门的考试所获得的成绩，按照相关规定和程序，分别授予他们知县、州同、盐大使、通判、主事、主簿、吏目、布政使理问、教谕、县丞、训导等不同的官职。一句话，做编纂《四库全书》的誊录人员，可以获取并感知一份特殊的荣耀，还可以在正常的科举考试途径之外（或者说，不用参加科举考试）获取一官半职。正因为如此，当时有不少人愿意到武英殿四库全书馆来充当誊录抄写人员。

---

① 见张升教授《四库全书馆研究》第六章《四库馆誊录》第二节《誊录的数量》（北京师范大学出版社集团、北京师范大学出版社　2012 年 3 月第 1 版）第 234 页至第 235 页。

十二、《四库全书》在编纂过程中有过严格的校对审阅程序，编纂成书的《四库全书》是否真的没有错误？

编纂成书的《四库全书》正本、定本中有错误，而且，不少错误还十分明显：往往每一页的开头一个字，或者某一行的第一个字就是错别字。那么，这么明显的错误，四库馆臣在校勘审阅过程中为什么不予以修正呢？原因很简单：他们要有意识地留下这样明显的错误，好让乾隆皇帝在审阅过程中"及时"发现并予以纠正，以便让乾隆皇帝有一种自我"英明"的感觉。七部《四库全书》，卷帙浩繁，乾隆皇帝绝对不可能一一审阅到，所以，书中的不少错误直到现在还没有"及时"发现、纠正。

十三、北四阁和南三阁在仿天一阁而建造时有没有创新之处？

北四阁和南三阁在仿照宁波天一阁的式样而建造时，有一定的创新之处，比较明显的有两个方面：就外观上来说，这七座藏书阁都是用黑琉璃瓦盖顶外加绿色琉璃瓦剪边的，这样的设计目的是强化以水制火的效果，因为在术数理论中，黑色对应五行中的水行，这是一个方面。另一个方面，在楼层设计安排上，这七座藏书阁都采用了明里两层、实际上为三层的设计，比天一阁要多一层。

十四、七大藏书阁的阁名中只有文宗阁阁名中没有三点水作偏旁，原因是什么？

文宗阁是七大藏书阁中唯一一座没有采用带有三点水作偏旁的字来命名的藏书阁，"文宗阁"的"宗"字不带三点水偏旁，原因至少有两个：第一，"宗"字含有"归总"的意思，"文宗阁"这个名字本身就蕴含了义脉如流、千支万流归总汇聚在一起的寓意。第二，文宗阁建在四面环水的金山，在当时的人看来，水因地生，在这样的地方建造藏书阁收藏图书，不用以三点水作偏旁的字来命名也能达到以水制火的效果。

十五、七部《四库全书》之间有没有差别？

北四阁与南三阁所藏的《四库全书》彼此之间是有差别的，它们之间的差别主要体现在以下几个方面：第一，尺寸大小不尽相同。南三阁收藏的《四库全书》，书高约为27.1厘米，比北四阁的约短3厘米。第二，装帧封面不尽相同。北四阁收藏的四部《四库全书》经部为绿色，史部为红色，子部为浅蓝色(又称月白色)，集部为灰黑色(又称灰色)；南三阁收藏的三部《四库全书》，经部、史部的装帧封面也分别是绿色、红色，子部则是标准的月白色(又写作"玉白色")，集部是藕荷色。第三，书中的衬盖印玺不相同。北四阁收藏的四部《四库全书》，每册首页加盖的是所属藏书阁的阁名，如"文渊阁""文源阁"，末页加盖的是"乾隆御览之宝"印玺。南三阁收藏的三部《四库全书》，每册首页加盖的是"古稀天子之宝"印玺，末页加盖的是"乾隆御览之宝"印玺。第四，书本内容不尽相同。20世纪80年代，台湾影印出版了文渊阁本《四库全书》。从1991年底开始，国家图书馆组织专家开展文渊阁与文津阁两个版本的《四库全书》的核对录异工作，结果发现两者之间存在很大的差异：以集部为例，集部一共收书1273种，彼此之间存在差异的有788种，占总数的62%。仅以宋代人的别集而言，文津阁本比文渊阁本多了128种1000多篇文章。至于南三阁中的文澜阁本《四库全书》，它是由原本原书加补抄本组合而成的，其中补抄本抄录的是全部原文，与七部《四库全书》中的其他六部辑录的内容迥乎不同：严格一点说，有不少《四库全书》原本原书辑录的是"节选本"，剔除了不少被认为有"违碍"的文字和内容。倒是文澜阁的补抄本才是真正意义上的照原书抄录，全部辑录原书。

十六、文宗阁、文汇阁收藏的《四库全书》是否真的一本不存？

有一段掌故可以用来解答这个问题：同治初年，曾国藩创办金陵书局的时候，曾经委托学者莫友芝前往镇江、扬州等地，看是否能搜寻到从文宗阁和文汇阁流散出来的藏书。

莫友芝于同治四年(1865)专程来到镇江、扬州等地，寻访一番之后，最后毫无收获，空手而回。这是当时通行的一种说法。

但是，实际情况似乎并不是这样的。其一，寻访约20天之后，莫友芝给曾国藩写了一封信，信中有这样的内容："比至泰州，遇金训导长福，则谓扬州库书虽与阁俱焚，而借录未归与拾诸煨烬者，尚不无百一之存。长福于泗、泰间三、四处见之。"据一个叫金长福的训导说，文宗阁、文汇阁遭火焚烧时，有一部分借出去的书好没有按时归还，有一部分人在火灾后捡拾了部分残存的藏书——他在泗州、泰州等地三四个地方就看到过有人收存有原本是阁中的藏书呢！他估计，火灾后保留存下来的两阁藏书，还有百分之一左右。其二，国家图书馆现在收藏有《文宗阁四库全书装函清册》四册，这四册图书依次分属于经部、史部、子部、集部，其中，经部一册首页有莫友芝藏书印。这说明莫友芝的镇江、扬州之行并不是一无所得的。还有人说，扬州文汇阁的藏书也有残本存世，分别是《周易启蒙翼传外篇》二册，《云笈七签》《御定全唐诗录》《图书编》各一册。

十七、当代学者对《四库全书》做了哪些正面评价？

作为一部传世文化典籍巨著，《四库全书》获得了不少当代专家学者的正面评价和赞誉，这里举三个专家学者的例子来略加说明：被誉为国学大师的季羡林称赞它是"嘉惠学林，功在千秋"，著名学者张岱年认为它是"传世藏书，华夏国宝"，任继愈则称赞它是"最能代表中华文化博大精深的载体"。

十八、《续修四库全书》收辑了哪些有价值的著作？

《续修四库全书》是 20 世纪八九十年代，由顾廷龙、傅璇琮领衔编纂而成的，该书收辑了 1800 册有价值的书籍。《续修四库全书》收辑了哪些有价值的著作呢？我们引用袁新雨在《瑰宝〈四库全书〉》一文中的相关叙述来解答："《续修四库全书》的收录范围包括《四库全书》遗漏、摒弃、禁毁而确有学术价值者；《四库全书》列入'存目'而确有学术价值者；《四库全书》已收而版本残劣，有善本足可替代者；《四库全书》未及收入的乾隆嘉庆以来著述之重要者；《四库全书》所不收的戏曲、小说，取其有重要文学价值者；新从域外访回之汉籍而合于本书选录条件者以及新出土的简帛类古籍而卷帙成编者……比如经部收有《马王堆帛书周易经传释文》等。"

十九、国内学者是怎样评价当前国内的《四库全书》研究的？

2011 年 9 月 11 日，北大教授龚鹏程在拱墅区富义仓韵和书院开讲国学，题目是《〈四库全书〉灵与魂》。在讲座过程中，龚鹏程教授讲了这样一段话，作为一个学者发表的一种意见，或许可以作为一种有代表性的意见，用来回答上述问题："目前国内的研究还是不够全面，推广度也不够，还有很多未被研究发掘的地方，比如现存的几个版本其实从书籍内容、目录提要介绍、版本都有很大差别，值得我们好好阅读比对。目前我正在做《四库全书总目提要》比对工作。"

二十、目前，《四库全书》的申遗工程已经进展到了哪一步？

2015 年，首都师范大学历史学院、四库学研究中心教授、博士生导师陈晓华女士去岳麓书院参加"四库学"的一个会议，在会上，陈教授倡议为《四库全书》申请"世界记忆遗产"。这个倡议得到了各界不少人士的支持。目前的进展是，国内大陆藏有《四库全书》的三家图书馆——中国国家图书馆、甘肃省图书馆、浙江省图书馆已和首都师范大学及四库学研究中心达成合作申遗的共识，现已初步完成论证工作。联合国教科文组织世界记忆名录秘书处有一个专门的申请表格，要求填写申请对象的真实性、世界意义、相对标准、社会精神集体意义等，这张表格初稿已完成，正在向国家档案局征求意见中①。

---

① 见易舜的《〈四库全书〉是伟大的文化遗产——专访首都师范大学教授陈晓华》(《中国纪检监察报》2018年8月10日)。

第二篇

《四库全书》作品选读

　　这是本书的第二篇。在这一篇里，我们从《四库全书》中选出了一部分作品，通过简单的阅读提示及必要的注释之后，再按照它们在《四库全书》中的编纂顺序编集成不同章节，以方便读者朋友阅读。我们真诚地希望能通过我们的努力，让读者朋友可以无障碍地阅读这些作品，在阅读之后，能够在上一篇介绍《四库全书》的编纂过程等基本知识的基础上，更具体一点地了解、认识《四库全书》，并从中感知这部传世大型综合性丛书的特殊魅力，体会和认识它在保存、传承我国传统文化过程中所起的重要作用。

第一章 | 经部作品选读

第一节 | 《易经》作品选读

艮卦、坤卦、乾卦依次是《连山易》《归藏易》《周易》三个《易》传体系中的第一卦。这里按照《周易》的编排顺序，选辑并介绍乾卦、坤卦和艮卦三个卦的卦辞、爻辞。

一、乾卦

乾，元，亨，利，贞①。

初九②：潜龙勿用。

九二：见龙在田，利见大人③。

九三：君子终日乾乾，夕惕若，厉无咎④。

九四：或跃在渊，无咎。

九五：飞龙在天，利见大人。

上九：亢龙有悔⑤。

【参考注释】

①元，万事万物的根本，也可以理解为"大"。亨，通达无碍。利，祥和。贞，洁净清正。　②初九，即初九爻。下面所说的"九二""九三""初六""六二"

等都是各爻的名称。 ③ 大人，有多种解释，一般理解为处于上位的人。见（xiàn），出现。 ④ 效法乾卦的德行和精神，自始至终恪守君子之道，刚健中正，稳步前进。一个人，只要有这种砥砺自强的精神，就一定能无患无过。⑤ 处于高亢极点状态和处境，往往会物极必反，遭遇让人悔闷的后果。

【白话文翻译】

乾卦象征天，具有最原始的，也最伟大的、亨通无碍、祥和贞洁的德行。

初九爻：龙还潜伏在水中，暂时不宜有所动。

初二爻：龙已经游出水面，出现在田地上，这种情景有利于大德之人出现并履行他的使命。

初三爻：自始至终恪守君子之道，刚健中正，稳步前进。一个人，只要有这种砥砺自强的精神，就一定能无患无过。

初四爻：游龙由田地而潜伏在深谷之中，它跃而未跃，不会有什么过失的。

初五爻：游龙一跃而飞升上天，这种情景是有利于晋见大德之人的。

上六爻：游龙一跃升天，处于高亢极点状态和处境，往往会物极必反，遭遇让人悔闷的后果。

二、坤卦

坤，元、亨，利牝①马之贞。君子有攸②往，先迷后得，主利。西南得朋，东北丧③朋。安贞，吉④。

初六：履霜，坚冰至。

六二：直、方、大，不习无不利⑤。

六三：含章⑥可贞。或从王事，无成有终。

六四：括囊⑦，无咎，无誉。

六五：黄裳⑧，元吉。

上六：龙战于野，其血玄黄⑨。

【参考注释】

① 牝，雌性畜类。牝马，即母马。 ② 攸，即所，虚词，这里的"攸"如同文言文中常见虚词"所"，无实在意义。 ③ 丧，亡失，丢失。 ④ 吉，吉利。⑤ 大地是正直的、端方的、宏大的，这并无不吉利的。 ⑥ 章，美丽的文采。含

章,持守美丽的文采而不让它彰显出来。　⑦括囊,收束口袋。　⑧裳,下身穿的衣服,相当于现在所说的裤子、裙子。　⑨玄黄,青黄色。

【白话文翻译】

坤卦象征地,它具有最原始的、亨通无碍犹如母马那样的贞顺德性。有所往求的君子,如果他占到了这一卦,便是事有所成且可以得到事成的好处,而在事成过程中会先迷失其方针,之后才能成就其事的象征。在这个过程中,往西南方向,他可以得到朋友相助,往东北方向则可能会失去朋友之助。所有这一切,其前提条件是他必须持守一个君子固有的贞洁品质,这才会有相应的吉庆。

初六爻:当踩到地面的薄霜时,就可以知道结坚冰的寒冬时节就要来到了。

六二爻:大地是正直的、端方的、宏大的,这并无不吉利的。

六三爻:持守一个人的内在美,可以使人持守贞洁而自立。这样的人,若能辅助君王的事业,虽无成就,但最终一定会有好的结果。

六四爻:把口袋收紧,虽然得不到赞誉,但可以免遭灾难。

六五爻:黄色的衣裳,文采就在衣裳本身,这原本就是大吉大利的事情。

上六爻:龙在旷野战斗,它流出来的血是青黄色的。

三、艮卦

艮①,其背,不获其身。行期庭,不见其人,无咎。

初六:艮其止②,无咎。利永贞。

六二:艮其腓③,不拯其随④,其心不快。

九三:艮其限⑤,列其夤⑥,厉⑦,熏⑧心。

六四:艮其身,无咎。

六五:艮其辅⑨,言有序⑩,悔亡⑪。

上九:敦艮,吉。

【参考注释】

①艮,止的意思。　②止,通"趾",脚趾。　③腓,脚肚,小腿。　④随,相随。　⑤限,界限,指的是腰。　⑥夤,连。　⑦厉,危害,祸患,危险。⑧熏,熏染。　⑨辅,面颊骨上的颊车,指口。　⑩言有序,言语有序而不乱。⑪亡,通"无"。

【白话文翻译】

艮卦象征抑止。抑止背部活动，身体不能随着背部面向抑止的地方。这犹如一个人在庭院中行走，没有看见背后的人，这是没有过错的。

初六爻：抑止脚趾的活动，这是无过无咎的事情，它有利于一个人始终持守正道。

六二爻：抑止小腿的活动，无法举步向前相随，一个人会因此而心有不快。

九三爻：抑止腰部的活动，脊背上的肉撕裂了，这是很危险的，就像烈火熏灼心一样难受。

六四爻：抑止上身的活动，这是无咎无过的事情。

六五爻：抑止住口，说话有序而不乱，使人悔恨的事情便会随之消亡。

上九爻：敦厚，该止的时候知道止，这是十分吉利的事情。

第二节 ┃ 《尚书》作品选读

大禹死后，夏启破坏此前的禅让制，继承父亲大禹的帝位，成为夏朝的第一任王。此举遭到了有扈氏的反对，夏启便发动了讨伐有扈氏的战争。战前，夏启召集六军将士做战前动员。后人根据传闻，将夏启的这次战前动员整理成《甘誓》。

甘誓（夏书）

大战于甘，乃召六卿①。王曰："嗟！六事之人②，予誓告汝：有扈氏威侮五行③，怠弃三正④。天用剿绝其命⑤，今予惟恭行天之罚⑥。左不攻于左，汝不恭命⑦；右不攻于右，汝不恭命；御非其马之正⑧，汝不恭命。用命，赏于祖；弗用命，戮于社⑨。予则孥戮汝⑩。"

【参考注释】

① 六卿，六军的主帅。　② 六事之人，六军的将士。　③ 威侮，轻慢，轻视。　④ 怠，懈怠。弃，丢弃不用。　⑤ 用，因此。剿绝，灭绝。　⑥ 恭行，奉行。天之罚，上天对有扈氏的惩罚。　⑦ 古时战车载三人，分左中右，左边的人负责射箭，中间的人驾车，右边的人用矛刺杀。攻，攻击。恭命，奉行上天之命

对有扈氏施以惩罚。　⑧御，驾车的人，即处在战车中间位置上的人。非，违背。正，合适的，这里指不善于驾驶战车。　⑨赏于祖，即在祖庙神主之前给予赏赐。戮于社，即在社神神主前对违抗命令的人予以惩罚。　⑩孥，通"奴"，奴隶，这里作动词用，指把人降为奴隶。戮，杀戮，惩罚。

【白话文翻译】

　　一场大战即将在甘这个地方进行。夏启召集六军将领训话，对他们说："啊！各位将士，我要向你们宣告一件事，并发布相关的命令：有扈氏违背上天的旨意，轻视五行，怠慢甚至抛弃了三正。因此，上天要断绝他的国祚。现在，我奉行上天的命令，代表上天对他和他的国家予以惩罚，率领大家发动了这场战争。大战之前，我向大家发布命令：如果战车左边的兵士不能用箭去射杀敌人，这是不奉行我的命令；如果战车右边的兵士不能用矛去刺杀敌人，这是不奉行我的命令；如果战车中间驾车的兵士不懂得如何去驾驭战车，这也是不奉行我的命令。对于服从命令的人，我会在先祖的神位前予以奖赏；对于不服从命令的人，我就在社神神位前予以惩罚。我会把所有不服从命令的人降为奴隶，或者杀掉。"

第三节 ┃《诗经》作品选读

一、《关雎》（周南）

　　《关雎》是《诗经·国风》中的第一首诗，也是整部《诗经》中的第一首诗。这是一首爱情诗。

　　关关雎鸠①，在河之洲②。窈窕淑女③，君子好逑④。
　　参差荇菜⑤，左右流之⑥。窈窕淑女，寤寐⑦求之。
　　求之不得，寤寐思服⑧。悠哉悠哉⑨，辗转反侧⑩。
　　参差荇菜，左右采之。窈窕淑女，琴瑟友⑪之。
　　参差荇菜，左右芼⑫之。窈窕淑女，钟鼓乐之。

【参考注释】

　　①雎（jū）鸠，一种叫王雎的鸟。关关，拟声词，形容鸟声和鸣。　②洲，水中可以居住的地方，这里指河中沙洲。　③窈窕，柔顺、美好的样子。淑，美好。

④ 君子，有才德的人，这里是诗中男主人公的自称。好逑(hǎo qiú)，理想的配偶。逑，配偶。 ⑤ 参差，长短不齐。荇(xìng)菜，一种多年生水草。 ⑥ 流，顺水势采摘。之，代指荇菜。 ⑦ 寤(wù)，睡醒。寐(mèi)，睡着。 ⑧ 思服，思念、牵挂。 ⑨ 悠，感思的样子。 ⑩ 辗(zhǎn)转，反侧。反侧，翻覆。⑪ 友，交好，亲近。 ⑫ 芼(mào)，择取，采摘。

【白话文翻译】

王雎关关鸣叫放声唱，双双栖息在河中沙洲上。那文静美好的少女啊，是值得帅哥我殷切追求的意中人。

河中长长短短的荇菜在水中摇摆，河上的人顺着河流两边去捞取。那文静美好的少女啊，引得帅哥我日思夜想去追求。

追求而不能如我心愿呀，帅哥我日思夜想心头在牵挂。长夜漫漫想个无间断呀，帅哥我翻来覆去无法成睡眠。

长长短短的荇菜啊，捞取的人左右两手交替忙采摘。那文静美好的少女啊，帅哥我爱慕在心，有心要弹琴鼓瑟向你来表白。

长长短短的荇菜啊，捞取的人两边采来细挑选。那文静美好的少女啊，让帅哥我敲钟打鼓换你嫣然一笑乐一乐。

二、《载驰》(鄘风)

这首诗是卫宣姜的女儿——许穆夫人所作。卫国被狄人所灭之后，宋桓公迎娶卫国遗民过黄河，在漕邑立许穆夫人的哥哥为卫戴公。不久，卫戴公去世，他的弟弟卫文公继位。获悉这个消息之后，许穆夫人动身前往漕邑表示吊唁慰问，在路上遭到了许国大夫的阻挠，被迫折回。许穆夫人由此而作这首诗。

载驰载驱①，归唁②卫侯。驱马悠悠，言至于漕③。
大夫跋涉，我心则忧。既不我嘉④，不能旋反⑤。
视尔不臧⑥，我思不远。既不我嘉，不能旋济⑦？
视尔不臧，我思不閟⑧。陟彼阿丘⑨，言采其蝱⑩。
女子善怀⑪，亦各有行⑫。许人尤之⑬，众稚且狂⑭。
我行其野，芃芃⑮其麦。控⑯于大邦，谁因谁极⑰？
大夫君子，无我有尤。百尔所思，不如我所之。

【参考注释】

　　① 载，又。驰，驱赶马车。驱，车马奔跑。　② 唁，吊丧。　③ 言，语气词，无实在意义。漕，漕邑，卫国的邑名。　④ 嘉，嘉许，赞成。　⑤ 旋反，返回。反，同"返"，指返回卫国。　⑥ 臧，通"藏"，隐藏。　⑦ 旋济，远渡，指返回卫国。⑧ 閟(bì)，思念卫国之心不会停止。　⑨ 阿丘，本指高丘，卫国的某一高地。⑩ 蝱(méng)，中药药名，贝母。　⑪ 善怀，多愁善感。　⑫ 有行，所想的都有道理。　⑬ 许人，许国的人。尤之，把这种想法看成是错误的。　⑭ 稚，傲慢。狂，狂妄。　⑮ 芃芃(péng)，草木茂盛的样子。　⑯ 控，陈诉。　⑰ 谁因谁极，哪个国家与卫国亲近就到哪个国家去。

【白话文翻译】

　　驾起轻车，急驰而去，我要回去，吊唁卫侯。挥起马鞭，驱马赶路已行远，现在我刚刚来到漕邑并不久。可笑许国的大夫，跋山涉水也来到，他要阻止我的行程，让我忧心又烦恼。这个臭大夫，竟然不肯赞同我此行，我告诉他，哪能答应他返身随他回许国。我告诉他，比起你们心无善念，我怀恋我的宗国啊情难舍弃。你们竟然没有谁来赞同我，让我无法渡河返归故里去。比起你们心无善念，我怀恋我的宗国啊情不能已。

　　不能继续成行啊，我登高来到山岗上采摘贝母，希望这药草能治愈我内心的忧郁。女子如我啊，多愁善感常怀恋，所感所怀的都各有道理。如今许国的人啊都在责难我，这实在是狂妄傲慢又稚愚。不能继续成行啊，我在田野踽踽缓行心沉重，田野里的麦苗又高又密正茂盛。心怀亡国之愁的我啊，欲赴大国去陈诉，可是，我不知道谁能依靠谁能来援助？许国大夫君子们啊，请不要对我心生尤怨。你们即使考虑上百次，都不如让我现在亲自去跑一遍。

第四节 ｜ 《礼记》作品选读

　　《曲礼》因为篇首引《曲礼》而得名，它因为篇幅长而被厘定为上、下两篇，这里是上篇，标题为《曲礼上》。《曲礼》上、下两篇具体记录了多种细小的礼仪，还有先秦时期儒家有关礼仪制度的言论，它讲了这几个方面的内容："礼"的重要性及为人处世之道；卿大夫、士子日常生活中应该遵循的各种礼仪；丧葬、祭祀礼仪；君臣之礼及军礼；天子诸侯之礼及相关的官职称谓和制度。这里节选了其中一部分。

曲礼上第一（节选）

《曲礼》曰：毋不敬^①，俨^②若思，安定辞，安民哉^③！

敖^④不可长，欲不可从^⑤，志不可满，乐不可极。

贤者狎^⑥而敬之，畏^⑦而爱之，爱而知其恶，憎而知其善，积而能散，安安而能迁^⑧，临财毋苟得，临难毋苟免，很^⑨毋求胜，分毋求多，疑事毋质^⑩，直而勿有。

若夫坐如尸^⑪，立如齐^⑫，礼从宜，使从俗。

夫礼者，所以定亲疏、决嫌疑、别同异、明是非也。

礼不妄说^⑬人，不辞费。礼不踰节^⑭，不侵侮，不好狎^⑮。

修身践言，谓之善行；行修言道，礼之质也。

礼闻取于人^⑯，不闻取人。礼闻来学，不闻往教。

【参考注释】

①敬，尊敬，严肃。 ②俨，同"严"，端庄，庄重。 ③辞，所说的话。安，安定。 ④敖，骄傲，傲慢。 ⑤从，放纵，不被约束。 ⑥狎，与人亲近之意。 ⑦畏，承认。 ⑧第一个"安"为满足之意，第二个"安"指使人感到满足的事情。迁，改变。 ⑨很，即"狠"，凶残的样子。 ⑩质，肯定或做出肯定的表述。 ⑪尸，古代祭祀先时代替去世的祖先来享受祭祀的人。 ⑫齐，同"斋"，斋戒，这里指像处于斋戒一样端庄。 ⑬说，通"悦"，愉快，喜悦。 ⑭节，有节制，有限度。 ⑮狎，不恭敬的样子。 ⑯取于人，向人请教。

【白话文翻译】

《曲礼》说：一个有身份的人，他时刻都要怀有敬畏之心，外表要端庄，保持俨然若有所思的样子，说话要态度安详，使人信服。能做到这三点，才会使人心安宁不疑。

一个人，傲慢之心不可有，内心的欲望不可放纵，意气不可自满，享乐不可力求极致。

要亲近、尊敬、畏服并爱戴道德、才能胜于自己的人。不要只知道自己所喜爱的人的优点，而不了解他的缺点；不要只知道自己所憎恶的人的缺点，而忽视他的优点。自己有了积蓄，要懂得救济贫穷的人。要有居安思危之心，能够及时改变自己的处境。面对财物，不可不顾道义苟且据有；面对危急，不可只顾自家安危苟且逃避。在小事上与人争论，不可逞强求胜；与人共享财物，不可独自求多。回答别人的疑难问题时，对自己没有把握的事情不可冒充行家，对自己已经搞懂的东西，给人解答时要归功于师友帮助，不要一味地归功于自己。

坐，要像祭祀时扮当尸那样端重；立，要像斋戒时的人那般恭敬。讲礼节要合乎事宜，出使国外要顺应当地的风俗。

礼，是用来帮助人们确定人与人之间关系的亲疏远近的，遇事疑似难明而能做出明确判断的，分别事情在不同时期处置方式的异同的，明辨事理的是非曲直的。

一个人依礼说话，不可随便地取悦于人，不可说做不到的空话。依礼行事，不得僭越自己的身份，不得侵犯侮慢他人，也不得随便对人不恭敬。

一个人能时刻涵养自己的德行，践行自己的诺言，这就是品行完美。他的行为合乎忠信的要求，说话合乎仁义的标准，这是讲求礼的实质要求。

依礼行事说话，从来就是通过严守礼的贤人的德行来影响教化他人，而没听说过是严守礼的贤人去主动向他人取法什么。依礼行事说话，从来有学生主动来到师门拜师学艺的规矩，而没有听说过有老师去到学生家里施教的事情。

第五节 ┃ 《春秋》作品选读

隐公元年经[1]

隐公，即鲁隐公。隐公元年是《春秋》记事的起始年份。《隐公元年经》记载了发生于鲁隐公元年的几件事。

春[2]，王正月[3]。

三月，公及邾仪父盟于蔑[4]。

夏，五月，郑伯克段于鄢[5]。

秋，七月，天王使宰咺来归惠公、仲子之赗[6]。

九月，及宋人盟于宿[7]。

冬，十有二月，祭伯来⑧。

公子益师卒⑨。

【参考注释】

①经，经文，这里指《春秋》一书的原文。　②春，春天。　③王，指周平王。正月，指周历正月，是夏历的十月。　④公，鲁隐公。及，和。邾仪父，春秋时期曹姓诸侯国邾国的国君。盟，会盟。盟于蔑，即在姑蔑会盟。　⑤郑伯，即郑国国君，郑庄公。克，战胜。段，又称"共叔段"，郑庄公的弟弟。于，在。鄢，古地名，在今河南省鄢陵境内。　⑥天王，指周平王。使，派，派遣。宰，官职名。咺，人的名字。归，赠送。惠公，鲁惠公。仲子，人名。赗(fèng)，吊丧用的礼品。　⑦宋人，宋国人。宿，古诸侯国名。　⑧祭伯，人名。　⑨公子益师，人名。卒，去世。

【白话文翻译】

鲁隐公元年春天开始的这一个月是周历正月。

周历三月，鲁隐公和邾仪父在蔑举行会盟仪式。

夏天，周历五月，郑伯与弟弟共叔段在鄢交战，郑伯战胜了弟弟共叔。

秋天，周历七月，周平王派遣宰咺来，给鲁惠公和仲子两个人赠送了吊丧的礼品。

周历九月，鲁隐公和宋国在宿国举行结盟仪式。

冬天，周历十二月，祭伯以私人身份访问鲁国。

公子益师去世。

第二章 | 史部作品选读

第一节 | 《史记》作品选读

史记卷九十二·淮阴侯列传第三十二(节选)

《史记卷九十二·淮阴侯列传第三十二》是《史记》六十九篇列传中的第三十二篇,它记载了"汉初三杰"之一、著名军事家淮阴侯韩信一生的主要事迹及其悲惨结局。在突出主人公卓越的军事才能和累累战功的同时,作者司马迁也表达了自己对主人公身死族灭的悲剧的深切同情。这里节选了其中一部分。

淮阴侯韩信者,淮阴人也。始为布衣时①,贫无行②,不得推择为吏③,又不能治生商贾④,常从人寄食饮,人多厌之者。常数从其下乡南昌亭长寄食,数月,亭长妻患⑤之,乃晨炊蓐食⑥。食时信往,不为具食。信亦知其意,怒,竟绝去。

【参考注释】

①布衣,平民百姓。 ②无行,品行不好。 ③推择,推举选用。 ④治生商贾,以做生意维持生计。 ⑤患,以⋯⋯为患。 ⑥蓐,草席。晨炊蓐食,提前做好早饭,端到室内床上吃掉。

信钓于城下,诸母漂①,有一母见信饥,饭信,竟漂数十日②。信喜,谓漂母曰:"吾必有以重报母。"母怒曰:"大丈夫不能自食,吾哀王孙而进食③,岂望报乎!"

【参考注释】

①母,对老年妇女的尊称。漂,漂洗,在水里冲洗丝绵之类的纺织品。②饭,提供饭食,供养。竟,到底、完毕,这里有"持续、延续"的意思。 ③王孙,公子,少年。对年轻人的敬称。

淮阴屠①中少年有侮信者,曰:"若虽长大,好带刀剑,中情怯耳②。"众辱③之曰:"信能死④,刺我;不能死,出我袴下⑤。"于是信孰视之,俯出袴下,蒲伏⑥。一市人皆笑信,以为怯。

【参考注释】

①屠,以宰杀牲畜为业的人,屠夫。 ②中情,内心。怯,胆怯。 ③众辱,当众污辱。 ④能死,不怕死。 ⑤袴,通"胯",两腿间。 ⑥蒲伏:同"匍匐",跪在地上爬行。

及项梁渡淮,信杖剑从之,居戏下①,无所知名。项梁败,又属项羽,羽以为郎中。数以策干②项羽,羽不用。汉王之入蜀,信亡楚归汉,未得知名,为连敖③。坐法当斩④,其辈十三人皆已斩,次至信,信乃仰视,适见滕公⑤,曰:"上不欲就天下乎⑥?何为斩壮士?"滕公奇其言,壮其貌,释而不斩。与语,大说之⑦。言于上,上拜以为治粟都尉⑧,上未知奇也。

【参考注释】

①戏(huī)下,即部下。戏,同"麾"。 ②干,求取。 ③连敖,负责接待工作的官员。 ④坐法,因犯法而获罪。 ⑤滕公,即夏侯婴,西汉建立后,夏侯婴因功而被封为滕公。 ⑥上,皇上。此实指汉王刘邦。 ⑦说,同"悦",喜欢、高兴。 ⑧治粟都尉,官职名称。

信数与萧何语,何奇之。至南郑,诸将行①道亡者数十人,信度何等已数言上②,上不我用,即亡。何闻信亡,不及以闻,自追之。人有言上曰:"丞相何亡。"上大怒,如失左右手。居一二日,何来谒上③,上且怒且喜,骂何曰:"若亡④,何也?"何曰:"臣不敢亡也,臣追亡者。"上曰:"若所追者谁何?"曰:"韩信也。"上复骂曰:"诸将亡者以十数,公无所追;追信,诈也。"何曰:"诸将易得耳。至如信者,国士无双⑤。王必欲长王汉中,无所事信;必欲争天下,非信无所与计事者。顾王策安所决耳⑥。"王曰："吾亦欲东耳，安能郁郁久居此乎?"何曰："王计必欲东，能用信，信即留；不能用，信终亡耳。"王曰："吾为公以为将。"何曰："虽为将，信必不留。"王曰："以为大将。"何曰："幸甚。"于是王欲召信拜之。何曰："王素慢无礼⑦，今拜大将如呼小儿耳，此乃信所以去也。王必欲拜之，择良日，斋戒⑧，设坛场⑨，具礼，乃可耳。"王许之。诸将皆喜，人人各自以为得大将。至拜大将，乃韩信也，一军皆惊。

【参考注释】

① 行，等，辈。 ② 度（duó），揣测，估计。 ③ 谒，进见，拜见。 ④ 若，你。亡，逃亡、逃跑。 ⑤ 国士，国内杰出的人物。 ⑥ 顾，但，只。策，策略。 ⑦ 素慢，一向傲慢。 ⑧ 斋戒，古人祭祀等大典前举行的专门仪式。 ⑨ 坛，土台。坛场，指拜将场所。

【白话文翻译】

淮阴侯韩信，是淮阴人。当年他是平民百姓的时候，贫穷而又没有好的品行，不能够被推选去做官，又不能做买卖维持生活，因此，常常寄居在别人家蹭饭吃，很多人都厌恶他嫌弃他。有一段时间，他多次前往下乡南昌亭亭长家里蹭饭吃，一连吃了几个月，亭长的妻子很烦他，就故意提前做好早饭，端到卧室里去吃。吃饭的时候，韩信再去她家，她不给韩信做饭。韩信立刻明白是什么意思了，一气之下，转身而去，从此再不来这个亭长家里了。

离开亭长家里之后，韩信在城下河边钓鱼，河边有几位以替人漂洗涤丝绵为生的老大娘，其中一位大娘看见韩信没饭吃，难道是给韩信送来了饭食。就这样，一连几十天，天天都是这样。韩信很高兴，他对这个大娘说："大娘，我将来一定要重重地报答您老人家。"大娘生气地说："男子汉大丈夫自己不能养活自己，唉! 我是可怜你这个公子哥儿才给你饭吃，谁指望你来报答吗?"

有一次，淮阴地界屠户行中有个年轻人侮辱韩信。他说："你韩信虽然长得高高大大，又喜欢带刀佩剑，其实呀，心底里却是个胆小鬼。"他还当众挑衅韩信说："今天我羞辱了你，你要是不怕死的话，就拿剑来刺杀我；如果你怕死，哼，就从我胯下爬过去吧。"韩信盯着他，仔细地打量了一番，然后，低下身子，趴在地上，慢慢地从他的胯下爬了过去。当时，满街的人都笑话韩信，说韩信是一个胆小鬼。

等项梁率军渡过了淮河，韩信就背着剑去投奔了项梁。在项梁部下，韩信一直默默无闻。后来，项梁战败，韩信再转属于项梁的侄子项羽，项羽让韩信做了郎中。这段时期里，韩信多次向项羽献计献策，希望能得到项羽的重用，但项羽始终没有采纳他的计策。等汉王刘邦进驻蜀地之后，韩信脱离项羽的楚军而归顺了汉王。在汉王刘邦帐下，因为没有什么名声，韩信只做了接待宾客的小官。后来，韩信与其他人一起犯了法，按规定被判处斩刑。当时，一同受刑的十三个人都被杀了。轮到韩信受刑时，韩信抬头往上看，正好看见夏侯婴，说："汉王不想成就统一天下的功业吗？为什么要斩像我这样的壮士呢！"夏侯婴觉得韩信的话非同凡响，仔细一看，见韩信相貌堂堂，觉得此人非同一般，于是下令放了韩信。夏侯婴和韩信交谈之后，感觉彼此谈得很投机，因此很欣赏韩信，就把韩信这个人推荐给汉王刘邦，汉王刘邦任命韩信为治粟都尉。这个时候，汉王并没有察觉他有什么与众不同的才能。

在军中，韩信多次跟萧何谈话，萧何因此而认为他是一个不可多得的奇才。汉王刘邦的部队到达南郑时，他的部队中有几十个将领在半路上逃跑了。韩信估计萧何等人已不止一次向汉王刘邦推荐过自己，但汉王刘邦至今还没有任用自己，就感觉自己在刘邦手下也不会有什么希望，于是也逃走了。萧何听说韩信逃跑了，来不及报告汉王刘邦就亲自去追赶他。当时，有人向汉王刘邦报告说："丞相萧何逃跑了。"汉王刘邦闻讯大怒，一时间感觉像失去了左右手一样。过了一两天，萧何来拜见汉王刘邦，汉王刘邦又是恼怒又是高兴。他骂萧何道："你也逃跑，这是为什么呀？"萧何说："我可不敢逃跑，我是去追赶逃跑的人。"汉王刘邦说："你追赶的是什么人呀？"萧何回答说："是韩信。"汉王刘邦听后，又大骂萧何："逃跑的各路将领前后有几十人，你并没有去追其中任何一个；你现在说你是去追韩信，这分明就是骗人。"萧何说："那些人，只不过是普普通通的将领，要招纳这样的将领并不难。至于韩信，这是普天之下找不出第二个的杰出人物。大王您如果真的只想长期在汉中称王，自然就用不着韩信啦，如果您一定要争夺天下，除了韩信就再没有可以给您出谋划策、独断一面的人了。现在我把话说到这个份上，就看大王您怎么决策了。"汉王刘邦说："我是想要向东发展啊，怎么能够这般憋气地长期待在这里呢？"萧何说："大王啊，您决意要向东发展，能够重用韩信，韩信就会留下来，不能重用，韩信终究是要逃跑的。"汉王刘邦说："因为你的缘由，我就让他做个将军吧。"萧何说："即使是让他做将军，他韩信也一定不肯留下。"汉王刘邦说："那就任命他做大将军吧。"萧何说："好啊，就是要这样。"于是，汉王刘邦就要把韩信召来，当面向他宣布任命。萧何说："大王您向来对人轻慢无礼，如今任命大将军就像呼唤小孩子一样，这就是韩信要离去的原因啊。大王既然决心要任命他做大将军，就要选择良辰吉日，亲自举行斋戒仪式，然后专门设置高坛和广场，履行隆重完备的任命仪式才行呀。"汉王刘邦答应了萧何的要求。军中将领们听到要任命大将的消息后，都很高兴，他们都以为要做大将军的一定是自己。等到宣布任命大将时，大家一看才知道被任命的竟然是韩信。这时，全军上下一时间都感到很惊讶。

第二节 ┃ 《汉书》作品选读

汉书卷二十五上·郊祀志第五上(节选)

这里节选了《汉书卷二十五上·郊祀志第五上》中的一部分。《汉书卷二十五上·郊祀志第五上》多取材于《史记·封禅书》而又有所增益补充，它记载了先秦至汉武帝元封二三年间，包括汉武帝在内的历代帝王举行郊祀、封禅的史实。

《洪范》八政①，三曰祀②。祀者，所以昭孝事祖，通神明也。旁及四夷，莫不修之；下至禽兽，豺獭有祭③。是以圣王为之典礼。民之精爽不贰④，齐肃聪明者⑤，神或降之，在男曰觋⑥，在女曰巫⑦，使制神之处位，为之牲器⑧。使先圣之后，能知山川，敬于礼仪，明神之事者，以为祝；能知四时牺牲，坛场上下⑨，氏姓⑩所出者，以为宗⑪。故有神民之官，名司其序，不相乱也。民神异业，敬而不黩⑫，故神降之嘉生⑬，民以物序⑭，灾祸不至，所求不匮⑮。

【参考注释】

①《洪范》，《尚书》中的篇名。八政，古时国家施政的八个方面。　②祀，祭祀。　③豺獭有祭，古籍记载中的两种物候。　④爽，明。不贰，专注而不分。　⑤齐肃，庄敬。　⑥觋(xí)，为人祷祝鬼神的男巫。　⑦巫(wū)，古时称能以舞降神的人。　⑧牲，牺牲，供祭祀用的牲畜。牲器，盛放牺牲的器物、器皿。　⑨坛场，祭祀时使用的祭坛和祭场。上下，指天地之间的神灵。⑩氏姓，宗族。　⑪宗，即宗人，古时候宗法体制中主管宗族事务的人。⑫黩，同"黩"(dú)，玷污；污辱。　⑬嘉生，嘉谷。　⑭物序，指时序变迁。⑮匮，匮乏。

及少昊之衰①，九黎乱德②，民神杂扰，不可放物③。家为巫史，享祀无度，默齐明而神弗蠲④。嘉生不降，祸灾荐臻⑤，莫尽其气⑥。颛顼受之⑦，乃命南正重司天以属神，命火正黎司地以属民，使复旧常，亡⑧相侵黩。

自共工氏霸九州⑨，其子曰句龙，能平水土，死为社祠⑩。有烈山氏王天下⑪，其子曰柱，能殖百谷，死为稷祠⑫。故郊祀社稷，所从来尚矣⑬。

【参考注释】

① 少昊，传说为古代部落首领，黄帝之子。或作少皞。　② 九黎，远古时期的部落。　③ 放（fǎng），依。物，事。　④ 巫史，巫祝。蠲（juān），清洁。　⑤ 荐臻，重至，再来，　⑥ 莫尽其气，不究其性命。　⑦ 颛顼，远古时期的古代部落首领。　⑧ 亡，通"无"，不，不要。　⑨共（gōng）工氏，远古时期的部落首领。　⑩ 社祠，土地神祠。　⑪ 烈山氏，远古时期的部落首领，一说就是炎帝。⑫ 稷祠，五谷神祠。　⑬ 尚，久远。

【白话文翻译】

《尚书·周书·洪范篇》谈到的八种国家重大政事中，第三种是祭祀。祭祀是用来向祖先表达孝心，以便祀奉祖先，保持与祖先的神明相互通达的。祭祀祖先的风气通行于周边各个少数民族之间，他们没有不重视祭祀的。祭祀风气通行于所有的生灵之间，以至于山上的禽兽，比如豺和獭也会举行一定的祭祀仪式。因此，圣明的君主特地设定了专门的祭祀典礼仪式和相关的制度。人群中，有一部分人精神专注，神情庄重恭敬而又耳聪目明，神灵有时会降临到他们身上，这样的人，男的叫觋，女的叫巫。祭祀的时候，人们让巫和觋沟通神灵，让神灵降临到祭祀场所预设的位置，享受猪牛羊等供品；在前代圣贤之后，人们让了解不同的山川河流各有哪些神灵，并致以相应的祭祀礼仪，以此获悉神灵要表达的意思的人作为祝，让熟悉一年四季各个不同时节举行祭祀仪式该用哪些相应供品，祭祀不同的神灵该修筑哪些相应的祭坛，以及不同宗族的来源出处的人作为宗人。正因这样，所有主管祭祀、理民事物的职官都能各司其职，他们的工作、职责不会混乱无序。这样一来，人和神灵各自有着不同的本业，相互敬重，各不冒犯；神灵会赐予人好的运气，黎民百姓能够顺应时序的变化安居乐业，不至于遭遇灾难，也不至于缺乏赖以生存的物资。

少昊氏为王当政的末期，已无力控制天下局势。这个时期，九黎人不遵从德政的要求，此前人、神相安互惠的体系被扰乱了，他们不能遵从事理来办事。担任了巫祝的人家，祭祀很随意，毫无节制，他们这样做，玷污了神明，神灵由此而感受到了不洁净的东西，因此，神灵不会让好运气降临到人间，反倒是常常招来了灾祸，不能完成作为巫祝一生应尽的沟通人神的使命。颛顼继少昊氏当政为王之后，承受了这种人神体系混乱的局面。他命令南正重持掌天文，主管安置神灵的事物，命令火正黎持掌地理，主管安置万民的事物。由此一来，此前人神相安的局面日渐恢复，以至于最后成为一种常态，从此以后再也没有出现过侵犯玷污神灵的事情。

嗣后，共工氏称霸九州，他有一个叫句龙的儿子，能够平定水土，死后人尊奉为土地神，享受人间祭祀。又有叫烈山氏的人称王天下，他有一个叫柱的儿子，能够种植各种庄稼，死后被被人尊奉为谷神，享受人间祭祀。讲述这一段有关土地神、谷神的来历之后，我们知道，民间在郊外祭祀土地神和谷神是一件起源很早、由来已久的事情。

第三节 | 《后汉书》作品选读

后汉书卷一百一十二·志第二十二·郡国四(节选)

《后汉书》卷一百零九至卷一百一十三是记载东汉的地理及行政区划情况的专门史。汉代既推行秦朝以来的郡县制，又沿用先秦以来的分封制，这两种制度并行，合称"郡国制"。因为这个原因，作者把记载东汉的地理及行政区划情况的专门史称为郡国志。《后汉书卷一百一十二·志第二十二·郡国四》记载了东汉时期的青州、荆州和扬州三个州的地理及行政区划情况，包括各州的建制沿革、所辖各县及县级侯国的户口、物产、古迹等情况。节选部分介绍的是青州所属济南国的情况。

青州[①]

济南 平原 乐安 北海 东莱 齐国

荆州

南阳 南郡 江夏 零陵 桂阳 武陵 长沙

扬州

九江 丹阳 庐江 会稽 吴郡 豫章

济南国^②故齐，文帝分。雒阳东千八百里。十城，户七万八千五百四十四，口^③四十五万三千三百八。

〔东平陵〕 有铁。有谭城。有天山。

〔著〕

〔於陵〕

〔台〕

〔菅〕 有赖亭。

〔土鼓〕

〔梁邹〕

〔邹平〕

〔东朝阳〕

〔历城〕 有铁。有巨里聚。

【参考注释】

① 州，汉代行政区划单位。 ② 国，汉代推行的一种行政区划单位，在行政区划级别上，国相当于郡。 ③ 口，人口。

【白话文翻译】

青州辖有济南、平原、乐安、北海、东莱、齐国六个郡(国)，荆州辖有南阳、南郡、江夏、零陵、桂阳、武陵、长沙七个郡(国)，扬州辖有九江、丹阳、庐江、会稽、吴郡、豫章六个郡(国)。

济南国在历史上属于齐国故地，汉文帝时析分为济南国，它东距雒阳一千八百里，境内有十座城，所辖的十个县一共有七万八千五百四十四户人家，四十五万三千三百零八个人口。这十个县是东平陵县、著县、於陵县、台县、菅县、土鼓县、梁邹县、邹平县、东朝阳县、历城县。其中，东平陵县出产铁，县内有谭城古迹和有名的天山；菅县有赖亭古迹；历城县出产铁，有巨里聚古迹。

第三章 | 子部作品选读

第一节 | 儒家类作品选读

一、《孔子家语卷第五·五帝德第二十三》(节选)

在古代文献记载中，黄帝、颛顼、帝喾、尧、舜，或者太暤(即伏羲)、炎帝、黄帝、少昊、颛顼，或者少昊、颛顼、高辛(即帝喾)、尧、舜被人尊奉为五帝。本文记录了孔子与弟子宰我的一场对话，通过问答的形式介绍了传说时代的五帝中的黄帝、颛顼、帝喾、尧、舜，还有禹等历史人物的事迹。节选部分介绍了黄帝、颛顼、帝喾三帝的情况。

宰我问于孔子曰："昔者吾闻诸荣伊①曰'黄帝②三百年'。请问黄帝者，人也？抑非人也？何以能至三百年乎？"

孔子曰："禹汤文武周公，不可胜以观也。而上世黄帝之问，将谓先生难言之故乎③！"

宰我曰："上世之传，隐微之说④，卒采之辩⑤，暗忽之意⑥，非君子之道者，则予之问也固矣。"

孔子曰："可也，吾略闻其说。黄帝者，少昊之子，曰轩辕。生而神灵，弱而能言。幼齐睿庄，敦敏诚信。长聪明，治五气⑦，设五量，抚万民，度四方⑧。服牛乘马，扰驯⑨猛兽。以与炎帝战于阪泉之野，三战而后克之。始垂衣裳，作为黼黻⑩。治民以顺天地之纪，知幽明之故，达生死存亡之说。播时百谷，尝味草木，仁厚及于鸟兽昆虫。考日月星辰，劳耳目，勤心力，用水火财物以生民。民赖其利，百年而死；民畏其神，百年而亡；民用其教，百年而移。故曰黄帝三百年。"

【参考注释】

①宰我，即宰予，字子我，孔子的学生之一。荣伊，人名。 ②黄帝，传说中的远古部落首领，中华民族的人文始祖之一。 ③是因为担心老师不会解答你的疑难问题而有所顾虑呢？ ④隐微之说，隐约微妙的说法。 ⑤卒采之辩，华丽的辩说之词。 ⑥暗忽之意，隐晦不明的意蕴。 ⑦治五气，即观察天时、物候、气候的变化。 ⑧设五量，泛指设置、制造各种度量衡器。度四方，丈量全国各地的土地，也就是巡视全国各地，了解各地的地理及风土人情。 ⑨扰驯，驯服，驹养。 ⑩始垂衣裳，形容天下太平，无为而治。作为黼黻，代指制定、颁布各种礼仪制度。

宰我曰："请问帝颛顼①。"孔子曰："五帝用说，三王有度，女欲一日徧闻古昔之说，躁哉予也②。"宰我曰："昔者予也闻诸夫子曰：'小子无或宿③'，故敢问。"

孔子曰："颛顼，黄帝之孙，昌意之子也，曰高阳。静渊之有谋④，疏通以知远⑤，养材以任地⑥，履时以象天⑦，依鬼神以制义，治气性以教众⑧，絜诚以祭祀⑨。巡四海以宁民。北至于幽陵，南暨交趾，西抵流沙，东极蟠木⑩。动静之种，大小之神⑪，日月所照，莫不底属⑫。"

【参考注释】

①帝颛顼，即颛顼，五帝之一。 ②说，传说。三王，指夏禹、商汤、周武王。度，法度。女，通"汝"，你。徧，通"遍"，全、都的意思。予，即宰予。这句话的意思是五帝的事情已经非常遥远了，至今只能借助传说来说明。三王也离我们现在很久远了，但是他们创立的法度至今还在。你想在一天之内就了解五帝、三王的事迹，是不是太浮躁了呢？ ③无，通"毋"，不要。宿(xiǔ)，一个夜晚叫一宿。无或宿，犹言当天的问题当天解决，不要让问题留待过夜。 ④静渊，镇定深沉。有谋，有谋略，有计谋。 ⑤疏通，通达。以，表目的，以便。知远，有远见卓识。 ⑥养材以任地，意思是能根据不同土地的特点来种植相应的农作物，并因此而获得丰收。 ⑦履时，顺应时序变化。象，效法，取法。 ⑧依，依

照，顺应。义，这里指礼仪，特别是祭祀礼仪。气，指四时五行之气，也就是自然界的寒暖阴晴等自然现象。众，民众。　⑨絜诚，即"洁诚"，意思是按祭祀要求，在祭祀前虔诚地举行相应的斋戒仪式，以便向神灵宣示虔诚之意。　⑩北、南、西、东，往北、往南、往西、往东。至、暨、抵、极，到，到达。幽陵、交趾、流沙、蟠木，古代地名。　⑪动静之种，大小之神，泛指各种生物，各个神灵。⑫莫不，没有不。底，通"砥"（dǐ），磨刀石，引申为平定、平服、平顺。属，归属，归服。

宰我曰："请问帝喾①。"孔子曰："元嚣（原应为"'玄嚣'，避康熙皇帝名讳'玄烨'而改'玄'为元"）之孙，蟜极之子也，曰高辛。生而神灵，自言其名；博施厚利，不于其身②。聪以知远，明以察微③。仁以威，惠而信，以顺天之义④。知民之急，修身而天下服，取地之财而节用焉⑤。抚教万民而诲利之，历日月之生朔而迎送之，明鬼神之义而敬事之⑥。其色也和，其德也重，其动也时，其服也哀⑦。春夏秋冬，育护天下⑧。日月所照，风雨所至，莫不从化⑨。"

【参考注释】

①帝喾，传说中的五帝之一。　②博施厚利，不于其身，意思是说帝喾广施恩惠于民众，使大家都得到了由此而来的好处，唯独没有考虑到自己。　③聪以知远，明以察微，意思是说帝喾耳聪目明，能了解到远处的情况，洞察细微的事理。　④帝喾仁爱而且威严，温和而且守信，所言所行都顺应天道。　⑤帝喾了解民众之所急，他注重自身的修养，获得了天下百姓的拥护，他获取所有来源于土地上的物产而在使用时能注意节俭。　⑥抚教，抚爱教育。诲，教导。诲利之，把各种有益于人的东西教给人。历，推算历法。生朔，这里指运行变化。迎送之，古人定期举行的迎送日月仪式。义，这里指祭祀鬼神的礼仪。敬事之，恭敬地侍奉鬼神。　⑦色，外表，仪表。和，温和。德，品德。重，厚重。其动也时，意思是一举一动都合乎时宜。服，服用，指衣服、宫室、车马、器物等。哀，悲哀，这里指低调，如普通民众。　⑧春夏秋冬，指一年四季。育护，即护育。天下，即天下百姓。　⑨从，顺从。化，教化，这里是指受到教化。

【白话文翻译】

宰我问孔子说："我以前听荣伊说过'黄帝统治了三百年'的话。三百年，可不是一个短短的时间啊。我因此想请问老师一个问题：由此说来，黄帝是人呢？

还是神仙呢？他统治的时间怎么能达到三百年之久呢？"

孔子说："大禹、汤、周文王、周武王、周公等上古圣贤的事情尚且无法说得尽道得清呢。现在，你提到了有关上古时期黄帝的事情，会不会是因为担心老师不会解答你这样的疑难问题而有所顾虑呢？"

宰我说："有关先代的传言，还有那些隐约微妙的说法，华丽的辩说之词，以及隐晦不明的意蕴，这些都是不符合君子之道的，所以，现在我要向先生您问个明白。"

孔子说："好啊，我此前略略听说过这种说法，现在就让我来向你稍做介绍吧。黄帝是少昊的儿子，名叫轩辕，他出生时就非常神奇、精灵，很小就能说话。童年时期的他，聪明伶俐而又诚实厚道。成年之后，他就更为聪明了，他能准确地观察天时、物候、气候的变化，设置、制造各种度量衡器，巡视全国，了解各地的地理和风土人情，所到之处，他安抚民众。一路上，他乘牛车，或者骑着马，还驯服猛兽，跟炎帝在阪泉之野大战，三战之后打败了炎帝。他无为而治，使天下太平，他制定、颁布了各种礼仪制度，教化天下民众懂得礼仪。他遵循天地纲纪的要求来统治百姓，既明白昼夜阴阳消长之道，又通晓生死存亡之理，教导百姓按季节播种百谷，栽培花草树木，仁德遍及了鸟兽昆虫。他观察日月星辰的变化，费尽心思和劳力，用水火财物养育百姓。活着的时候，人民享受他的恩惠利益，有一百年之久；他死了以后，人民敬服他的灵魂精神，有一百年之久；再后来，人民遵循他的教导行事并因此而受益，也有一百年之久。因为这些原因，大家说黄帝留存了三百年。"

宰我说："请您说一说帝颛顼是一个什么样的人。"

孔子说："五帝的事情已经非常遥远了，至今只能借助传说来说明。三王也离我们现在很久远了，但是他们创立的法度至今还在。你想在一天之内就了解五帝、三王的事迹，是不是太浮躁了呢？"

宰我说："从前，我听老师您说过这样的话：'年轻人啊，当天的问题当天就要解决，不要让问题留待过夜。'弟子我牢记了老师您的这个教诲，所以我现在才敢这样请教您。"

孔子说："帝颛顼是黄帝的孙子，昌意的儿子，名叫高阳。他镇定深沉而有谋略，通达事理而有远见卓识，能顺应一年四季时序的自然变化，结合不同土地的特点来种植相应的农作物，并因此而获得丰收，能根据祭祀天地人之间的不同鬼神来制定不同的祭祀礼仪，根据自然界的寒暖阴晴等自然现象来教化民众，祭祀的时候，能根据祭祀要求，虔诚地举行各种祭祀仪式。他巡视全国各地，确保各地民众安定安宁。为此，他往北到过幽陵，往南到过交趾，往西到达了流沙，往东到达了蟠木。各种生物，各个神灵，凡是太阳光能够照耀到的地方，没有不心悦诚服地归顺于他的。"

宰我说："请您再说一说帝喾是一个什么样的人。"

孔子说："帝喾是元(玄)嚣的孙子，蟜极的儿子，名叫高辛。他生下来就表现得很神奇灵异，能够自己说出自己的名字；他广施恩惠于民众，使大家都得到了由此而来的好处，而唯独没有考虑到自己；他耳聪目明，能了解到远处的情况，洞察细微的事理；他仁爱而且威严，温和而且守信，所言所行都顺应天道；他了解民众之所急，注重自身修养，获得了天下百姓的拥护；他获取所有来源于土地上的物产，而在使用时能注意节俭。他把各种有益于人的东西教给人，以此来安抚教育百姓，他还根据月亮的阴晴圆缺来推算历法，并依照时序的不同变化来举行相应的迎送仪式，他通晓所有祭祀仪式而恭敬地侍奉鬼神。帝喾这个人啊，外表温和，品德厚重，他的一举一动都合乎时宜，衣服、宫室、车马、器物等始终与普通百姓一样。一年四季，每一天他都在精心护育百姓。凡是阳光能够照耀到，风雨能够到达的地方，没有不受到他的教化的。"

二、《荀子第一卷·劝学篇第一》(节选)

《劝学篇》论述了人后天学习、改造的重要性，还有相应的途径和方法。在这篇文章里，荀子特别强调了勤学、专注及礼法和贤师益友对一个人学习成长的重要作用。

君子曰①：学不可以已②。青，取之于蓝③，而青于蓝；冰，水为之，而寒于水。木直中绳④，輮以为轮⑤，其曲中规⑥。虽有槁暴⑦，不复挺者⑧，輮使之然也。故木受绳则直，金就砺则利⑨，君子博学而日参省乎己⑩，则知明而行无过矣⑪。

故不登高山，不知天之高也；不临深溪，不知地之厚也；不闻先王之遗言，不知学问之大也。干、越、夷、貉之子⑫，生而同声，长而异俗，教使之然也。诗曰⑬："嗟尔君子，无恒安息⑭。靖共尔位⑮，好是正直⑯。神之听之，介尔景福⑰。"神莫大于化道⑱，福莫长于无祸。

【参考注释】

① 君子曰，古籍中援引前人有价值的言论都是用"君子曰"来加以概括。② 已，停止，这里指中途而止。 ③ 蓝，一种可以提炼蓝色染料的植物。

④ 中(zhòng)，合乎。　⑤ 輮(róu)，用火加热木片，让木片弯曲起来，合乎设计的要求。　⑥ 规，圆规，木工用来取曲的工具。　⑦ 槁，枯。暴(pù)，晒干。槁暴，枯干。　⑧ 挺，直。　⑨ 金，指金属刀类器具。砺，磨刀石。　⑩ 参，参验。省(xǐng)，省察。　⑪ 知，同"智"。　⑫ 干，远古时期的国名。越，远古时期南方越人的统称。夷，远古时期东方部族的统称。貉，远古时期东北部族的名称。子，婴儿。　⑬ 指《诗经·小雅·小明》。　⑭ 嗟，语气词，表示感叹。恒，常常。安息，安处。　⑮ 靖，谋。共，同"恭"。位，职位。　⑯ 好，爱好。　⑰ 听，察觉。介，帮助，保佑。尔，你。景，大。　⑱ 神，这里指学问修养到最高境界时的精神状态。化道，受到道的熏陶感染而使气质有所变化。

　　吾尝终日而思矣，不如须臾之所学也①；吾尝跂而望矣②，不如登高之博见也。登高而招，臂非加长也，而见者远；顺风而呼，声非加疾也③，而闻者彰④。假舆马者⑤，非利足也⑥，而致千里⑦；假舟楫者⑧，非能水也⑨，而绝江河⑩。君子生非异也⑪，善假于物也⑫。

【参考注释】
　　① 须臾，片刻。　② 跂(qǐ)，提起脚后跟。　③ 疾，指声音洪亮。　④ 彰，清楚。　⑤ 假，凭借、借助。舆马，车马。　⑥ 利足，行走便利、迅速。⑦ 致，达到。　⑧ 楫，船桨。　⑨ 能，这里是耐受的意思。　⑩ 绝，渡过。⑪ 生(xìng)，同"性"，天性，本性。　⑫ 物，外物。

　　南方有鸟焉，名曰蒙鸠①，以羽为巢，而编之以发，系之苇苕②，风至苕折，卵破子死。巢非不完也，所系者然也。西方有木焉，名曰射干③，茎长四寸，生于高山之上，而临百仞之渊，木茎非能长也，所立者然也。蓬生麻中，不扶而直；白沙在涅，与之俱黑④。兰槐之根是为芷⑤，其渐之滫⑥，君子不近，庶人不服⑦。其质非不美也，所渐者然也。故君子居必择乡，游必就士⑧，所以防邪辟而近中正也。物类之起，必有所始。荣辱之来，必象其德⑨。肉腐出虫，鱼枯生蠹⑩。怠慢忘身，祸灾乃作。强自取柱⑪，柔自取束。邪秽在身，怨之所构⑫。施薪若一，火就燥也，平地若一，水就湿也⑬。草木畴生⑭，禽兽群焉⑮，物各从其类也。是故质的张而弓矢至焉⑯，林木茂而斧斤至焉，树成荫而众鸟息焉，醯酸而蚋聚焉⑰。故言有招祸也，行有招辱也，君子慎其所立乎⑱！

【参考注释】

① 蒙鸠，即鹪鹩，一种善于筑巢的小鸟。 ② 苇，芦苇。苕(tiáo)，芦苇花。 ③ 射干，一种药用植物。 ④ 涅(niè)，黑泥。 ⑤ 兰槐，香草名，它的苗叫兰槐，根叫芷。 ⑥ 其，假若、假如。渐，浸渍。滫(xiū)，臭汁。 ⑦ 服，佩戴。 ⑧ 游必就士，一个人交游必须接近贤德人士。 ⑨ 象，同"像"，依照。 ⑩ 蠹(dù)，蛀虫。 ⑪ 柱，断。强自取柱，意思是物太强则自取断折。 ⑫ 构，结。 ⑬ 施，放置。这句话的意思是把柴草同样放置，火总是向干燥的地方烧；一样平的地方，水总是向潮湿的地方流。 ⑭ 畴，同"俦"，同类。 ⑮ 禽兽群焉，同类的禽鸟居住在一起。 ⑯ 质，箭靶。的，箭靶正中的标的。 ⑰ 醯(xī)，醋。蚋(ruì)，一种小飞虫。 ⑱ 所立，所学。

【白话文翻译】

君子说：学习是一件不可以随意终止的事情。靛青从蓝草里提取出来，却比蓝草的颜色更深；冰由水凝结而成，却比水还要寒冷。木材本来是笔直的，完全合于绳墨拉直取正的要求，可是，用煣的工艺加工之后可以把它变成圆圆的车轮，这时，木材的弯度完全合乎圆的要求。加工好的车轮即使又被风吹日晒而干枯了，也不会再挺直还原成此前的木材，这是因为经过了加工才使它变成这样的。所以，木材用墨线量过之后，再经过加工就能取直，刀剑等金属制品在磨刀石上磨过就能变得锋利，君子经过不断的学习，再经过每天不断的反躬自省，就会变得聪明机智，他的所言所行就不会有过错。

一个人，不攀登高山，就不知道天有多么高；不面临深涧，就不知道地有多么厚；不懂得先贤的遗教，就不知道学问有多么博大。干、越、夷、貉等少数民族地区的人，刚生下来时，啼哭的声音与其他地方的婴儿是一样的，长大之后，彼此的风俗习性却各不相同，这是他们各自接受的教育不同的结果。《诗经》上说："谦谦君子啊，请不要一味地贪图安逸。恭敬谨慎地对待你的本职工作，爱好你持守的正直德行。神灵觉察到你奉行的一切，就一定会赐予你无穷的洪福吉祥。"一个人获取的精神修养好处没有比受到道德熏陶感染更大的，一个人享受到的福分没有比无灾无祸更长远的。

我曾经整天苦苦思索，获得的知识却不如片刻学习得到的那么多；我曾经踮起脚远望，所看到的却不如攀登到高处看到的那么广阔。一个人，站在高处招手，胳膊并没有比原来的加长，可是即使是在远处，别人也看得见；顺着风呼叫，声音并没有因此而变得洪亮，可是听的人却听得很清楚。借助车马行走的人，并不是他们的脚一下子走得快，却可以达到千里之外的地方；借助船只行走的人，并不是他们一下子就善于游泳，却可以由此而横渡长江黄河。君子的资质秉性与普通人并没有什么不同，他们只是善于借助外物的帮助而已。

　　南方有一种名叫蒙鸠的鸟，它们用羽毛做窝，作窝时用毛发把羽毛编结起来，它们把做好的窝系挂在芦苇花穗上。结果风一吹，芦苇花穗折断了，鸟窝也就坠落摔破，窝里的鸟蛋全部摔碎。之所以会是这样一种结果，并不是蒙鸠的窝没有编好，而是这样好的窝根本就不应该挂在芦苇花穗上。西方有一种叫射干的草，茎干只有四寸长，它们生长在高山上，面临百丈深谷，能俯瞰百里之远的地方，这并不是说射干的茎叶一下子长高了，而是因为它们矗立的山巅本来就很高。蓬草长在麻地里，不用人扶持也能长得直挺，洁白的沙子混进入黑泥巴里面，就会像黑泥巴一样乌黑，兰槐的根叫芷，芷一旦浸入臭水里就会发臭，无论君子还是下人都会避之不及。不是芷本身不香，而是被浸泡得变臭了。所以，君子选择居住之地时要先选择好的环境，交友时要选择有道德的人，这才能够防微杜渐，始终保持自身中庸正直的品质。每一件事情的发生都有相应的起因，每一份荣辱的降临都与德行相应。肉腐了会生蛆，鱼枯死了会生虫。一个人懈怠疏忽，忘记了做人的准则就会招祸。物体太坚硬了就容易断裂，太柔弱了又容易被束缚。一个人，与人不善就会惹来怨恨。把柴草同样放置，火总是向干燥的地方烧；一样平的地方，水总是向潮湿的地方流。草木丛生，野兽成群，世间万事万物都遵从物以类聚的原则。所以，靶子设置好了，就会有人来弯弓射箭；树长成森林了，就会引来斧头砍伐；树林繁茂，一片荫凉，鸟儿就会来聚集投宿；醋变酸了，就会惹来蚊虫。所以，一个人，他的言语不当，可能会招来灾祸，他的行为不当，可能会使他因此受辱。君子为人处世，不能不始终保持谨慎。

第二节 ｜ 兵家类作品选读

　　本文是《孙子》十三篇中的第三篇，它从战略战术、指挥员在战争中的作用、取胜的先决条件等方面综合论述了如何谋划进攻的问题。它提出的"知己知彼，百战不殆"的决战原则至今在军事领域仍然有其重要的指导作用。

孙子·谋攻第三

孙子曰：夫用兵之法，全国为上，破国次之①；全军为上，破军次之②；全旅为上，破旅次之③；全卒为上，破卒次之④；全伍为上，破伍次之⑤。是故百战百胜，非善之善也⑥；不战而屈人之兵，善之善者也⑦。

【参考注释】

① 使敌人举国完整地降服是上等策略，攻破敌人的国家则是次一等的策略。② 军，军队编制单位，古时候 12500 人为一军。 ③ 旅，军队编制单位。④ 卒，军队编制单位。 ⑤ 伍，古代军队编制单位。 ⑥ 善之善者，高明中更高明的人(这里指军事家)。 ⑦ 屈，使……屈服。

故上兵伐谋，其次伐交，其次伐兵，其下攻城①。攻城之法，为不得已。修橹轒辒，具器械②，三月而后成；距堙，又三月而后已③。将不胜其忿而蚁附之④，杀士卒三分之一，而城不拔者⑤，此攻之灾也。故善用兵者，屈人之兵而非战也，拔人之城而非攻也，毁人之国而非久也⑥，必以全争于天下⑦，故兵不顿而利可全⑧，此谋攻之法也。

【参考注释】

① 兵，指作战策略。伐谋，打破敌军的计谋。伐交，阻止敌军与别的国家联合。伐兵，击败敌军的武装力量。 ② 橹，楼橹，望楼。轒辒(fén wēn)，古代的一种掩护士兵攻城用的战车。具，预备，准备。器械，这里指攻城用的器械。③ 距堙，为了观察敌情和居高临下地攻城而在城外修筑的高过城墙的土山。④ 将帅克制不住自己的急躁愤怒，命令士兵像蚂蚁一样去爬上敌军的城墙。⑤ 杀士，这里指敌军杀害己方爬城墙的士兵。拔，攻下。 ⑥ 这个句子的意思是毁掉敌人的国家而不用长久的时间。 ⑦ 全，这里指最完整的用兵策略。⑧ 顿，坏，挫伤。利可全，胜利能完全得到。

故用兵之法，十则围之①，五则攻之，倍则分之②，敌则能战之③，少则能逃之④，不若则能避之⑤。故小敌之坚，大敌之擒也⑥。

【参考注释】

① 之，代指军队。十则围之，兵力十倍于敌军就包围他们。 ② 倍，指兵力

是敌人的两倍。分，指分散敌人的兵力。　③敌，匹敌，指敌我兵力相等。战之，战胜敌人。　④逃之，指摆脱敌军，尽可能地把军情隐蔽起来。　⑤不若，指兵力不如敌军。避之，指避免与敌军作战。　⑥坚，坚硬，这里指硬拼死守。擒，擒获，捕捉，这里指成为俘虏。

　　夫将者，国之辅也①。辅周则国必强，辅隙则国必弱②。

　　故君之所以患于军者三③：不知军之不可以进而谓之进④，不知军之不可以退而谓之退，是谓縻军⑤。不知三军之事而同三军之政⑥，则军士惑矣；不知三军之权而同三军之任⑦，则军士疑矣。三军既惑且疑，则诸侯之难至矣⑧。是谓乱军引胜⑨。

【参考注释】

　　①辅，辅助，助手。　②辅周，辅助得周密。隙，缺陷。辅隙，辅助得有缺陷。　③患，危害。这句话的意思是：所以，国君危害军队的有三种情况。④全句的意思是不了解军队不可以前进的时候而硬叫军队前进。　⑤縻军，牵制军队。　⑥三军，全军。同，参与、干涉。政，指军政事务。　⑦权，权宜、权变，指根据不同的情况灵活指挥军队。任，担任，这里有指挥的意思。　⑧诸侯之难，指各国诸侯的进攻。　⑨乱军，扰乱自己的军队。引，引退，这里有夺走的意思。引胜，夺走自己一方的胜利。

　　故知胜有五①：知可以战与不可以战者胜；识众寡之用者胜②；上下同欲者胜③；以虞待不虞者胜④；将能而君不御者胜⑤。此五者，知胜之道也。

　　故曰：知彼知己，百战不殆⑥；不知彼而知己，一胜一负⑦；不知彼不知己，每战必败。

【参考注释】

　　①整个句子的意思是：因此，可以预见胜利的有五种情况。　②众，指军队多。寡，指军队少。胜，获得胜利，取胜。众寡之用，懂得军队多与军队少的不同用兵之法。　③欲，欲望。上下同欲，国内上下、军内上下同心同德。④虞，预料，这里是准备的意思。以虞待不虞，以有准备的对待没有准备的。⑤御，驾御，这里是牵制的意思。将能而君不御，将领有指挥才能而君主不加以牵制。　⑥殆，危险。　⑦一胜一负，胜负各半。

【白话文翻译】

孙子说：用兵的基本原则是：使敌人举国完整地降服于我是上策，我用武力去击破敌国就次一等；使敌人整个军完整地降服于我是上策，击败敌人一个军就次一等；使敌人整个旅完整地降服于我是上策，击破敌人一个旅就次一等；使敌人整个卒完整地降服于我是上策，击破敌人一个卒就次一等；使敌人整个伍完整地降服于我是上策，击破敌人一个伍就次一等。所以，与敌军力战，能够百战百胜，算不上是最高明的军事家；不通过交战的方式和途径就降服全体敌人，才是最高明的军事家。

所以，上等的军事行动是用谋略挫败敌方的战略意图或战争行为，其次就是用外交手段和途径战胜敌人，再次是用武力击败敌军，最下之策是用武力去攻打敌人的城池。攻城的方法和途径，是不得已而为之，是没有办法的办法。为了攻取敌军的城池，需要事先制造大盾牌和四轮车，准备攻城的所有器具，这起码得三个月。攻城时，堆筑攻城的土山，起码又得三个月。如果将领难以抑制焦躁情绪，命令士兵像蚂蚁一样爬墙攻城，结果会是己方士兵死伤至少有三分之一，而城池却依然没有攻下，这就是攻城带来的灾难。所以，善用兵的人，能使敌人屈服于我而不用打仗的手段，使敌人举城投降而不通过攻打城池的途径，摧毁敌国而不需长期作战。就是说，指挥作战的人，一定要用最完善的策略去与人争胜于天下，从而不使我方兵力受挫，又能获得全面胜利的利益。这就是谋攻的基本原则。

所以，在实际作战中运用的原则是：我军十倍于敌人，就实施围歼的战法，五倍于敌人就实施直接进攻的战法，两倍于敌人就要设法分散敌军，用各个击破的战法，势均力敌则力争直接战胜敌军。兵力弱于敌人，就避免直接与敌人作战。所以，在战场上，弱小的一方若硬拼死拼，终究会成为强大敌人的俘虏。

将帅，是国君强有力的助手。将帅辅助得缜密周详，则国家必然强大，辅助有疏漏缺陷，则国家必然衰弱。所以，国君危害军队的行为有三种：不知道军队不可以前进而下令前进，不知道军队不可以后退而下令后退，这叫作束缚军队。不知道军队的战守之事、内部事务而同理三军之政，将士们会无所适从；不知道军队战略战术的权宜变化，却干预军队的指挥，将士就会疑虑。军队既无所适从，又疑虑重重，诸侯就会趁机兴兵作难。这就是所谓的自乱其军，坐失获胜的机会。

所以，能预见己方获胜的有五个方面：能准确判断仗能打或不能打的，胜；

知道根据敌我双方兵力的多少采取对策的，胜；国内上下、军中上下意愿一致、同心协力的，胜；以有充分准备的来对付毫无准备的，胜；主将精通军事、精于权变而君主又不加干预的，胜。以上五个方面是能预见胜利的方法。

所以说：了解敌方也了解我方，每一次战斗都不会有危险；不了解敌方但了解我方，胜负的概率各半；既不了解敌方又不了解我方，每战必败。

第三节 ｜ 法家类作品选读

《韩非子第一卷·初见秦第一》（节选）

"初见秦"，也就是初次拜见秦王。这里的"秦王"是秦昭王。这是作者为拜见秦昭王而给秦昭王的上书，中心内容是向秦昭王陈述希望秦国能用战争的手段来完成一统天下大业的意见。在这篇书中，作者分析了当前的形势，指出秦国推行变法之后，"号令赏罚，地形利害，天下莫若也"，秦国的军队战力强劲，这是秦国独有的优势。有了这样的优势之后，秦国实际上已经具备了一统天下的条件，只是因为谋臣不忠的原因，才至今还没有完成统一大业。为了说明这一点，作者列举了一系列谋臣贻误战机而导致战争失败的事例。在此基础上，作者论述战争是秦国实现统一的重要手段，指出"夫战者，万乘之存亡也"的结论。

臣闻："不知而言，不智；知而不言，不忠。"为人臣不忠，当死①；言而不当②，亦当死。虽然，臣愿悉③言所闻，唯大王④裁其罪。

【参考注释】

① 当，应当。死，这里是判死罪。　② 当，得当，恰当。　③ 悉，全、都。④ 唯，表示希望。大王，对秦王的尊称，指秦昭王。

臣闻：天下阴燕阳魏，连荆固齐，收韩而成从①，将西面以与秦强为难②。臣窃笑之。世有三亡③，而天下得之，其此之谓乎！臣闻之曰："以乱攻治者亡，以邪攻正者亡④。"今天下之府库不盈，囷仓空虚，悉其士民，张军数十百万，其顿首戴羽为将军断死于前不至⑤千人，皆以言死。白刃在前，斧锧在后，而却走不能死也，非其士民不能死也，上不能故也⑥。言赏则不与，言罚则不行，赏罚不信⑦，故士民不死也。今秦出号令而行赏罚，有功无功相事⑧也。出其父母怀衽之中，生未尝见寇耳⑨。闻战，顿足徒裼⑩，犯白刃，蹈炉炭，断死于前者皆是也。夫断死与断生者不同，而民为之者，是贵⑪奋死也。夫一人奋死可以对十⑫，十可以对百，百可以千，千可以对万，万可以克天下矣。今秦地折长补短⑬，方数千里，名师数十百万。秦之号令赏罚，地形利害，天下莫若也⑭。以此与⑮天下，天下不足兼而有也。是故秦战未尝不克，攻未尝不取，所当未尝不破，开地数千里，此其大功也。然而兵甲顿，士民病，蓄积索，田畴荒，困仓虚，四邻诸侯不服，霸王之名不成⑯。此无异故⑰，其谋臣皆不尽其忠也。

【参考注释】

①阴、阳，这里的阴、阳指方位，即北面、南面。燕(yān)，与后面的"魏、荆(即楚国)、齐、韩"一样都是当时的诸侯国国名。从，通"纵"，"合纵"的简称。成从，形成了合纵之势。　②强为难，这里是竭力与秦国对抗的意思。　③三亡，这里是三中导致国家灭亡的事情。　④乱，指国家没有治理好，陷入混乱的状态。与之相反的情况叫"治"。邪，邪恶。正，正义。　⑤至，通"止"。⑥却，退却，逃跑。斧锁，用于腰斩之刑的刑具。　⑦信，信用。赏罚不信，意思是有赏罚的规定而没有按规定来具体实施。　⑧相事，相于事，根据事实来实施。有功无功相事，根据具体情况来予以奖赏和惩罚。　⑨寇，这里指敌国进犯。　⑩裼(xī)，裼衣，又叫"中衣"，古时候行礼时覆加在皮衣外面的衣服。顿足徒裼，跺着脚，打着赤膊。　⑪贵，以……为贵，也就是推崇、崇尚的意思。⑫对，抵挡。　⑬折长补短，折断长的去补短的。　⑭若，像，比得上。莫若，没有哪一个国家比得上。　⑮与，通"举"，攻取。　⑯兵甲，兵器铠甲。顿，困顿，这里是破烂、不堪使用的意思。士民，士兵和百姓，即军民。病，这里是疲惫的意思。蓄积，这里指国家的积蓄。索，空虚。田畴，农田。荒，荒芜。困仓，粮仓。虚，空虚。四邻诸侯，指邻国及各个诸侯国。服，归服。成，成就，成功。⑰异故，意外的原因。

臣敢①言之：往者齐南破荆，东破宋，西服②秦，北破燕，中使③韩、魏，土地广而兵强，战克攻取，诏令天下。齐之清济浊河④，足以为限；长城巨防，足以为塞。齐，五战之国也⑤，一战不克而无齐。由此观之，夫战者，万乘⑥之存亡也。且闻之曰："削迹无遗根，无与祸邻，祸乃不存⑦。"秦与荆人战，大破荆，袭郢⑧，取洞庭、五湖、江南，荆王君臣亡走，东服于陈⑨。当此时也，随荆以兵，则荆可举；荆可举，则民足贪也，地足利也，东以弱齐、燕，中以凌三晋⑩。然则是一举而霸王之名可成也，四邻诸侯可朝⑪也，而谋臣不为，引军而退，复与荆人为和。令荆人得收亡国，聚散民，立社稷主，置宗庙，令率天下西面以与秦为难。此固以失霸王之道一矣。天下又比周而军华下⑫，大王以诏破之，兵至梁郭下⑬。围梁数旬，则梁可拔；拔梁，则魏可举；举魏，则荆、赵之意绝⑭；荆、赵之意绝，则赵危；赵危而荆狐疑⑮；东以弱齐、燕，中以凌三晋。然则是一举而霸王之名可成也，四邻诸侯可朝也，而谋臣不为，引军而退，复与魏氏为和。令魏氏反收亡国，聚散民，立社稷主，置宗庙，令率天下西面以与秦为难。此固以失霸王之道二矣。前者穰侯⑯之治秦也，用一国之兵而欲以成两国之功，是故兵终身暴露于外，士民疲病于内，霸王之名不成。此固以失霸王之道三矣。

【参考注释】

　　① 敢，不敢说而说，这是自谦的说法，意思相当于"斗胆"。　② 服，"使……顺服"的意思。　③ 使，役使。　④ 清济浊河，指济水、黄河两条河。⑤ 五战之国，在与诸侯国的交战中，打了五次胜仗的国家。　⑥ 万乘，"万乘大国"的简称，大国。　⑦ 无，同"毋"，不要。削迹，用刀等工具削除痕迹，这里指砍树。邻，邻近，接近。祸邻，与祸害接近。　⑧ 郢（yǐng），楚国的都城。⑨ 东，向东，往东。服，通"伏"，蹲伏。陈，地名，在今河南省境内。　⑩ 随，跟随，这里是追击的意思。举，攻取。贪，与后面"地足利"中的"利"为互文，意思是夺取。凌，凌驾。三晋，战国初期，晋国分裂为韩、魏、赵三个小国，后世因此而称晋国故地或者赵、燕、韩三个诸侯国为三晋。　⑪ 朝，使……前来朝拜。⑫ 比周，彼此联结。军，驻军。华，即韩国一个叫华阳的地方。　⑬ 梁，魏国都城大梁。郭，外城。　⑭ 荆、赵之意，这里指楚国、赵国等诸侯国合纵抗秦的想法、意图。绝，消失，打消。　⑮ 狐疑，犹豫不决。　⑯ 穰侯，人名，指魏冉。

【白话文翻译】

　　我听说："不知道就说，这是不明智之举；知道了却不说，这是不忠诚的表现。"作为臣子，对国君不忠诚，该处死；说话不合宜，也该处死。虽然这样，我还是愿意说出我自己的全部所见所闻，请大王您裁断我的进言之罪。

　　我听说：北面的燕，南面的魏，他们连接楚国和齐国，纠合韩国而成合纵之势，打算共同向西与强秦作对。对此，我私下讥笑他们。世界上有三种自取灭亡的途径，现在，六国都占有了，说的大概就是六国合纵攻秦这种情况吧！我听人说过："混乱的进攻安定的将自取灭亡，邪恶的进攻正义的将自取灭亡，倒行逆施的进攻顺乎天理的将自取灭亡。"如今，六国的财库亏空，粮仓空虚，还要征发全国百姓，扩充军队到数十上百万，其中领命戴羽作为将军并发誓在前线决死战斗的不止千人，他们都说不怕死。可是，这些人，即使是利刃当前，刑具在后，他们还是退却逃跑，不能拼死战斗。不是六国的士兵不能死战，而是六国君主不能使他们死战的缘故。说要奖赏的并不兑现奖赏，说要惩罚的却不执行惩罚，赏罚失信，所以士兵不愿死战。如今秦国早已公布法令，并依照法令严格实行赏罚，对有功和无功的分别对待。虽然，百姓脱离父母怀抱，生平还不曾见过敌人，但一听说打仗，他们就踩脚赤膊，迎着利刃，踏着炭火，上前拼死的比比皆是。拼死和贪生不同，而百姓之所以愿意死战，这是因为他们崇尚舍生忘死的精神。一人奋勇拼死，就可以以一当十，以十当百，以百当千，以千当万，以万战取天下了。如今秦国领土截长补短，方圆数千里，威名远震的部队有数十百万之多。秦国的法令、赏罚严明，所处地理位置有利，天下没有一个国家能比得上。凭这些攻取天下，无须费力就可兼并占有。因此，秦国打仗没有不获胜的，攻城没有不占取的，遇上抵抗的军队没有不击败的，凭借这样的有利条件，秦国已经开辟疆土数千里，这是它的大功。但是，秦国现在却是士兵疲惫，百姓困乏，积蓄用尽，田地荒芜，谷仓空虚，四邻诸侯不服，霸王大名不成，这中间没有别的缘故，只是因为秦国的谋臣都没有为国尽忠。

现在，我斗胆向您进言：过去齐国往南打败楚军，往东攻灭宋国，往西迫使秦国顺服，往北击败燕国，居中役使韩、魏两国，领土广阔而兵力强大，战则胜，攻则取，齐国由此而号令天下。齐国的济水、黄河，足以用作防线；长城、巨防，足以作为要塞。齐国是打了五次大胜仗的国家，后来却仅仅因为一次战斗失利就濒于灭亡。由此看来，战争是关系到大国存亡的大事。我还听说过这样的话："砍伐树木时不要留下树根，不要接近祸害，祸害就不会存在。"秦军和楚军作战，大败楚军，击破郢都，占领洞庭、五洛、江南一带，楚国君臣逃跑，往东在陈城苟且设防。这个时候，秦国继续用兵追歼楚军，就可占领楚国；占领了楚国，楚国国民就要完全归秦所有，楚地就足以归秦所用，往东可以进而削弱齐、燕，在中原可进而侵凌韩、赵、魏。果真能这样的话，那就是一举而可成就霸王之名，可以使四方诸侯国都来朝拜我秦国了。秦国的谋臣却并没有这样做，而是率领军队撤退，重新与楚人讲和，使楚人得以收复沦陷的国土，聚集逃散的百姓，重新修建社稷祭坛，设置宗庙，以至于有机会让他们统帅东方各国往西来与秦国作对。这的确是秦国第一次失去了称霸天下的机会。合纵的六国曾经紧密配合，驻军华阳，大王下诏还击，秦国军队打败了他们，一直兵临魏国大梁城下。包围大梁几十天，大梁眼看就可以被攻克。攻克了大梁，就可以占领魏国；占领了魏国，楚、赵联合的意图就无法实现了；楚、赵联合的意图无法实现，赵国就危险了；赵国危险，楚国就会犹豫不决。这样，大王您往东可以进而削弱齐、燕，在中原可以进而侵凌韩、赵、魏。果能如此，那就是一举而可成就霸王之名，可使四邻诸侯国都来秦国朝拜。然而，这个时候，秦国的谋臣却并没有这样做，而是率领军队撤退，重新与魏国人讲和，魏国反而因此能收复沦陷的国土，聚集逃散的百姓，重新修建社稷祭坛，设置宗庙，以至于有机会让他们统帅东方各国往西来与秦国作对。这的确是秦国第二次失去了称霸天下的机会。先前，穰侯治理秦国时，很想用一国的兵力而建立两国的功业，因此，士兵终身在野外艰苦作战，百姓在国内疲惫不堪，致使秦国未能成就霸王之名。这的确是秦国第三次失去了称霸天下的机会。

第四节 │ 谱录类作品选读

茶经卷上（节选）

一之源

《茶经》约七千字，分上、中、下三卷十节，《一之源》《二之具》《三之造》属上卷。其中，《一之源》主要介绍了茶的形态、名称、品质及功用。

茶者，南方之嘉木也。一尺、二尺乃至数十尺；其巴山峡川有两人合抱者，伐而掇之[①]。其树如瓜芦，叶如栀子，花如白蔷薇，实如栟榈[②]，蒂如丁香，根如胡桃。（原注：瓜芦木，出广州，似茶，至苦涩。栟榈，蒲葵之属，其子似茶。胡桃与茶，根皆下孕[③]，兆至瓦砾，苗木上抽。）

其字，或从草，或从木，或草木并。（原注：从草，当作"茶"，其字出《开元文字音义》[④]。从木，当作"搽"，其字出《本草》。草木并，作"荼"，其字出《尔雅》。）其名，一曰茶，二曰槚[⑤]，三曰蔎[⑥]，四曰茗，五曰荈[⑦]。（原注："周公云：槚，苦荼。"扬执戟[⑧]云："蜀西南人谓荼曰蔎。"郭弘农[⑨]云："早取为荼，晚取为茗，或曰荈耳。"）

其地，上者生烂石，中者生栎壤（原注：栎字当从石为砾），下者生黄土。凡艺而不实⑩，植而罕茂。法如种瓜，三岁可采。野者上，园者次。阳崖阴林，紫者上，绿者次；笋者上，芽者次；叶卷上，叶舒次⑪。阴山坡谷者，不堪采掇，性凝滞，结瘕疾⑫。

茶之为用，味至寒，为饮最宜。精行俭德之人，若热渴、凝闷、脑疼、目涩、四肢烦、百节不舒，聊四五啜，与醍醐、甘露⑬抗衡也。采不时，造不精，杂以卉莽⑭，饮之成疾。茶为累也，亦犹人参。上者生上党⑮，中者生百济、新罗⑯，下者生高丽⑰。有生泽州、易州、幽州、檀州⑱者，为药无效，况非此者！设服荠苨⑲使六疾不瘳⑳。知人参为累，则茶累尽矣。

【参考注释】

① 伐，砍下枝条。掇，拾拣。 ② 栟榈(bīng lǘ)，棕树。 ③ 下孕，在地下滋生发育。兆，裂开。根皆下孕，兆至瓦砾，指核桃与茶树一样，生长时根将土地撑裂，嫩芽才出土并长成茶树。 ④《开元文字音义》，唐开元二十三年(735)编辑的一部字书，现在佚而不存。 ⑤ 槚(jiǎ)，楸、梓之类的树木，一度假借为表示"茶"的字，可以视为"茶"的别字。 ⑥ 蔎(shè)，一种香草，一度假借为表示"茶"的字，可以视为"茶"的别字。 ⑦ 茗，茶的嫩芽。荈(chuǎn)，茶树老叶制成的茶。 ⑧ 扬执戟，即扬雄，西汉人。 ⑨ 郭弘农，即郭璞，晋人，诗人、文字学家。 ⑩ 艺，指种植技术。实，结实，指土质坚实。 ⑪ 叶卷上，叶舒次，即叶片卷者为初生嫩芽，质量最好，叶片舒展平直者，质量居次。⑫ 凝滞，凝结不散。结，凝结。瘕，中医病症名称。 ⑬ 醍醐、甘露：醍醐，酥酪上凝聚的油，味甘美。甘露，甜美的露水，古人认为它是"天之津液"。 ⑭ 卉莽，野草。 ⑮ 上党，唐代郡名。 ⑯ 百济、新罗，唐时位于朝鲜半岛上的两个小国。 ⑰ 高丽，即"高句丽"，唐时位于朝鲜半岛上的小国。 ⑱ 泽州、易州、幽州、澶州，都是唐代的州名。 ⑲ 荠苨(nǐ)，一种形似人参的野果。 ⑳ 六疾，中医指六种外感致病因素(中医称"六淫")而引发的各种疾病。瘳，病愈。

【白话文翻译】

茶树是我国南方珍贵的常绿树，树高由一尺、二尺，直到数十尺。川东、鄂西一带，有主干粗到两人合抱的茶树，人们砍下枝条才能采摘茶叶。茶树的形态像瓜芦，叶形像栀子，花像白蔷薇，果实像栟榈，茎像丁香，根像胡桃。(瓜芦木产在广州，它的形态像茶，滋味特别苦涩。栟榈是蒲葵一类的植物，种子像茶子。胡桃树和茶树，它们的根都向下伸长，碰到坚实的砾土，苗木才向上生长。)

"茶"这个字，它的部首或者从"草"，或者从"木"，或者"草""木"兼从（从"草"的，写作"茶"，此字见于《开元文字音义》；从"木"的写作"搽"，此字见于《本草》；"草""木"兼从的，写作"荼"，此字见《尔雅》。）

茶拥有多个名称，一为茶，二为槚，三为蔎，四为茗，五为荈。（据周公说，槚，就是苦茶。扬执戟说，四川西南部人把茶叫作蔎。而郭弘农则说，早采的叫作茶，晚采的叫作茗，或叫作荈。）

种茶以烂石化成的土壤为最好，其次为砾壤（按：砾字当从石字为砾字），黄土地上生长的茶品质最差。凡是栽种茶树时，不使土壤松实兼备，种下的茶树就不能长得枝繁叶茂。一般的，茶树种植三年就可采摘茶叶。野生的茶树好，园地里种植的要差些。在向阳的山坡上，林荫覆盖下的茶树，芽叶呈紫色的为好，绿色的要差一些；芽叶细长如笋的要好一些，芽叶细长如牙的要差一些；叶嫩反卷的好，叶嫩平展的要差些。生长在阴山坡山谷的茶树，不值得采摘，因为这样的茶叶茶性凝滞，饮用它，容易使人患上腹中结块的病。

茶的效用：因为茶性质为寒冷能降火，用茶作饮料于体质偏热的人最为适宜。那些注意品行操守，有节俭美德的人，如感到热渴、凝闷、头疼、眼涩、四肢无力、关节不舒服，只要饮茶四五口，就同饮用醍醐、甘露的效果不相上下。

但是，如果是采摘不及时，制造不精细，混杂了野草的茶叶，饮了就会让人生病。

选用茶叶与选用人参相似，选用不当会让人因此而受累。上等的人参产于上党，中等的产于百济、新罗，下等的产于高丽。那些产于泽州、易州、幽州和檀州的，当药材使用不会有任何功效。人参选用不当，后果尚且如此，何况不如人参的茶叶呢！如果误把荠苨当人参使用，就什么疾病也治疗不好。明白了选用人参不当的后果，也就能顺势推知选用茶叶不当的后果了。

第五节 ｜ 医家类作品选读

伤寒论卷第六·辨太阴病脉证并治第十（节选）

《伤寒论》用六经辨证论治的方法和原则来诊断、治疗疾病，《伤寒论卷第六·辨太阴病脉症并治第十》介绍了太阴经症候群的临床病症、脉象及病变机制、疾病转归情况以及辨证论治的主要原则、基本方药等方面的内容。

太阴之为病^①，腹满而吐^②，食不下^③，自利益甚^④，时^⑤腹自痛。若下^⑥之，必胸下结硬^⑦。

【参考注释】

① 太阴之为病，即太阴病。　② 腹，指腹部。满，胀满。吐，呕吐。腹满而吐，即腹部胀满，呕吐。　③ 食，食物，饮食。食不下，即吃不进饮食。　④ 利，指腹泻。益，更加，甚，厉害。　⑤ 时，副词，常常、时时。　⑥ 若，如果。下，中医术语，即下法，又叫泄法、攻下法。　⑦ 胸下结硬，指胃脘部胀硬，大便不通。

太阴中风^①，四肢烦疼^②，阳微阴涩而长者^③，为欲愈^④。

【参考注释】

① 中（zhòng）风，中医术语，指感受风邪而引发的疾病。　② 烦，指内心烦扰。疼，疼痛。　③ 阳、阴，在中医理论体系中，以部位而论，阳为浅表，阴为沉里。微、涩、长，即微脉、涩脉、长脉三种脉象名称。　④ 为，表示判断，是。欲，将要。愈，痊愈。为欲愈，意思是这是疾病将要痊愈的表现。

太阴病，欲解^①时，从亥至丑上^②。

【参考注释】

① 解，解除，也就是好转、痊愈。　② 亥时，相当于二十一点至二十三点，丑时，相当于一点至三点。

太阴病，脉浮^①者，可发汗^②，宜桂枝汤^③。

【参考注释】

① 浮，即浮脉，这里指出现了浮脉。　② 发汗，中医治疗方法之一。③ 宜，这里是适合用的意思。桂枝汤，中医方剂之一。

自利不渴^①者，属太阴，以其脏有寒故^②也，当温^③之，宜服四逆辈^④。

【参考注释】

① 渴，口渴。　② 脏，脏腑。寒，这里的寒指感受了寒邪。　③ 温，即温里，中医的一种治疗方法，这里指使用温里的治法来治疗。　④ 辈，犹言类。四

逆，即四逆汤，中医方剂之一。

伤寒脉浮而缓①，手足自温②者，系在太阴③；太阴当发身黄④，若小便自利者，不能发黄⑤；至七八日⑥，虽暴烦下利⑦，日十余行⑧，必自止⑨，以脾家实⑩，腐秽当去故⑪也。

【参考注释】

①伤寒，即"伤于寒"的简称，中医术语，指感受六淫中的寒邪而致病。缓，即缓脉，这里是出现了缓脉的意思。　②温，温暖、暖和。自温，指不需烤火受热而自然温暖、暖和。　③系在太阴，病属于太阴，也就是太阴病。　④发身黄，身上发黄。　⑤自利，通畅。　⑥至，到，达到。至七八日，到了七八天。⑦暴，突然。烦，心烦、烦闷。下利，指腹泻。　⑧日十余行，指每天腹泻十多次。　⑨止，停止，这里指前面所说的腹泻停止。　⑩以，因为。脾家，脾脏。脾家实，指脾脏功能正常。　⑪腐秽，指肠中腐败秽浊的物质。去，排出。故，原因。

本太阳病①，医反下②之，因尔腹满时③痛者，属太阴也④，桂枝加芍药汤主之⑤；大实痛者⑥，桂枝加大黄汤主之⑦。

【参考注释】

①本，本来，原来。太阳病，六经病症之一。　②下，下法。这里是用下法来治疗的意思。　③腹满，腹部胀满。时，常常。　④属，属于，这里表判断，如同"是"的意思。　⑤桂枝加芍药汤主之，指用桂枝加芍药汤来治疗。　⑥大实痛者，指肠道积滞，大便不通而腹部疼痛厉害。　⑦桂枝加大黄汤主之，指用桂枝加大黄汤来治疗。

桂枝加芍药汤方

桂枝三两(去皮)、芍药六两、甘草二两(炙)、大枣十二枚(擘①)、生姜三两(切)。

右②五味，以水七升，煮取三升，去滓，温分三服③。

本云桂枝汤，今加芍药。

桂枝加大黄汤方

桂枝三两(去皮)、大黄二两、芍药六两、生姜三两、甘草二两(炙)、大枣十二枚(擘)。右六味，以水七升，煮取三升，去滓，温服一升，日三服。

【参考注释】

① 擘，用手掰开。 ② 古人是竖行从右边开始书写的，前面的文字在后面的文字的右边，故而说上文在右边，简称"右"。 ③ 温分三服，即趁药汤温热的时候分三次服完。

太阴为病①，脉弱②，其人续自便利③，设当行④大黄、芍药者，宜减之⑤，以其人胃气弱⑥，易动故也⑦。

【参考注释】

① 太阴为病，即太阴病。 ② 弱，虚弱，指出现了弱脉。 ③ 续，这里是续发的意思。便利，指腹泻。续自便利，这里指出现继发性腹泻的病症。 ④ 设，假如，如果。行，这里是"用"的意思。 ⑤ 宜减之，这里指即使应该用大黄、芍药两味药，也应该减少用量。 ⑥ 胃气，中医术语，大致相当于我们现在所说的肠胃功能。弱，虚弱。 ⑦ 动，这里是受到损伤的意思。

【白话文翻译】

太阴病的主要症候特征是腹部胀满，呕吐，吃不进饮食，腹泻特别厉害，腹部时时疼痛。若误用攻下的方法来治疗，则会导致胃脘部痞结胀硬。

太阴中风表现为四肢疼痛，烦扰无措，如果脉搏由微涩转变为长脉，就是将要痊愈的表现。

太阴病即将解除的时间，大多在夜晚十时至深夜二时之间。

太阴病时，如果出现了表证，出现了浮脉，则可以用桂枝汤，用解肌发汗的方法来治疗。

腹泻而口不渴的，属于太阴病的表现，因为这是脾脏虚寒的缘故，应当以温里法来治疗，宜服用四逆汤一类的方药。

因受寒邪所致的外感病，表现为脉象浮而缓，手足自然温暖的，属太阴病的范畴。若是太阴寒湿内郁，就会显现出全身发黄的症候；若病人小便通畅，因为湿而能下泄，就不会形成全身发黄的症候。病程到了七八天，病人突然出现心烦、一日腹泻十多次的症候，这个时候，病人的腹泻一定会自行停止。这是病人的脾阳之气恢复，胃肠机能趋向正常，开始推荡腐秽积滞之物从下而去的原因所致。

本是太阳病，医生反用攻下的药物来治疗，因而使病人腹中胀满，并时时腹痛的，这是因医生误用攻下的方法致使病邪陷于太阴的原因所致，应当用桂枝加芍药汤来治疗。这个时候，如果病人肠中有积滞而大实痛的，就应当用桂枝加大黄汤来治疗。

桂枝加芍药汤方

桂枝三两（去皮）、芍药六两、甘草二两（用蜂蜜灸）、大枣十二颗（掰开）、生姜三两（切开）。

右边开列的五味药物，用七升水煎煮成三升药汤之后，去掉药渣，趁温热分三次服用。

这个方剂本来叫"桂枝汤"，加芍药之后就组成了桂枝加芍药汤。

桂枝加大黄汤方

桂枝三两（去皮）、大黄二两、芍药六两、生姜三两、甘草二两（用蜂蜜灸）、大枣十二颗（掰开）。

右边开列的六味药物，用七升水煎煮成三升药汤之后，去掉药渣，趁温热每次服用一升，每天服用三次。

太阴病，如果脉象弱，病人虽然暂时没有腹泻，但不久之后一定会出现腹泻。对于这样的病人，即使是应当使用大黄、芍药的，也应当减量使用。这是病人脾胃之气虚弱，容易受到损伤的缘故。

第六节 ｜ 杂家类作品选读

一、《吕氏春秋·慎大览第三》之《察今》

这是《吕氏春秋·慎大览第三》中的第八篇，通过论述，作者强调说明了这样的观点：因时而变法很重要，古今时势不同，变法者应该在明察当前形势的基础上制定法令，而不应该死守以前的成法。

八曰[①]，上胡不法先王之法[②]？非不贤也，为其不可得而法[③]。先王之法，经乎上世而来者也，人或益之，人或损之[④]，胡可得而法？虽人弗损益，犹若不可得而法[⑤]。东夏之命，古今之法，言异而典殊[⑥]。故古之命多不通乎今之言者，今之法多不合乎古之法者。殊俗之民，有似于此[⑦]。其所欲同，其所为异[⑧]。口惛之命不愉，若舟车衣冠滋味声色之不同⑨，人以自是，反以相诽⑩。天下之学者多辩，言利辞倒，不求其实，务以相毁，以胜为故⑪。先王之法，胡可得而法？虽可得，犹若不可法。

凡先王之法，有要于时也⑫。时不与法俱在，法虽今而在，犹若不可法。故释先王之成法，而法其所以为法⑬。先王之所以为法者，何也？先王之所以为法者，人也⑭，而己亦人也。故察己则可以知人，察今则可以知古。古今一也，人与我同耳。有道之士，贵以近知远，以今知古，以所见知所不见⑮。故审堂下之阴，而知日月之行，阴阳之变⑯；见瓶水之冰，而知天下之寒，鱼鳖之藏也⑰。尝一脔肉，而知一镬之味，一鼎之调⑱。

【参考注释】

① 《察今》属于《慎大览第三》中的第八篇，所以文章开头有"八曰"之说。② 上，指国君。胡，疑问代词，为什么。　③ 贤，善良，这里可以理解为"好"的意思。为，因为。法，取法、效法。　④ 经，经过。上世，前代，上一代。益，增加。损，减少。　⑤ 虽，即使。犹若，仍然，还是。　⑥ 东夏，东夷和诸夏的简称。夷，远古时期我国东部沿海地区部落及少数民族的统称。夏，华夏，汉族的前身。命，指名称。言异，语言各不相同。典殊，典章制度各不相同。　⑦ 殊俗，不同的风俗。　⑧ 所欲，希望达到目的。所谓，具体的做法。　⑨ 口惛(wěn)之命，口头的用语，也就是方言。愉，通"渝"，改变。不愉，不会改变，也就是彼此之间的方言不会相通。若，像，好像。滋味，指饮食上偏好的口味。声色，指喜好的声音、色彩。　⑩ 自是，自己认为自己是对的。诽，非议，议论别人的不是、不对。　⑪ 言利，言辞犀利，即能言善辩。辞倒，用词颠倒，也就是颠倒是非。务，力求。故，事，事务。　⑫ 凡，所有。要(yāo)，要求，这里是动词用作名词，意思是"符合……的要求"。有要于时，也就是适应、符合当时的需求。　⑬ 释，放下，丢弃。成法，现成的法令制度。所以，用来……的依据、根据。　⑭ 人，这里指古人。　⑮ 有道之士，这里指懂得古今异代，应该根据实际情况来制定法令制度的懂道理的人。贵，可贵，值得珍视。　⑯ 审，察看。堂下，堂屋前，也就是庭院中。阴，太阳、月亮照射的影子。行，运行。　⑰ 藏，潜藏。　⑱ 脔(luán)，通"膏"，切成小片的肉。一脔肉，一块肉。镬(huò)，古代的大锅。调(tiáo)，指调味。

荆人欲袭宋，使人先表澭水①。澭水暴益，荆人弗知，循表而夜涉②，溺死者千有余人，军惊而坏都舍③。向其先表之时可导也④，今水已变而益多矣，荆人尚犹循表而导之，此其所以败也。今世之主法先王之法也，有似于此。其时已与先王之法亏⑤矣，而曰此先王之法也，而法之以为治⑥，岂不悲哉！

故治国无法则乱，守法而弗变则悖，悖乱不可以持国⑦。世易时移，变法宜矣⑧。譬之若良医，病万变，药亦万变。病变而药不变，向之寿民，今为殇子矣⑨。故凡举事必循法以动，变法者因时而化⑩。若此论则无过务矣⑪。夫不敢议法者，众庶也⑫；以死守法者，有司也⑬；因时变法者，贤主也。是故有天下七十一圣⑭，其法皆不同；非务相反也⑮，时势异也。故曰：良剑期乎断，不期乎镆铘⑯；良马期乎千里，不期乎骥骜⑰。夫成功名者，此先王之千里也。

【参考注释】

①荆，楚国的别称。荆人，楚国人。袭，偷袭。宋，宋国。表，标记，这里活用为动词，即作标记。澭水，黄河的一个支流，今称赵王河。　②益，通"溢"，水满而漫出。暴益，突然涨水。循表，顺着标记。涉，徒步过河。　③而，这里是"如"的意思。坏，毁坏。都舍，大的房屋。　④向，以前，往日。道，引导，这里是涉水过河的意思。　⑤亏，通"诡"，不同。　⑥法，取法，效法。以为，即"以之为"，把它当做：治，治理。　⑦悖，违背事理。乱，混乱。持，操持、保持。持国，治理好国家。　⑧世易，世道不同，社会变了。时移，时代变化了。宜，适宜，应该。　⑨寿民，长寿的人。殇子，未到成年而死去的人。　⑩举事，做事情，多指干大事。循法，遵循方法、规律。以，连词，来。化，变化，改变。　⑪务，事务，工作。过务，错误。　⑫众庶，老百姓。　⑬有司，有关部门的官员。　⑭有天下七十一圣，指古代统治天下的七十一个君主。　⑯期乎断，要求它能斩断东西。镆铘，即莫邪，春秋时吴王阖闾的宝剑。　⑰骥、骜，古时候传说中的千里马之名。

楚人有涉江者，其剑自舟中坠于水，遽契其舟①，曰："是吾剑之所从坠②。"舟止，从其所契者入水求之。舟已行矣，而剑不行，求剑若此，不亦惑乎③？以故法为其国与此同④。时已徙矣，而法不徙⑤。以此为治，岂不难哉！

有过于江上者，见人方引婴儿而欲投之江中⑥，婴儿啼。人问其故。曰："此其父善游。"其父虽善游，其子岂遽善游哉⑦？以此任物⑧，亦必悖矣。荆国之为政⑨，有似于此。

【参考注释】

① 遽(jù)，急速，急忙。契(qì)，用刀雕刻，一说通"锲"，也是用刀雕刻的意思。 ② 是，表示判断。 ③ 惑，糊涂。 ④ 故法，旧的、以前的法律制度。为，治理。 ⑤ 徙，变迁，变化。 ⑥ 方，正在。引，拉着。 ⑦ 遽，通"讵"，表示反问。岂遽，难道。 ⑧ 任，负担，担当，这里是处理的意思。任物，处理事务。 ⑨ 荆国，一作"乱国"。为政，治理国家，执掌国家政事。

【白话文翻译】

第八个话题是：国君为什么不效法古代帝王的法令制度呢？不是它不好，而是因为后人无从取法它。古代帝王制度，经历了漫长的古代而流传到现在，在流传过程中，有的增补了，有的删减了，怎么还能够去取法它呢？即使人们没有增减它，也是无从去取法的。

东夷和诸夏之国的名称，古代和现今的法则，从言辞到内容都不尽相同。所以，古时的称谓与当今的说法都有差异，如今的法律也多不适应于古代。风俗不同之人的情况也像这样。他们所想的相同，所做的都不同，往往是彼此之间言语不相通而使人不愉快，就像彼此使用和熟悉的车船、衣服帽子、饮食习惯以及彼此喜好的音乐、色彩等各不相同一样。人性自私，我们每个人都认为自己是对的，而否认他人的不同意见。天下有学问的人都能言善辩，却颠倒是非，不懂实际，只是把相互攻击他人作为快事，把战胜对方作为自己的目的。如此说来，古代帝王制定的法令制度，哪能拿来仿照呢？即使可以拿过来，也不能成为当今人的法则。

凡是先王的法令制度，都是适应当时的需要的。前代帝王所处的时代与他们奉行的法令制度不能同时存在，即使是他们奉行的法令制度现在还保存着，仍然不足以让我们现在来奉行。因此，对于后人来说，要抛弃先王现成的法令制度，而取法他制定法令制度的根据。前代帝王制定法令制度的依据，是当时人们的实际需要。制定法令制度的人自己本来也是人，所以明察自己就可以推知别人，明察现在就可以推知古代。古代人和现在人的需要是一样的，别人和自己的需要是相同的。明白事理的人，可贵的地方就在于他能够根据近的推知远的，根据现在的推知古代的，根据已经看到的推知未见到的。所以，观察房屋下面的光影，就知道太阳、月亮运行的情况，还有早晚和寒暑季节变化的情况；看到瓶子里水结的冰，就能感知天下已经寒冷，鱼鳖已经潜伏了。尝一块肉，就能推知一锅肉的味道，整个鼎中调味的好坏。

　　楚国人要去偷袭宋国，先派人在滍水里设立标记。后来，滍水河水突然上涨，楚国人却不知道，他们还是顺着原来的标记在夜间渡水，结果淹死了一千多人，士兵惊骇的声音如同大屋倒塌一样。以前，他们设立标记的时候，是可以沿着标记渡水的，现在，水位已经有了变化，水涨了很多，可是，楚国人依然照着原来的标记渡水，这是他们惨败的原因。现在的国君取法先王的法令制度，有些就像上面所说的楚人渡滍水。他们不知道，他们所处的时代已经与前代帝王制定的法令制度不相适应了，他们还依然说这是前代帝王制定的法令制度，我因而取法它。用这种方法制定的法令制度来治理国家，难道不是可悲的吗！

　　所以说，治理国家没有法令制度就会混乱，死守现成的法令制度而不改变就会行不通，混乱和不合时宜都不能让国家长治久安。社会不同了，时代改变了，依时而动、改变法令制度是应该的。这如同是好的医生，病症千变万化，下药也要千变万化。病症变了而药不变，本来可以长寿的人，现在也变成短命鬼了。所以，做事情一定要遵循一定的方法规律来进行，修订法令制度要随时代的变化而变化。如果按照这样做就不会做错事了。那些不敢议论法典的，是普通百姓；拼死维护旧的法度的，是官吏；按照时代的变化来变法的，是贤能的君主。因此，统治过天下的七十一位古代帝王，他们的法令制度都各不相同；并不是说他们的法令制度一定要有所不同，而是因为他们所处的时代形势不一样了。所以说：好剑只要它能斩断东西就可以了，而不要求它一定是镆铘这样的名剑；好马只要求它一天能跑千里就可以了，不要求它一定是骥骜这样的千里马。能成就治理好国家的功名，这才是古代帝王追求的目标啊。

　　楚国有个人，在渡江时，宝剑从船上掉到水里，他急忙用刀在剑掉下去的船舷上刻了个记号，说："这里是我的宝剑掉下去的地方。"船停了，他就从他刻着记号的地方下水去打捞宝剑。他不知道，船已经行走了，但掉进水里的剑却没有动。这样来寻找宝剑，不也是很糊涂吗？用陈旧的法令制度治理国家的人，正和这个故事中的楚国人相同。时代已经变了，而法令制度却一点都不变，用这种方法来治理国家，岂不是太难了吗！

　　有个从江边上走过的人，看见一个人正在拉着个婴儿，想把这个婴儿投到江里去，婴儿大声啼哭。路过的人问他为什么要这么做。他说："这孩子的父亲很会游泳。"他哪里知道，尽管孩子的父亲很会游泳，他的孩子难道就一定也很会游泳吗？用这种方法来处理事情，必然是荒谬的。楚国人治理国家，就有点像这种情况。

二、《墨子第十三卷·公输》

这是一个以叙述墨子自己的行迹为主要内容的故事，它具体反映了墨子为践行自己反对侵略、扶助弱小的思想而付出的努力。

公输盘为楚造云梯之械①，成，将以攻宋。子墨子闻之②，起于齐③，行十日十夜而至于郢④，见公输盘。公输盘曰："夫子何命焉为⑤?"子墨子曰："北方有侮臣⑥者，愿借子杀之⑦。"公输盘不说⑧。子墨子曰："请献十金⑨。"公输盘曰："吾义固不杀人⑩。"子墨子起，再拜⑪，曰："请说之⑫。吾从北方闻子为梯，将以攻宋。宋何罪之有⑬? 荆国有余于地，而不足于民，杀所不足，而争所有余⑭，不可谓智。宋无罪而攻之，不可谓仁⑮。知而不争⑯，不可谓忠。争而不得，不可谓强⑰。义不杀少而杀众，不可谓知类⑱。"公输盘服⑲。

【参考注释】

① 公输盘，战国时期鲁国人，姓公输，名盘。盘，也写作"般"或者"班"。云梯，古时候军队中帮助攻城士兵登城用的器械。　② 子墨子，即墨翟。　③ 起于齐，从齐国动身、从齐国出发。　④ 郢(yǐng)，战国时楚国的都城，在今湖北江陵县境内。　⑤ 夫子，古时候对男子的敬称，相当于"您""先生"。　⑥ 侮，欺侮。臣，先秦时期第一人称的谦称，相当于第一人称代词"我"。　⑦ 借，凭借，依靠。子，对第二人称的尊称，相当于"您"。　⑧ 说，通"悦"，愉快，高兴。⑨ 请，表示恭敬。金，古代货币单位名称，黄金一斤叫一金。　⑩ 义，道义。固，本来、从来。　⑪ 再，第二次。再拜，拜了两拜。　⑫ 之，指代公输盘说的义不杀人的问题。　⑬ 之，宾语提前的标志。宋何罪之有，即"宋有何罪"，宋国有什么罪过呢?　⑭ 不足，不足的。民，即人民。有余，有余的，指土地。⑮ 仁，仁爱。　⑯ 知而不争，意思是知道这样做是不智、不仁的道理而不去据理力争，劝阻楚王。　⑰ 强，有能力。　⑱ 知类，懂得依类相推的道理。　⑲ 服，折服，或者被说服。

子墨子曰："然，乎不已乎①?"公输盘曰："不可，吾既已言之王矣。"子墨子曰："胡不见我于王②?"公输盘曰："诺③。"子墨子见王，曰："今有人于此，舍其文轩④，邻有敝舆而欲窃之⑤;舍其锦绣，邻有短褐而欲窃之⑥;舍其粱肉⑦，邻有糠糟而欲窃之。此为何若人⑧?"王曰："必为窃疾矣⑨。"子墨子曰："荆之地，方五千里；宋之地，方五百里，此犹文轩之与敝舆也。荆有云梦⑩，犀兕麋鹿满之，江汉之鱼鳖鼋鼍为天下富⑪；宋所为无雉兔狐狸者也，此犹粱肉之与糠糟也。荆有长松、文梓、楩、枏、豫章⑫，宋无长木⑬，此犹锦绣之与短褐也。臣以三事之攻宋也，为与此同类⑭。臣见大王之必伤义而不得⑮。"王曰："善哉⑯！虽然，公输盘为我为云梯⑰，必取宋。"

【参考注释】

① 然，这样，既然如此。乎，应是"胡"之误，胡，疑问代词，为什么。已，停止。 ② 见(xiàn)，引见，或者"使……见"的意思。 ③ 喏，表示答应时说的话，犹言"好吧"。 ④ 舍，舍弃。文轩(xuān)，涂画、装饰有油彩纹饰，而且有围棚的车子。 ⑤ 敝，破旧。舆，车。敝舆，破旧的车。 ⑥ 锦、绣，两种精美的丝织品，代指华丽精美的衣服。褐，粗布衣服。窃，偷窃。 ⑦ 粱，好的粟。粱肉，代指好饭好菜。 ⑧ 何若，怎样、如何。此为何若人，即这是一个怎样的人。 ⑨ 窃疾，偷窃成癖。 ⑩ 云梦，即云梦泽。 ⑪ 犀、兕，雄性犀牛和雌性犀牛。麋(mǐ)鹿，一种比鹿的形体要大一些的鹿类动物，民间俗称"四不像"。鳖，甲鱼。江汉，长江和汉江。鼋(yuán)，甲鱼一类的动物。鼍(tuó)，鳄鱼的一种，民间称鼍龙。 ⑫ 长(cháng)松，高大的松树。文梓，即梓树，因为纹理细密美观而被称为"文梓"。楩(pián)，黄楩木。枏(nán)，同"楠"，即楠木。豫章，樟树。这些树木都是材质好的木材。 ⑬ 长(cháng)木，高大的树木。 ⑭ 三事，犹言三个方面。此，指代前面所说的三种不正常的现象。同类，属于同一类，属于同样的情况。 ⑮ 见，预见，看到。伤义，伤于义，有损于道义。得，得到。 ⑯ 善哉，表示赞同，犹言"好吧"。 ⑰ 为我为云梯，前一个"为"读wèi，替；后一个"为"读wéi，做，制造。

于是见公输盘①。子墨子解带为城，以牒为械②，公输盘九设攻城之机变③，子墨子九距之④。公输盘之攻械尽，子墨子之守圉有余⑤。公输盘诎⑥，而曰："吾知所以距子矣⑦，吾不言。"子墨子亦曰："吾知子之所以距我，吾不言。"楚王问其故，子墨子曰："公输子之意，不过欲杀臣，杀臣，宋莫能守，可攻也。然臣之弟子禽滑厘等三百人⑧，已持臣守圉之器，在宋城上而待楚寇矣⑨。虽杀臣，不能绝也⑩。"楚王曰："善哉！吾请无攻宋矣。"

子墨子归，过宋。天雨，庇其闾中，守闾者不内也⑪。故曰："治于神者，众人不知其功；争于明者，众人知之。"

【参考注释】

①见，这里是召见的意思。 ②牒，木片。械，指守城的器械。 ③九，泛指次数多。攻城之机变，即攻城的机巧变化。 ④距，通"拒"。 ⑤守圉，即守御，防御。 ⑥诎，通"屈"，这里指办法用完了。 ⑦所以，意思是"用来……的方法"。 ⑧禽滑(gǔ)厘，墨子的弟子。 ⑨寇，入侵。 ⑩绝，断绝，这里指阻止宋国抵挡楚国的进攻。 ⑪闾，里巷的大门。内，通"纳"，接纳。不内，不接纳。

【白话文翻译】

公输盘给楚国制造攻城器械云梯，制成后，楚国要拿着云梯去攻打宋国。

墨子听到这个消息后，从鲁国动身，走了十天十夜，来到郢都，去见公输盘。

公输盘说："先生有什么指教呢？"墨子说："北方有人欺侮我，我想借重您的力量去杀掉他。"

公输盘不高兴了。

墨子说："请让我奉送您十金的酬金。"

公输盘说："我是讲道义的人，绝不能平白无故杀人。"

墨子听了，站起来，拜了两拜，说："请让我说几句话。我在北方听说您造了云梯，要让楚国拿去攻打宋国。宋国有什么罪呢？楚国有的是土地，缺少的只是民众，如今却去杀害自己缺少的民众而争夺自己并不缺少的土地，不能说是聪明。宋国并没有罪而要去攻打它，不能说是仁爱。您懂得这个道理，却不据理力争，不能说是忠诚；争论而达不到目的，不能说是有能力；自己说讲道义，知道杀少量人是不合道义的，却要去杀众多的人，不能说是明白事理。"

公输盘被墨子说服了。

墨子说："那么，为什么不能停止攻打宋国的行动呢？"

公输盘说："不能，因为我已经对楚王说过要用云梯去攻打宋国这件事了。"

墨子说："您为什么不引荐我去见一见楚王呢？"

公输盘说："好吧。"

墨子见了楚王，说："现在这里有个人，丢掉自己华丽的车子，看到邻居有破车子便想去偷；丢掉自己的锦绣衣裳，看见邻居有粗布衣服便想去偷；丢掉自己的白米肥肉，看见邻居有糟糠便想去偷。大王，您说这是什么样的人呢？"

楚王说："这个人一定是患了偷窃病了。"

墨子说："楚国，土地方圆五千里，宋国，土地方圆只有五百里，这就好像是华丽的车子和破车子相比。楚国有云梦泽，那里满是犀兕、麋鹿之类的奇珍异兽，长江、汉水里的鱼、鳖、鼋、鼍多得天下没有别的地方可以与之相比，宋国呢，真像人们说的那样，是个连野鸡、兔子、鲫鱼都没有的地方，这就好像是白米肥肉和糟糠相比。楚国有松、梓、黄梗、楠、樟这些名贵大树，宋国却什么大树都没有，这就好像是锦绣衣裳和粗布衣服相比。这样比较之后，我认为大王此番去攻打宋国的做法，正和您说的这个患偷窃病的人一样。"

楚王说："对呀！虽然是这样，但是公输盘已经给我造好云梯了，我一定要打下宋国。"

说到这里，楚王召来公输盘与墨子比试攻防战法。墨子解下衣带当作城，用竹片当防御器械。公输盘一次又一次地设下攻城的方法，墨子一次又一次地挡住了公输盘的攻击。公输盘的攻城器械都用尽了，墨子的守城办法还绰绰有余。

公输盘能用的办法都用尽了，还是对付不了墨子，他说："我知道怎么对付你了，我不说。"

墨子说："我知道你要怎么对付我了，我也不说。"

楚王问这是怎么回事。墨子说："公输盘的意思，只不过是想要杀死我。以为杀了我，宋国就守不住了，就可以攻下了。可是，你们知道吗，我的学生禽滑厘等三百人，已经拿着我的防守器械，在宋国城墙上等待楚国来进攻呢。即使你们现在杀了我，也不能杀尽保卫宋国的人呀。"

楚王说："好啦！我就不攻打宋国了。"

墨子从楚国返回北方，途经宋国都城。这时，天下起了大雨，墨子在宋国都城城门下躲雨，守门人不让墨子在大门下避雨。墨子通过自己的努力为宋国挽回了一场战乱，对此，宋国人一点也不知道，因此也没有给予墨子应有的感激。墨子的这番遭遇说明：运用神机的人替人纾难解困，大家都不知道他的功劳；而在明处与人争辩不休来显现能耐的人，大家却都知道他。

第七节 ｜ 杂书类作品选读

一、《世说新语》作品选读

《华歆王朗》选自《世说新语·德行门第一》。汉末至魏晋时期，士族阶层中品评人物的风气十分盛行，本篇通过对华歆、王朗在患难时期对待求助之人的不同态度，品评了这两个人物道德品行的优劣。华歆，汉桓帝时的尚书令，进入曹魏之后担任了太尉。王朗，汉末为会稽太守，进入曹魏之后担任了司徒。

华歆王朗

华歆、王朗俱乘船避难①，有一人欲依附，歆辄难之②。朗曰："幸③尚宽，何为不可？"后贼迫至④，王欲舍⑤所携人。歆曰："本所以疑⑥，正为此⑦耳。既已纳其自托⑧，宁可以急相弃⑨邪？"遂携拯如初。世以此定华、王之优劣。

【参考注释】

①俱，都。 ②依附，依傍附从。辄，就。难之，感到为难。 ③幸，幸好。
④迫至，追赶上来。 ⑤舍，丢下，抛弃。 ⑥疑，迟疑不决。 ⑦为，因为。
⑧既，既然。纳其自托，接受了他的请托。 ⑩宁，疑问代词，表示反问，岂、难道。可，可以。以，因为。相弃，抛弃。

华歆和王朗一起乘船避难，途中，有一个人想搭乘他们的船，华歆感到很为难。王朗却说："幸好船还宽敞，这有什么可为难的呢？"不久之后，后面的贼寇追上来了。这时，王朗想丢下刚才搭船的人。华歆说："刚才我犹豫不决，正是这个原因。既然已经接纳了他来船上安身，哪里能因为情况危急就丢下他不管呢？"于是，仍然带着他继续前行。当时，人们由此来判定华歆王朗二人品行的优劣。

过江诸人

《过江诸人》选自《世说新语·言语门第二》。这里的"言语"是指人会说话，善于言谈应对。建兴四年(316)，刘曜攻陷长安，晋愍帝被俘，西晋因此而结束，北方少数民族贵族随占领黄河流域广大地区。由此引发了北方少数民族的大量内迁。次年，晋元帝在建康(今南京)即位，建立东晋王朝。这样的历史变故使不少中州士族渡江南下。《过江诸人》记载的故事片段反映了部分南下士族官吏在国破家亡之后的思想情绪和面貌。

　　过江诸人，每至美日①，辄相邀新亭②，藉卉饮宴③。周侯④中坐而叹曰："风景不殊，正自有山河之异⑤!"皆相视流泪。唯王丞相愀然变色⑥曰："当共戮力王室⑦，克复神州⑧，何至作楚囚相对?"

【参考注释】

　　① 美日，天气晴好的日子。　② 辄，就。　③ 藉(jiè)，垫，引申为坐卧在上面。卉，草的总名。　④ 周侯，即周顗(yǐ)，字伯仁。　⑤ 不殊，没有不同。山河之异，指当时北方广大地区被少数民族政权占领。　⑥ 王丞相，指王导，字茂弘。愀(qiǎo)然，面色忽变的样子。　⑦ 戮(lù)力，尽力。　⑧ 克复，光复、收复。神州，原指代中国，这里指中原地区。

　　到江南避难的那些人，每逢风和日丽的日子，他们总是互相邀约到新亭去聚会，坐在草地上喝酒作乐。有一次，武城侯周顗在饮宴期间叹着气说："这里的风景和中原并没有什么不同，可是彼此之间的山河却是不一样了!"听了这话之后，大家你看着我，我看着你，默然无声，凄然泪下。只有丞相王导脸色变得很不高兴，他说道："大家应该为朝廷齐心合力，收复中原，何至于像囚犯似的彼此相对流泪呢!"

二、《搜神记》作品选读

三王墓

　　《三王墓》是一个颇有神话色彩的民间故事，它讲述了干将莫邪的儿子赤为父报仇的故事。这个故事在反映楚王残暴的同时，也写出了人民对统治者的反抗，及反抗强暴的坚定意志。故事中还写了一个侠客人物，他路见不平而拔刀相助，一经承诺而矢志不移，以至于不惜牺牲自己，这样的侠客形象代表了人民的一种高贵品质。在古代传说中，干将莫邪(yé)是一个著名的铸剑师，他姓干将，名莫邪。

　　楚干将莫邪为楚王作剑，三年乃成。王怒，欲杀之。剑有雌雄。其妻重身当产^①。夫语妻曰："吾为王作剑，三年乃成。王怒，往必杀我。汝若生子是男，大，告之曰：'出户望南山，松生石上，剑在其背^②。'"于是即将^③雌剑往见楚王。王大怒，使相^④之。剑有二，一雄一雌，雌来雄不来。王怒，即杀之。

莫邪子名赤，比后壮^⑤，乃^⑥问其母曰："吾父所在?"母曰："汝父为楚王作剑，三年乃成。王怒，杀之。去时嘱我：'语汝子出户望南山，松生石上，剑在其背。'"于是子出户南望，不见有山，但睹堂前松柱下石低之上^⑦。即以斧破其背，得剑，日夜思欲报楚王^⑧。

【参考注释】

① 重（chóng）身，双身，也就是怀孕。产，分娩。当产，将要生孩子。② 户，单扇的门。其，指代松树。背，后面。 ③ 将，携带。 ④ 相（xiàng），察看。 ⑤ 比，等到。壮，长大。 ⑥ 乃，就。 ⑦ 南望，往南看。低，应该是"砥"之误，砥，即砥柱，柱子下面的基石。 ⑧ 报楚王，向楚王报仇。

王梦见一儿，眉间广尺^①，言欲报雠。王即购之千金^②。儿闻之亡去，入山行歌^③。客有逢者，谓："子年少，何哭之甚悲耶?"曰："吾干将莫邪子也，楚王杀吾父，吾欲报之。"客曰："闻王购子头千金。将子^④头与剑来，为子报之。"儿曰："幸甚^⑤!"即自刎，两手捧头及剑奉之，立僵^⑥。客曰："不负子也。"于是尸乃仆^⑦。

客持头往见楚王，王大喜。客曰："此乃勇士头也，当于汤镬煮之^⑧。"王如其言煮头，三日三夕不烂。头踔出汤中，踬目大怒^⑨。客曰："此儿头不烂，愿王自往临视之，是必烂也^⑩。"王即临之。客以剑拟王^⑪，王头随堕汤中，客亦自拟己头，头复坠汤中。三首俱烂，不可识别。乃分其汤肉葬之，故通名三王墓。今在汝南北宜春县界^⑫。

【参考注释】

① 眉间广尺，两条眉毛之间有一尺宽，形容额头比较宽。 ② 千金，形容赏金很贵。 ③ 亡去，逃亡。行歌，一边走一边唱歌。 ④ 将，把。子，对第二人称的尊称，您。 ⑤ 幸甚，好极了。 ⑥ 自刎，自杀。立僵，指尸体僵硬，直立不倒。 ⑦ 仆，倒下。 ⑧ 镬（huò），一种似鼎而无足的大型炊具，秦汉时期用作烹煮犯人的刑具。 ⑨ 踔（chuō），跃。踬目，即"瞋目"。 ⑩ 是，这，指镬中赤的头。 ⑪ 拟，对准。 ⑫ 汝南，郡名。北宜春市，在今河南省汝南县境内。

【白话文翻译】

楚国干将莫邪奉命替楚王铸剑，过了三年才铸成。对此，楚王十分恼怒，想要杀掉干将莫邪。铸成的剑有雌雄两柄。当时，干将莫邪的妻子怀有身孕，即将临产。干将莫邪临行前对妻子说："我替大王铸剑，铸了三年才铸成。大王因此而恼怒，我此番前去送剑，大王一定会杀死我。你生下孩子，假若是个男孩，等他长大成人，你就告诉他说：'出门望着南面的山，看到一棵松树长在石头上，剑就在松树背后。'"于是，干将莫邪就带着雌剑去见楚王。楚王大发脾气，派人察看干将莫邪带来的剑。察看剑的人告诉楚王说剑有两柄，一雄一雌。干将莫邪只带来了雌剑，雄剑并没带来。楚王大怒，就下令把干将莫邪杀了。

干将莫邪的儿子名叫赤，赤长大成人后，就问自己的母亲说："我的父亲在什么地方？"母亲说："你父亲替楚王铸剑，过了三年才铸成，楚王因此而发怒，杀了你父亲。你父亲临离家时嘱咐我说：'告诉你的儿子，出门望着南面的山，看到一棵松树长在石头上，剑就在松树背后。'"赤听说后，出门向南望，看不见有山，只看见堂前松木屋柱竖立在石砥之上。赤就用斧头砍开松柱的背面，拿到了剑，从此以后，赤日夜想着向楚王报父仇。

楚王梦见一个年轻人，他的额头很宽，说是要报仇。楚王就悬赏千金重赏，捉拿这个年轻人。赤听到这个消息后逃进了山中，他边走边唱，声音特别凄惨。一个陌生人遇见了赤，对赤说："你年纪轻轻的，为什么哭得这么悲伤呢？"赤回答说："我是干将莫邪的儿子，楚王杀死了我的父亲，我想给他报仇。"陌生人说："听说楚王悬千金重赏要购买你的头。你把你的头和剑拿来，我替你去向楚王报仇。"赤说："好极了！"说完，马上就割下自己的头，两手捧着头和剑送到陌生人面前，但他的身躯却直立不倒。陌生人说："放心吧，我不会辜负你的。"赤的尸身这才倒下。

陌生人拿着赤的人头去见楚王，楚王非常高兴。陌生人说："这是勇士的头，应当在滚烫的镬中把它煮烂。"楚王照着陌生人的话来煮赤的头，煮了三日三夜还没煮烂。只见赤的头从滚烫的水中跳起来，瞪大眼睛，显出怒气冲冲的样子。陌生人说："这年轻人的头煮不烂，希望大王亲自到镬旁观看，这头就一定会煮烂的。"楚王就到镬旁看。陌生人飞快地用剑对准楚王的头砍下去，楚王的头随着剑势掉入沸水中。这时，陌生人也对准自己的头砍下去，他的头也坠入沸水中。就这样，三个头一起煮烂了，烂得不能识别。人们只好从沸水中分出烂肉和三个人头一块儿埋葬，并把这座墓笼统地称作"三王墓"。三王墓在如今的汝南郡的北宜春县境内。

韩凭夫妇

这也是一则颇具神话色彩的民间故事，它叙述了韩凭夫妇的悲惨爱情故事。通过这个故事，作者一方面歌颂了主人公坚贞不渝的爱情，另一方面则谴责了统治者的残暴与无耻。故事以主人公坟墓之间，双树枝叶交错于上、根茎相交于下，树上鸳鸯双栖，交相哀鸣、日夜不去的情节作为结尾，极富浪漫主义及喜剧色彩，反映了人民群众的美好愿望。

宋康王舍人①韩凭，娶妻何氏，美。康王夺之。凭怨，王囚之，论为城旦②。妻密遗凭书，缪其辞曰③："其雨淫淫④，河大水深，日出当心⑤。"既而王得其书，以示左右；左右莫解其意。臣苏贺对曰："其雨淫淫，言愁且思也；河大水深，不得往来也；日出当心，心有死志也。"俄而⑥凭乃自杀。

其妻乃阴腐其衣⑦。王与之登台，妻遂自投台⑧；左右揽之，衣不中手而死⑨。遗书于带曰："王利其生，妾利其死，愿以尸骨，赐凭合葬！"

王怒，弗听，使里人埋之⑩，冢相望也⑪。王曰："尔夫妇相爱不已，若能使冢合，则吾弗阻也。"宿昔之间⑫，便有大梓木生于二冢之端⑬，旬日而大盈抱。屈体相就⑭，根交于下，枝错于上⑮。又有鸳鸯雌雄各一，恒栖⑯树上，晨夕不去，交颈悲鸣，音声感人。宋人哀之，遂号其木曰相思树。相思之名，起于此也。南人谓此禽即韩凭夫妇之精魂。

今睢阳有韩凭城⑰，其歌谣至今犹存。

【参考注释】

① 宋康王，名偃，战国末年宋国国君。舍人，官职名称。 ② 论，定罪。城旦，古代的一种苦刑。 ③ 缪，同"缭"，缭绕曲折，这里是词句隐晦的意思。④ 淫淫，雨下个不停。 ⑤ 当，正当。日出当心，太阳照着我的心。 ⑥ 俄而，不久。 ⑦ 阴，暗中。腐，腐烂。 ⑧ 投台，跳下台去自杀。 ⑨ 不中手，即衣服腐烂，经不住手拉。 ⑩ 里人，同一个里的人，犹言邻居，乡亲。 ⑪ 冢，坟墓。 ⑫ 宿，早晨。昔，夜晚。 ⑬ 梓木，一种落叶乔木。 ⑭ 就，靠近。⑮ 错，交错，彼此相交。 ⑯ 恒，经常，常常。栖，栖息。 ⑰ 睢（suí）阳，宋国的国都，在今河南省商丘市。

【白话文翻译】

宋康王的舍人韩凭娶何氏为妻，何氏貌美如花。宋康王把何氏夺过来。对此，韩凭心怀怨恨，宋康王就把他囚禁起来，并定罪判他去服一种叫"城旦"的苦刑。韩妻何氏暗中送信给韩凭，并故意使信件的语句含义曲折隐晦。信中说："久雨不止，河大水深，太阳照见了我的心。"随后，宋康王得到了这封信，他把信给亲信臣子看，亲信臣子中没有人能解释信中的意思。亲信臣子苏贺读后回答说："久雨而不止，这是说她心中愁思不止；河大水深，这是指两人长时间不得往来；太阳照见心，这是她内心已经有了死的志向。"不久，韩凭自杀了。

韩凭的妻子何氏暗中腐蚀了自己的衣服。有一次，宋康王和何氏一起登上高台，何氏趁机跳下台自杀；宋康王的随从赶紧拉住她，无奈她的衣服已经朽烂，经不住手拉。就这样，何氏自杀而死。何氏在衣带上写下了遗书，说："大王以我活着为好，我以能死去为好。我死之后，希望大王您把我的尸骨赐给韩凭，让我们两人合葬在一起。"

见此，宋康王发怒了，他不听何氏的请求，下令让韩凭夫妇同里之人埋葬他们，命令让他们的坟墓遥遥相望。宋康王说："你们夫妇俩相爱不止，假如你们能让坟墓合起来，我就不再阻挡你们。"只见很短时间内，就有两棵大梓树分别从韩凭夫妇坟墓端头长出来，十天之内就长得有一抱粗。这两棵大梓树树干弯曲，互相靠近，最后，它们的根在地下相交，树枝在上面交错。又有一雌一雄两只鸳鸯，长时栖息在树上，从早到晚不离开，它们交颈悲鸣，声音凄惨感人。宋国人都为这叫声而悲哀，于是称这种树为相思树。相思树的说法，就从这儿开始出现。南方人说这两只鸳鸯鸟就是韩凭夫妇的精魂变成的。

现在河南淮阳有韩凭城。韩妻何氏作的歌谣至今还在睢阳一带流传。

二、《山海经卷·海内经第十八》(节选)

这是《山海经》一书中的最后一节《海内经第十八》的节选部分，它介绍了朝鲜、天毒、壑市、氾叶、鸟山、淮山、好水、朝云之国、司彘之国、不死之山、肇山、都广之野等上古时期的国家及这些国家所有的山脉、河流以及传说时代的历史人物黄帝的家史。

东海①之内，北海之隅②，有国名曰朝鲜、天毒③，其人水居，偎人爱之④。

【参考注释】

①东海，水名。　②北海，水名，这里指渤海。隅，角落。　③朝鲜，国

名。天(yuān)毒，国名，现在的印度。 ④偎人，人与人之间紧挨着。

西海①之内，流沙②之中，有国名曰壑市。

【参考注释】

①西海，水名。 ②流沙，即沙漠。

西海之内，流沙之西，有国名曰氾①叶。

【参考注释】

①氾，读音为 fàn。

流沙之西，有鸟山①者，三水出焉②。爰有黄金、璿瑰、丹货、银、铁，皆流于此中③。又有淮山④，好水④出焉。

【参考注释】

①鸟山，山名。 ②三水，三条河流。焉，"于之"的合义，"在这里"的意思。 ③爰(yuán)，在这里。璿(xuán)瑰，一种美玉的名称。丹货，指铅、汞等炼丹的物质。 ④淮山，山名。好水，河流名称。

流沙之东，黑水①之西，有朝云之国、司彘之国②。黄帝妻雷祖③，生昌意，昌意降处若水④，生韩流。韩流擢首、谨耳、人面、豕喙、麟身、渠股、豚止⑤，取淖子曰阿女⑥，生帝颛顼。

【参考注释】

①黑水，河流名称。 ②朝云之国、司彘(zhì)之国，国名，即朝云国、司彘国。 ③雷祖，又作"累祖"，即黄帝的妻子嫘祖。 ④降，流放。 ⑤擢，引拔，耸起。擢首，即头很长。谨，慎重小心，谨慎细心，这里是细小的意思。谨耳，小耳朵。豕喙(shǐ huì)，猪嘴巴。麟身，躯干像麟。渠股，骈脚，也就是今天所说的罗圈腿。 ⑥取，通"娶"。淖(nào)子，即淖子族，就是蜀山氏之女。

流沙之东，黑水①之间，有山名不死之山②。

【参考注释】

①黑水，这里的黑水很可能是指岷江。 ②不死之山，即不死山，山名。

华山青水之东，有山名曰肇山，有人名曰柏高，柏高上下于此①，至②于天。

【参考注释】

① 肇（zhào）山，山名。柏高，一作"柏子高"，传说中的仙人。 ② 至，到，到达。

西南黑水之间，有都广之野①，后稷葬焉②。爰有膏菽、膏稻、膏黍、膏稷，百谷自生，冬夏播琴③。鸾鸟自歌，凤鸟自儛，灵寿实华，草木所聚④。爰有百兽，相群爰处⑤。此⑥草也，冬夏不死。

【参考注释】

① 都广之野，古地名。 ② 焉，"于之"的合义，"在这里"的意思。③ 膏，乳膏，这里形容味美如膏。菽、黍、稷，粮食作物。播琴，播种，这里是发芽的意思。 ④ 鸾鸟，凤凰一类的吉祥鸟。歌，唱歌。儛（wǔ），跳舞。灵寿，树木名称，也就是椐（jū）。实华，开花结果。 ⑤ 爰，助词，无实在意义。相群爰处，成群相处。 ⑥ 此，这里。

【白话文翻译】

东海之内，北海的一个角落，有个国家名叫朝鲜。还有一个国家叫天毒。这两个国家的人傍水而居，国人之间，彼此亲近，关系亲密。

西海之内，流沙中央，有个国家名叫壑市国。

西海之内，流沙的西边，有个国家名叫氾叶国。

流沙西面，有座山叫鸟山，有三条河流发源于这座山。河流中出产有黄金、璿玉瑰石、丹货、银铁。又有座大山叫淮山，好水发源于这座山。

流沙的东面，黑水的西岸，有朝云国、司彘国。黄帝的妻子雷祖生下昌意，昌意自天上放逐到若水居住，生下韩流。韩流长着长长的脑袋、小小的耳朵、人一样的面孔、猪一样的长嘴、麒麟一样的身子、罗圈腿、小猪般的蹄子，他娶了淖子族人中一个叫阿女的女人为妻，生下了儿子帝颛顼。

流沙的东面至黑水之间，有座山名叫不死山。

华山和青水东面，有座山名叫肇山。山上有个仙人名叫柏子高，柏子高由这座山而上天下地。

西南方黑水流经的地方，有一处叫都广野，后稷就埋葬在这里。这里出产味美如膏的大豆、水稻、黍、稷，各种谷物在这里都能自然成长，这里无论是冬天还是夏天都能播种。在这里，鸾鸟自由自在地歌唱，凤鸟自由自在地舞蹈，灵寿树开花结果，各种草木生长茂盛。这里还有各种禽鸟野兽，群居相处。在这个地方生长的草，无论寒冬炎夏都不会枯死。

第八节 ｜ 道家作品选读

《老子》第一章

这是《老子》八十一章中的第一章，在这一章里，老子指出道是宇宙本源而不可言喻，深邃奇妙；人们对它的认识要经历一个从"无"到"有"的过程。

道，可道，非常道①。名，可名，非常名②。无，名万物之始③。有，名万物之母④。故常无，欲以观其妙⑤。常有，欲以观其徼⑥。两者同出而异名，同谓之玄⑦。玄之又玄，众妙之门⑧。

【参考注释】

① 第一个和第三个"道"，泛指其他学派所指称的道。第二个"道"，意思是用言语说出来。非，不，不是。常，恒定不变。常道，恒定不变的大道，也就是道家学派所称说的道。 ② 第一个和第三个"名"作名词，名称。第二个"名"作动词，说出来。常名，恒定不变的大名。 ③ 无，哲学概念，指宇宙万物初始时期混沌不开的状态。名，叫作。万物之始，宇宙万物的本源。始，初始、最初的状态。 ④ 有，哲学概念，指人类出现以后，为了区别宇宙万物，根据他们各自的特征而给予宇宙万物以不同的名称。母，本源、本质。万物之母，指宇宙万物的本源。 ⑤ 故，所以。常无，即"常用'无'"。观，考察。其，指宇宙万物的本源，也就是道家称说的道。妙，深邃奇妙，这里指道的深邃奇妙。 ⑥ 常有，即"常用'有'"。其，指宇宙万物的本源，也就是道家称说的道。徼（jiào），原意是边际、边界，引申为开端、端倪的意思。 ⑦ 两者，指前面所说的"妙"和"徼"。同出，指"妙"和"徼"都是对道所处状态的描述。异名，即"名异"，名称各不相同。同，一起。谓，叫作。玄，玄妙深奥而不可理解的，这里指道运行的状态。 ⑧ 众妙，指道的各种深邃奇妙，还包括道的运行变化。门，门径。

【白话文翻译】

　　"道"，如果能用言语来表述，那它就不是永恒不变的大道了。"名"，如果能用文字说出来，那它就不是恒定不变的大名了。"无"，可以用以概括天地混沌未开时的状况。"有"，则可以描述宇宙万物的本源。所以，我们常用"无"来体察、感受大道的深邃奇妙；常用"有"来体察、感受大道的发生开始。"无"和"有"均来源于大道而彼此的名称却各不相同，两者都是深奥而不可理解、测知的。"无"和"有"，玄妙又玄妙啊，是探究永恒大道各种深邃奇妙及其运行变化的门径。

第四章 │ 集部作品选读

第一节 │ 楚辞类作品选读

《九歌》之《湘君》

　　《湘君》，选自屈原的《九歌》，它与《湘夫人》写的都是主人公期盼与某一个人相会而对方却迟迟不来时的哀怨、思慕之情。据此，有不少现代研究者认为这两篇所写的湘君和湘夫人应该是一对配偶神。在楚地湘水流域，民间视湘君、湘夫人为湘水水神，其源头可以追溯到传说时代的舜及其两个妃子娥皇、女英。相传，娥皇、女英都是尧的女儿，舜巡视南方而娥皇、女英并没有同行。后来，她们追寻舜一直到了洞庭湖，这时，她们获悉了舜客死南方苍梧的消息，不禁悲从中来，双双投湘水而死，死后成了神灵。王逸在研究《九歌》时，认为湘君是湘水水神，而湘夫人则是娥皇、女英两个妃子。也有研究者认为湘君即娥皇，湘夫人则是女英。还有研究者认为舜为湘君，而娥皇、女英两个妃子是湘夫人。

　　君不行兮夷犹①，蹇谁留兮中洲②？
　　美要眇兮宜修③，沛吾乘兮桂舟④。
　　令沅湘兮无波⑤，使江水兮安流⑥！
　　望夫君兮未来⑦，吹参差兮谁思⑧？

【参考注释】

①君，这里指湘君。兮，语气词，相当于"啊"。夷犹，犹豫不决，迟疑。②骞（jiǎn），句首发语词，没有实在意义。　③要眇，美丽的样子。宜修，打扮得恰到好处。　④沛，水势湍急，行动急速的样子。这里指船行速度快。乘，这里指乘船。桂舟，用桂木造的船。　⑤令，使，让。无波，不起波浪。　⑥江水，这里指上一句所说的沅水、湘水。安流，静静地流着，也就是水静无波浪。⑦望，期望，盼望。夫（fú），语气词，无实在意义。　⑧参差（cēn cī），指乐器，洞箫或者排箫。谁思，"思谁"的倒装，即思念谁。

　　驾飞龙兮北征①，邅吾道兮洞庭②。
　　薜荔柏兮蕙绸③，荪桡兮兰旌④。
　　望涔阳兮极浦⑤，横大江兮扬灵⑥。
　　扬灵兮未极⑦，女婵媛兮为余太息⑧。
　　横流涕兮潺湲⑨，隐思君兮陫侧⑩。

【参考注释】

①飞龙，一种船的名称。北征，往北而行。　②邅（zhān），转，这里指改变行程。洞庭，即洞庭湖。　③薜荔，一种常绿攀缘性灌木藤本植物，又叫木莲。柏，附着。蕙（huì），佩兰，一种香草。绸，缚束。　④荪（sūn），一种香草，据说是菖蒲。桡（náo），短桨。旌，旗杆顶上的装饰物。兰旌，即用兰草装饰的旗杆。　⑤涔（cén）阳，地名，在今湖南省境内。极浦，极远的水边。　⑥横，横渡。大江，这里指主人公此行途经的水路。灵，精诚。扬灵，指显示自己内心的精诚。　⑦未极，没有到达。　⑧女，指主人公身边的侍女，名叫婵媛。太息，放声长叹。　⑨横，横溢。涕，眼泪。潺湲，水流缓慢的样子。　⑩隐，痛。陫侧，同"悱恻"，指欲说不得而内心不宁的样子。

　　桂櫂兮兰枻①，斫冰兮积雪②。
　　采薜荔兮水中，搴芙蓉兮木末③。
　　心不同兮媒劳④，恩不甚兮轻绝⑤。
　　石濑兮浅浅⑥，飞龙兮翩翩⑦。
　　交不忠兮怨长⑧，期不信兮告余以不闲⑨。

【参考注释】

　　① 櫂,同"棹(zhào)",长桨。桂櫂,用桂木做的长桨。枻(yì),船舷。兰枻,用兰草装饰的船舷。　　② 斫(zhuó),砍开。积雪,砍碎冰块,碎屑纷纷溅起,好像积雪一样。　　③ 采、搴(qiān),用手采摘。木末,树梢。　　④ 媒,媒人。劳,这里活用为动词,劳累一场。　　⑤ 恩不甚,恩情不真、不深。绝,断绝,绝交。　　⑥ 石濑,石头上急速流动的水流。浅浅,水流急速的样子。　　⑦ 翩翩,急速飞行的样子。　　⑧ 交,指交友。怨长,长相怨恨。　　⑨ 期,期约,事先约定。信,信守承诺、守信用。不闲,没有空闲。

　　　　朝骋骛兮江皋①,夕弭节兮北渚②。
　　　　鸟次兮屋上③,水周兮堂下④。
　　　　捐余玦兮江中⑤,遗余佩兮醴浦⑥;
　　　　采芳洲兮杜若⑦,将以遗兮下女⑧。
　　　　旹不可兮再得⑨,聊逍遥兮容与⑩。

【参考注释】

　　① 朝(zhāo),同"朝",早晨。骋骛(chěng wù),驰骋,奔走。皋(gāo),水边高地。江皋,江岸。　　② 夕,傍晚。弭,停止。节,这里指马鞭子。弭节,不再挥动鞭子。北渚(zhǔ),北边的小洲。　　③ 次,栖息。　　④ 周,环绕。　　⑤ 捐,舍弃、丢弃。玦(jué),一种有缺口的环形玉器。　　⑥ 遗,留下。佩,玉佩。醴,同"澧",即澧水。澧浦,澧水岸边。　　⑦ 芳洲,芳草丛生的水洲。杜若,一种香草。　　⑧ 遗(wèi),留下。下女,下界的少女。　　⑨ 旹,即"时"。　　⑩ 聊,姑且。逍遥,游玩。容与,悠闲、闲适的样子。

【白话文翻译】

　　湘君啊,你犹豫不决又迟疑,是因为有谁还停留在水中沙洲吗?为你打扮得好娇美啊,在急流中,我驾起桂舟去迎候你。我下令沅江、湘江风平浪静水无波,让江水啊缓缓地流。我期盼你来相会啊你却没有如约而来,我吹起洞箫来排解内心的苦闷啊,你可知道这是因为思念谁而引发了忧思?

　　驾起飞龙舟啊,我往北远行,我中途改变路程啊,转道去优美的洞庭湖。用薜荔啊装饰船舱的窗帘,用蕙草啊做蚊帐,用香荪啊做短桨,用兰草啊装饰我的旗杆。眺望涔阳啊我看着遥远的水边,横渡大江啊我向你显示我渴望与你一见的精诚。显示我渴望与你一见的精诚啊，我至今还没有到达你的安居之地，多情的侍女婵娟啊此刻正为我发出叹息。我的眼泪啊纵横而下，想起远方的你啊我欲说不得，心中无法平静。

玉桂制作长桨啊木兰制作短楫，划开水波啊恰似砍开冰雪。想在水中啊我采摘薜荔，想在树梢啊我采摘荷花。我们两人心意不同啊，即使有媒婆也徒劳无功。相爱不深啊，我们两个感情容易断绝。清水啊在石滩上湍急地流淌，我的龙船啊在水面上飞一般游走。交情不深啊，我们两个只留下长相怨恨，有人不守信啊却偏偏要说是自己没空赴约。

早晨在江边匆匆赶路啊，到了傍晚我在北岸停下来休息。鸟儿啊此时在屋檐上栖息，流水啊此时回旋在华堂之前。我把我的玉佩啊扔向江中，我把我别的佩饰啊留在澧水岸边。在流芳的沙洲上啊，我采来杜若，我想把采来的杜若啊送给下界少女。时光啊一去不复返，就让我啊，暂且放慢脚步在这里逍遥地游玩。

第二节 ｜ 诗文评类作品选读

文心雕龙·宗经第三

《宗经第三》一篇讲述了三个方面的内容：概括叙述了《易经》《尚书》等五种儒家经籍的基本情况以及它们的教育作用；介绍了《易经》《尚书》等五种儒家经籍的基本写作特点以及它们的主要成就；讲述了《易经》《尚书》等五种儒家经籍与后世的论、说、辞、序等多种文体之间的关系，说明了写作要以五经为宗的主要原因。在这里，作者认为后世各种文体都起源于儒家经籍，写作以儒家经籍为宗主要有六种好处，否则就会出现汉代之后文学创作过分追求形式之美的流弊。

三极彝训[①]，其书言经。经也者，恒久之至道，不刊之鸿教也[②]。故象天地[③]，效鬼神，参物序，制人纪，洞性灵之奥区，极文章之骨髓者也[④]。皇世《三坟》，帝代《五典》，重以《八索》，申以《九邱》，岁历绵暧，条流纷糅[⑤]。自夫子删述，而大宝咸耀[⑥]。于是《易》张《十翼》，《书》标七观，《诗》列四始，《礼》正五经，《春秋》五例，义既埏乎性情，辞亦匠于文理，故能开学养正，昭明有融[⑦]。然而道心惟微，圣谟卓绝，墙宇重峻，而吐纳自深[⑧]。譬万钧之洪钟，无铮铮之细响矣。

【参考注释】

①三极，即天、地、人三才。彝训，日常的训诫。　②恒久，持久、永恒。至道，最高的准则、道理。刊，消除，修改。鸿教，大的教导。　③取象，即效法。　④效，验证、取法。参，加入，这里是探究的意思。物序，事物的规律。制，制定。人纪，人立身处世的道德规范。洞，洞察。奥区，神秘渊深的地区，这里指人类心灵的深处。极，顶端、尽头。骨髓，这里比喻文章的根本。　⑤皇世，指传说中的三皇时代。帝代，指传说中的五帝时代。重（chóng），再、又。申，重复，这里是"再"的意思。岁，年岁。绵暧，悠远。条流，流派，类别。纷糅，众多而杂乱。《三坟》《五典》《八索》《九丘》，传说中的上古著作。　⑥夫子，指孔子。删述，即著述，这里是整理的意思。大宝，指前面提到的《三坟》《五典》《八索》《九丘》等传说中的上古著作。咸，都、全。耀，照耀，这里是放射出光辉的意思。　⑦张，张开，这里是发挥的意思。标，标立、建立。四始，指《诗经》中的"风""大雅""小雅""颂"四个部分或者这四个部分的第一篇。开学养正，启发人的学习，培养正道精神。昭明，光明。有，通"又"。融，长久、长远。⑧道心，这里指大自然的本质、规律。惟，发语词，没有实在意义。微，微妙。圣谟，这里指圣人的见解。卓绝，高超，超出一切。墙宇，房屋。重峻，高大。吐纳，呼吸，比喻言论，这里指著作。深，深刻，深厚。

　　夫《易》惟谈天，入神致用①。故《系》称旨远辞文，言中事隐；韦编三绝，固哲人之骊渊也②。《书》实记言，而训诂茫昧，通乎《尔雅》，则文意晓然③。故子夏叹《书》，"昭昭若日月之明，离离如星辰之行"，言昭灼也④。《诗》主言志，诂训同《书》，摛风裁兴，藻辞谲喻，温柔在诵，故最附深衷矣⑤。《礼》以立体，据事制范，章条纤曲，执而后显，采掇片言，莫非宝也⑥。《春秋》辨理，一字见义，五石六鹢，以详备成文；雉门两观，以先后显旨；其婉章志晦，谅以邃矣⑦。《尚书》则览文如诡，而寻理即畅；《春秋》则观辞立晓，而访义方隐⑧。此圣文之殊致，表里之异体者也⑨。

　　至根柢槃深，枝叶峻茂，辞约而旨丰，事近而喻远；是以往者虽旧，余味日新，后进追取而非晚，前修文用而未先，可谓泰山遍雨，河润千里者也⑩。

【参考注释】

①夫（fú），句首发语词，无实在意义。惟，只。谈天，谈论天。入神致用，指极为微妙精深，并且可以在实际中加以运用。　②《系》，指《易传·系辞》或

《周易·系辞》。韦，熟牛皮。固，本来，固然。哲人，与前面所说的圣人意思一样。骊渊，藏骊珠的深渊，比喻才思文辞的渊源。　③ 实记言，犹言"记实言"，即实如其事的记载尧舜等先王的言论。训诂(gǔ)，解释古语，这里作古语解。茫昧，不明白。训诂茫昧，文字深奥难懂，缺少训诂则难以读懂。《尔雅》，我国最早的一部解释词语的书籍。晓然，清楚明白。　④ 子夏，即孔子的学生卜商，孔门十哲、七十二贤之一。叹，赞叹。昭昭，明亮的样子。明，亮光。离离，井然有序的样子。行，运行。昭灼，明显、明亮。　⑤ 摛(chī)，舒展。裁，剪裁。藻辞，使文辞有文采。谲喻，比喻婉转。温柔在诵，即诵读起来让人感觉有温柔敦厚的特点。附，这里是切合的意思。　⑥ 立体，确立体裁、体例。范，本指铸造器物的模型，这里是规则、法则的意思。　⑦ 辨理，辨析事理。以详备成文，以叙事详备的技巧来达成写作目标。谅以邃矣，的确有着深刻的意义。　⑧ 诡，深奥难懂。　⑨ 殊致，各不相同。表里，这里指文章的形式和内容。　⑩ 柢(dǐ)，根。槃，同"盘"，盘曲、回绕。往者，这里指圣人的著作。日新，每一天都是新颖的。后进，指后世研读圣人文章的人。前修，指前代先贤。未先，并不认为是过早的。

　　故论说辞序，则《易》统其首[①]；诏策章奏，则《书》发其源[②]；赋颂歌赞，则《诗》立其本[③]；铭诔箴祝，则《礼》总其端[④]；纪传铭檄，则《春秋》为根：并穷高以树表，极远以启疆，所以百家腾跃，终入环内者也[⑤]。若禀经以制式，酌雅以富言，是仰[⑤]山而铸铜，煮海而为盐也[⑥]。故文能宗经，体有六义：一则情深而不诡，二则风清而不杂，三则事信而不诞，四则义直而不回，五则体约而不芜，六则文丽而不淫[⑦]。扬子比雕玉以作器，谓五经之含文也[⑧]。夫文以行立，行以文传，四教所先，符采相济[⑨]。励德树声，莫不师圣，而建言修辞，鲜克宗经[⑩]。是以楚艳汉侈，流弊不还，正末归本，不其懿欤[⑪]！

【参考注释】

　　① 论说辞序，古代的四种文体。统，主管，率领。　② 诏策章奏，古代的四种文体。发其源，引发它们的源头，犹言是这四种文体的源头。　③ 赋颂歌赞，古代的四种文体。　④ 铭诔箴祝，古代的四种文体。总，总括、总览。端，开端、发端。　⑤ 纪传铭檄，古代的四种文体。根，根源。穷高，到达最高处。树表，树立标志，建立表率。极远，到达最远的地方。启疆，开拓疆域，这里指扩大文章范围。百家，指诸子百家。　⑥ 若，如果。禀，接受。禀经，接受经书的榜样。

制式，合乎某种规格的样式。是，表判断，这就是。仰，应作"即"，靠近。
⑦ 文，写作，写文章。宗经，以上述五种儒家经籍为宗，也就是学习儒家五经。
⑧ 扬子，即杨雄。含文，蕴含有文采。　⑨ 文，文章。以，凭、凭借。行，指作
者的德行、品行。立，确立。传，流传、传扬。所先，最先提倡的，放在首位的。
符采，玉石的横纹。济，帮助。　⑩ 励德树声，树立道德。师圣，以圣人为师，
也就是向圣人学习。建言，通过口头表述或者文章来提出自己有益的意见、主
张。修辞，修饰言论。建言修辞，这里代指写文章。鲜(xiǎn)，少。克，能够。
宗经，即"以经为宗"，这里指向儒家五经学习。　⑪ 是以，因此，所以。楚，指
楚辞。艳，指文辞过于华丽。汉，指汉赋。侈，指文辞过于铺陈奢华。还，通
"旋"，这里指回归儒家五经倡导的文风。懿(yì)，美好。

　　赞①曰：三极彝训，训深稽古②。致化归一，分教斯五③。性灵熔匠，文章奥
府④。渊哉铄乎，群言之祖⑤。

【参考注释】

　　① 赞，文章结尾评论性的文字。　② 训，教导，教诲。稽，查究。训深稽
古，对人的教诲深远，并稽考到了遥远的古代。　③ 化，教化。　④ 熔匠，熔铸
器物的工匠。奥府，物产聚藏的地方。　⑤ 渊，深。铄，同"烁"，光亮。

【白话文翻译】

　　说明天、地、人三才亘古不变的道理的书籍叫"经"。所谓"经"，就是永恒、
绝对的道理，不可更易的伟大教导。经书证验于鬼神，探究了事物之间的秩序，
从而制定出了符合人伦的纲纪，深入到了人类灵魂的深处，探究、掌握了文章最
根本的东西。三皇时代出现的《三坟》，五帝时代出现的《五典》，再加上《八索》
《九丘》这些经典，因为时代绵延久远而越来越不清楚，后来的著作也纷糅杂乱。
自从经过孔夫子的删削整理之后，这些经典才放射出光辉。于是，《周易》的意义
有《十翼》来发挥，《尚书》中标立了"七观"，《诗经》中列出了"四始"，《礼记》确
定了五种主要的礼仪，《春秋》则提出了五项记事条例。所有这些，在义理上能陶
冶人的性情，在用词上可称为写作的典范。因此，能启发人学习，培养正道，这
些作用永远历历分明。然而，自然之道的基本精神十分微妙，但圣人的见解非常
高深，加之他们的道德学问也很高超，因此，他们的著作就能体现出深刻的自然
之道。这就好比千万斤重的大钟，不会发出细微的响声一样。

《周易》是专门研究自然变化道理的，讲得十分精深细微，并且完全可以在实际中加以运用。所以《系辞》里说它旨意远深，言辞有文采，语言中肯而符合实际，讲的事理却隐晦难懂。孔子读这部书时，穿订竹简的牛皮条都翻断了三次，可见这部书是圣人深奥哲理的宝库。《尚书》记载的主要是先王的谈话，只是它的文字难懂，读起来不易理解，但是只要通过《尔雅》这部工具书，懂得了古代的语言，它的意思也就很明白了。所以，子夏赞叹《尚书》说："《尚书》论事，像日月那样明亮，像星辰那样清晰。"这无非是说，《尚书》记事清楚明白。《诗经》主要是抒发作者思想感情的，同《尚书》一样不易理解，里面有《风》《雅》等不同类型的诗篇，在写作中采用了比、兴、赋等写作手法，文辞华美，比喻委婉，诵读起来能让人感受到它温柔敦厚的特点，所以，《诗经》最切合圣人内心深处的思想感情。《礼经》可以建立体制，它根据实际需要来制定法规，各种条款非常详细，为的是执行起来明确有效，即使任意从中取出一词一句，也没有不是十分珍贵的。《春秋》辨析事理，一个字便能表现出它赞誉或批判的感情来。例如"石头从天上落到宋国的有五块""六只鹤鸟退着飞过宋国的都城"之类的记载，就是以文字的详尽来显示写作技巧；又如"雉门和两观发生火灾"的记载，就用先后次序的不同显示了作者区分主次的意思。这就是说，《春秋》用委婉曲折、用意隐晦的方法写成，确实有它深刻的含义。总而言之，《尚书》读起来文辞似乎深奥难懂，但只要一寻究它的内容，道理就明白易懂了；《春秋》的文辞似乎很容易通晓明白，但当你要探访它的意义时又感觉深奥难懂了。由此可见，圣人的文章丰富多彩，形式和内容都不尽相同。

经书和树木一样，根深蒂固，枝大叶茂，文辞简约而意义丰富，所举的事例平凡而其中蕴含的意义却十分深远。故而，古老的经书虽历时悠远，而其中遗留的意义却永远新颖，后世求学的人无论何时向经书求教也永远不会嫌太晚，前代学者用了很久也始终不会嫌太早。经书的作用，好比泰山的云气使雨水洒遍天下，黄河的河水灌溉千里沃野一样啊！

因此说，论、说、辞、序等体裁都是从《周易》开始的；诏、策、章、奏等体裁都发源于《尚书》；赋、颂、歌、赞等体裁都以《诗经》为根本；铭、诔、箴、祝等体裁都从《礼记》开端；纪、传、盟、檄等体裁都以《春秋》为根源。这些经书都为文章树立了很好的榜样，替文章的发展开辟了广阔的领域。所以，任凭诸子百家如何驰骋踊跃，也始终超不出经书的范围。如果能根据经书的体式去制定各种体裁的文章格式，参照五经雅正的词汇来丰富写作的语言，这样写文章就像是靠近矿山冶炼，在海边熬煮海水制盐一样啊！所以，如果做文章能够师法五经，这样的文章就具备六种特点：一是思想感情深邃真挚而不诡谲，二是文风纯正而不杂乱，三是叙事真实可信而不虚诞，四是义理正直而不歪曲，五是文体简约而不繁杂，六是文辞华丽而不过分。扬雄用玉石只有雕琢才能成玉器做比喻，说明五经里也应包含有文采。人的德行决定了文章的好与坏，而德行又是通过文辞才得以表现而加以流传的，孔子的文辞、德行、忠诚、信义四教之中，将文辞放在了首位，这正如玉石必须有精致的花纹一样，文辞与德行、忠诚、信义三者是互相配合、相济相成的。后来人们在勉励道德、树立声名上，都知道要向圣人学习，而在文章的写作方面却很少向圣人的经典学习。所以，屈原、宋玉等人写的楚辞比较艳丽，汉代的赋则过度地奢华，它们的弊病流传下来，越发展越厉害，势难补救。我们现在纠正这些错误，使文风回归到经书的正路上去，不是就正确了吗？

总结：经书阐述了关于天、地、人三才亘古不变的道理，深刻又稽考到了远古。经书本着教化民众这个总的目的，具体细分为五经。经书真是培养人性灵的巨匠，探究文章奥秘的宝库。经书多么精微，多么灿烂啊，真是一切文章的宗祖。

后　记

　　《四库全书》是我国迄今为止现存最大的一部综合性丛书，对于普通读者来说，都希望尽可能多地了解与《四库全书》相关的知识，以便能有机会去感知、认识、探究这部皇皇巨著。从这个意义上来说，编纂出一部侧重于普及基本知识而又有阅读指导作用的科普读物，既是全面推介《四库全书》这部文化典籍的客观需要，又是满足读者求知欲望的现实需要。基于这样的认识和判断，我们根据李铁映同志的指示，决定编纂这本《〈四库全书〉阅读指南》。

　　兼顾对读者进行阅读指导与普及基本知识，这是我们编纂《〈四库全书〉阅读指南》的初衷，也是我们编纂《〈四库全书〉阅读指南》过程中所遵循的主要原则。

　　向读者简要介绍有关《四库全书》的基本知识，这是《〈四库全书〉阅读指南》第一篇的主要内容。我们采用整体叙述与细节补充相结合的方式将第一篇叙述的内容细分为四个章节，主要介绍三个方面的知识：第一章主要介绍《四库全书》的编纂过程，第二章主要介绍《四库全书》的主要内容，第三章主要介绍《四库全书》的留存及后世对它的整理与研究情况。在此之外，我们还设置了第四章，讲述与《四库全书》有关的十个故事，解答与《四库全书》有关的二十个问题，以此用细节性的知识对前面三章叙述的内容做一个补充。

　　第一章叙述《四库全书》的编纂过程时，我们采用了多层面呈现的方式来叙述。从《四库全书》的编纂缘起叙述到编纂《四库全书》的副产品及续抄南三阁馆藏《四库全书》、重校《四库全书》、补空函书，这是从事件的发生过程层面来叙述《四库全书》编纂过程；从四库全书馆的组成与各自承担的主要工作叙述到翰林院四库书馆与武英殿四库书馆的工作程序，还有两者之间的工作衔接，这是从编务工作流程的层面来叙述《四库全书》编纂过程；从编纂《四库全书》的编务人员承担的主要工作叙述到其中的"四总纂""五征君"在编纂过程中做出的主要贡献，这是从编务人员承担的具体工作这个层面来叙述《四库全书》编纂过程；从征集图书叙述到校订正本，这是从编纂的纯技术层面来叙述《四库全书》编纂过程。

　　第二章简介《四库全书》的主要内容时，我们采用了整体叙述与局部细化相结合的叙述方式。在第一节到第三节，我们依次介绍了《四库全书》的编纂方式、目录分类方法及《四库全书》辑录作品的方式。阅读这几个方面的内容之后，读者可以获得这样的直观印象：《四库全书》是一部什么类型的图书，从分类的角度看，它辑录的图书涉及了哪些方面的知识，在辑录入选图书时，它主要辑录了涵盖有哪些内容的图书。在第四、第五、第六、第七四节中，我们简要介绍了《四库全书》中的"经、史、子、集"各部：《四库全书》各部设置的类、属及其选录的主要作品，与《四库全书》设置的部、类、属相关的名词。在此基础上，我们特地设置第八节来介绍《四库全书》各部中辑录的部分作品。这样的节目安排和叙述内容有助于读者从感性的角度来"具体"感知《四库全书》的内容。

　　第三章从"北四阁""南三阁"与《四库全书》的关系、民国以来《四库全书》在海峡两岸的流传情况的简介入手，叙述《四库全书》的留存及后世对它的整理与研究情况。关于这一章的设计与写作，我们想特别叙述下面几点：

　　第一，乾隆皇帝为保存七部《四库全书》而下旨修建"北四阁""南三阁"，七部《四库全书》编纂、誊录成书之后一直保存在"北四阁""南三阁"中。从这个意义上来说，"北四阁""南三阁"七大藏书阁的历史与七部《四库全书》的保存、保护、传承历史是同步的。基于这样的认识，我们选择从这七大藏书阁的兴毁经历这个角度来叙述《四库全书》的保存、保护、传承历史。

　　第二，像其他许多有识之士一样，丁氏兄弟和张元济先生深知《四库全书》与保存文化典籍、传承中华文化之间的关系，在保护与传承这部典籍过程中，他们以自己的实际行动彰显了一个普通社会公民在特殊历史时期所应有的担当：丁氏兄弟冒死抢救文澜阁本《四库全书》，张元济先生历经艰难尽一己之力编辑刊印《四库全书珍本初集》。对于后世读者来说，这样的故事有着特殊的教育意义和激励作用，他们的壮举值得大书特书。因此，在这一章里，我们用相对较为详细的文字叙述了丁氏兄弟、张元济先生的故事。

　　第三，民国以来《四库全书》在海峡两岸的流传情况是一个大课题，受资料搜集整理之限，我们对这个课题所涉及内容的叙述还远远不能满足读者朋友的阅读需求。对读者朋友来说,这是一件十分遗憾的事情。对编纂者来说,这也是一件十分遗憾的事情。

在编纂《〈四库全书〉阅读指南》第二篇的时候,我们也兼顾了对读者进行阅读指导与普及基本知识相结合这样的双重目的,为此,在选编作品时,我们注意了入选作品的内容、主旨,还有其中阐述的学术主张、蕴含的思想与《四库全书》在内容上的联系。比方说,经部以五经为核心来设置它所属的类属,相应的,我们主要选编了五经中有代表性的作品;史部以正史为纲领来统摄全部,相应的,我们主要选编了《史记》《汉书》《后汉书》三部有代表性的正史中的作品。《四库全书》内容广博,其中辑录的图书涵盖了社会、文学、历史、哲学、宗教、政治、民族、艺术、医学、天文、地理等不同学科领域,这在子部入选的作品中体现得十分明显,相应的,我们在《子部作品选读》一章中设置了八节,选编了儒家等八个类、十二个作者所著的有代表性的作品。关于这一点,我们在这里没有作展开叙述的,读者朋友可以在阅读入选作品时去感知和体会。

为了这本薄薄的《〈四库全书〉阅读指南》,我们花费了三年多的时间,数易其稿,参考了大量"四库学人"的成果,除列出部分参考书目外,还有许多没有列出,特此说明并致谢。这里,我们要特别感谢李铁映同志数次叮嘱教诲我们,多次亲自阅批书稿,还要感谢湖南省社科联、首都师范大学、湖南汽车工程职业学院、北京市 35 中、岳麓书院、中南大学出版社等给予我们的各种支持。

当然,在选编作品时是否达成了我们预期的目的,在简介有关《四库全书》的基本知识时是否达成了我们预期的目的,在注释、翻译入选作品时是否留存有不足,在简介有关《四库全书》的基本知识时是否出现了错误,这些我们都真诚欢迎读者朋友的批评与指教。

作 者

2019 年 4 月 18 日

图书在版编目（CIP）数据

《四库全书》阅读指南／周文杰，段立新，陈科
编著. —长沙：中南大学出版社，2019.10
（2018 年湖南省社会科学普及读物）
ISBN 978 - 7 - 5487 - 3774 - 2

Ⅰ.①四… Ⅱ.①周… ②段… ③陈… Ⅲ.①《四库一
全书》－通俗读物 Ⅳ.①Z121.5 - 49

中国版本图书馆 CIP 数据核字（2019）第 225143 号

《四库全书》阅读指南

周文杰　段立新　陈科　编著

□责任编辑	彭亚非	
□责任印制	易红卫	
□出版发行	中南大学出版社	
	社址：长沙市麓山南路	邮编：410083
	发行科电话：0731 - 88876770	传真：0731 - 88710482
□印　　装	长沙市宏发印刷有限公司	

□开　　本	710 mm × 1000 mm 1/16	□印张 15.75	□字数 276 千字
□版　　次	2019 年 10 月第 1 版	□2019 年 10 月第 1 次印刷	
□书　　号	ISBN 978 - 7 - 5487 - 3774 - 2		
□定　　价	174.00 元		